José Ángel Mañas
Sonko95

José Ángel Mañas

Sonko95
Autorretrato con negro de fondo

Ediciones Destino
Colección
Áncora y Delfín
Volumen 862

No se permite la reproducción total o parcial de este libro, ni su incorporación a un sistema informático, ni su transmisión en cualquier forma o por cualquier medio, sea éste electrónico, mecánico, por fotocopia, por grabación u otros métodos, sin el permiso previo y por escrito de los titulares del *copyright*.

© José Ángel Mañas, 1999
© Ediciones Destino, S. A., 1999
Enric Granados, 84. 08008 Barcelona
www.edestino.es
Primera edición: octubre de 1999
ISBN:84-233-3150-4
Depósito Legal: B. 39.647-1999
Impreso por Romanyà Valls, S.A.
Verdaguer, 1. Capellades (Barcelona)
Impreso en España-Printed in Spain

1

—A mí eze olorcillo ez que me pone, no puedo evitarlo. Y qué buena eztá con eza faldita ezcoceza. Tienez que verla jugando con zuz mocazinez. ¡Qué piernecitaz! ¡Zi ez que no tiene ni un pelo, tío! ¡Ni un puto pelo! —me cuenta Borja, que está como una moto, y por mucho que le digo que se depila, tío, no hace más que negar con la cabeza, que no, joder, hazme cazo, así que me descojono y él se acerca a poner dos copas a un chavalito que llega con su piba de la mano, y, en cuanto se alejan, se me viene otra vez—: Y yo intentando ezplicarle el pazé compozé, tío, zi ez que me eztá volviendo loco... Mira, yo he zalido con pavaz imprezionantez, pero nunca he tocado una teta de una niña azí. Tienen que zer... Duraz, tío, duritaz. La muy cabrona... ¿por qué me hace ezto? ¡Pero zi ez que he zalido temblando!

—Fóllatela, verás como se te pasa.

—Ya. Le he dicho un par de vecez que ze venga por aquí pero nada, a zuz amigaz no lez guzta ezta zona —y suelta un suspiro—. No zé zi me eztá vacilando. En fin... ¿Otra?

—Si insistes.

—¿Qué ez de Tino? —esto pillando la botella de White Label y poniéndome un copazo como de costumbre.

—Se ha vuelto a París esta semana, tenía que presentar su proyecto de tesis o algo así.

—Qué bien vive el hijoputa...
Yo me encojo de hombros y viendo quien acaba de entrar le digo Borja, me parece que te buscan...
—¿Qué? Ah, hola, Pablo.
El dueño del Veneciano se ha venido directamente hacia nosotros y ahora apoya las manazas sobre la barra y, toc toc toc, da unos golpecitos nerviosos.
—Me he enterado de que en septiembre te piras y coges un bar. ¿Es verdad eso, Borja?
—Te lo iba...
—No me jodas —empieza a resoplar por la boca y mueve la cabeza como si no se lo creyera—. Mira, Borja, estás haciendo una gilipollez. Que este mundillo es una mierda, joder. Igual te parece divertido pero no lo es. Me ves, ¿verdad? Ves esta cara que tengo. ¿Te das cuenta? Mi vida en los últimos años ha sido ponerme pedo, quitarme pedo. Y ¿para qué?
—Joder, Pablo —protesta el Borja—, tienez los mejorez barez de Madrid...
—¡Bah! ¡Bah! No te engañes —el otro, haciendo aspavientos—. Que tú no tienes que hacer esto, ¡que vales para cosas mejores, hombre! Haz algo bonito en vez de. Que además no estás preparado, que sólo llevas un año en esto, y este negocio no es para ti. Hostias, que hay que sacrificarse mucho... ¡Un momento, leche! —berrea volviéndose hacia el mulato que le llama desde la otra barra—. Borja, te repito que es una gilipollez.
—Pablo, tío. A mí me parece fenomenal todo lo que me eztáz diciendo. Tú zabez que yo rezpeto muchízimo tu opinión...
—Yo sólo quiero lo mejor para ti.
—Zí, Pablo, pero entiende que cada cual tiene que tomar zuz propiaz decizionez.
—¡Bah!
Y el dueño del Veneciano se abre con un mosqueo de bigotes. Yo le miro un momento mientras la paga con el mulato. Luego éste se sirve una copa y me comenta que en septiembre empieza en un garito a dos

calles de allí y que es posible que compre algunas acciones.

Como dos meses después conozco a los nuevos socios del Borja, que han quedado en un restaurante cubano ahí cerca de la plaza de Chueca. Llegamos algo tarde. Borja les saluda y Gustavo se levanta para presentarme. Sólo conozco al Ignacio, un tío superinseguro que unos días antes, todo bolinga en el bar, me babeó la oreja con que a su jefe le encanta cómo escribo y le gustaría conocerme: yo estaba tan pasao que no se me ocurrió nada mejor que decirle que bueno, pero si me chupaba la polla... Le doy la mano a Juan Carlos, un rubito que tiene la cara llena de pecas y sonrisa de buen chaval. Y a Raúl, que es algo mayor que los otros y está moreno como si acabara de llegar de la playa. Los cuatro llevan camisas de marca y se me hace gracioso verles en un sitio tan cutre. No me extaña que esté medio vacío.

La camarera que se acerca arrastrando los pies, y Gustavo le dice:

—Sí, tráeles una cerveza. Y creo que vamos a pedir ya... si os parece, claro.

—Como tú veas, Gustavo.

—Lo mejor es que todos pidamos arroz a la cubana, la especialidad de la casa, ¿os parece?

—Yo voy un momento a mear —digo.

El baño está hecho un asco. La puerta del retrete no cierra y me apoyo contra ella mientras hago un turulo con la tarjeta de Gustavo. Me curro dos lonchas sobre el lomo de la billetera y luego dejo la papela encima de la cisterna, me lavo las manos y vuelvo sonriendo ya más seguro a la mesa.

—Me dejaz un momento, Juan Carloz... —dice Borja levantándose.

—Sí, claro.

El otro aparta su silla y se acerca al mostrador a por tabaco.

—Te he traído el libro que comentamos —Gustavo saca algo de su carpeta—. Ya está dedicado.

—Gracias.

Es la mierda esa que escribió sobre U2, con un Bono ochentero en portada. «A un nuevo amigo que espero que un día sea viejo», dice la dedicatoria. Lo ojeo un momento y luego lo meto en el bolsillo de la chupa. En cuanto vuelve Borja, empezamos a comer sin demasiada gana. Yo tengo el estómago jodido y el Ignacio me está poniendo negro con tanto hacer bolitas con las migas de pan. Gustavo, ése sí, no deja de engullir, y nos come la cabeza con los últimos hits del house londinense. Cuenta la vez que se cruzó con la Naomi Campbell en el Ministry of Sound. Y termina preguntándonos si hemos oído el último disco de los Rem, que va muy en nuestra línea.

—Si queréis os lo llevo al bar. Éste os lo consigo gratis en el trabajo.

Al cabo la camarera se viene a por los platos y pregunta con una vocecita si queremos postre. Gustavo, con sonrisa democrática, indica que pasamos directamente al café. Si os parece bien, claro. Y carraspea. Llega el momento importante.

—Bueno, como sabéis, en adelante es Borja quien se va a encargar del bar, o sea que, si os parece, prefiero que empiece él hablando de su primer mes de gestión.

—¿No nos vas a enseñar las cuentas? —pregunta Raúl.

—Más tarde.

—Bueno, pues nada, que hable. ¡Que empiece la junta de accionistas! —Se ríe y le da al vaso con una cucharilla.

Borja se remueve a mi lado. Si ya de normal habla rápido, ahora está aceleradísimo. Se ha debido de meter un tirazo el muy perro.

—En loz negocioz lo que hay que tener ez zentido común, todo ez lógico —dice—. Nueztro primer objetivo ez renovar la clientela. Queremoz hacer un bar de múzica. Que la gente que venga no zea como hazta ahora, gente de una copa y fuera. La clientela de múzica ze queda una, doz, cuatro horaz. Ez gente fiel, que garantiza ingrezoz regularez. Lo que paza ez que el cambio eztá ziendo progrezivo. No ze pueden ver loz rezultadoz en un mez...

—Claro, claro, pero no podemos olvidar que en septiembre seguimos teniendo pérdidas...

—Evidentemente que ha habido pérdidaz, Guztavo. Zeptiembre ez un mal mez, y loz frutoz de una nueva geztión no zon inmediatoz. Pero a partir de Navidadez oz garantizo que tendremoz beneficioz.

—¿Tú crees? —pregunta Juan Carlos preocupado.

—Sería un cambio —refunfuña el Ignacio, que está pidiendo a voces que le den por el culo.

—Ignacio siempre lo ve todo negro. Ya le iréis conociendo —apunta Gustavo sin mirarle, como si el tío no estuviera.

—Bueno, estábamos con las pérdidas. No nos distraigamos, por favor —dice Raúl volviendo a darle al vaso con la cucharilla. A él está claro que mientras pueda seguir agarrándose esas cogorzas terroríficas que se pilla gratis cada fin de semana con sus colegas, se la suda que haya o no beneficios.

—Laz primeraz zemanaz había que atraer gente. Hemoz tenido que hacer muchízimaz invitacionez.

—Igual un poco demasiadas...

—Guztavo —Borja se lleva la mano al pecho—. A mí me habéiz venido a pedir ayuda. Vueztro bar ze iba al carajo, y antez de que apareciera yo teníaz un millón de pérdidaz que oz vamoz a cubrir...

—Perdona un momento. Estáis comprando una participación en el negocio después de la ampliación de capital...

—Llámalo como quieraz. El cazo ez que zi queréiz que haga algo, me teníez que dejar hacerlo a mi manera.

—Desde luego. Tú ya eres el encargado. Es lo que os he dicho, ¿no? —Gustavo mira a sus socios arqueando las cejas—. Que Borja lleva el bar.

—¿Qué pérdidas ha habido este mes? —pregunta Juan Carlos.
—Cien mil.
—Uy, es bastante para septiembre... —dice removiendo el café.
—Bueno. Todos sabemos por qué hay pérdidas.
—No empecemos, eh, Ignacio. Ya hemos discutido varias veces el tema de mi sueldo, y me lo he bajado.
—Menos mal. Porque con esas trescientas vete tú a sacar beneficios, no te jode —se descojona Raúl.
—Yaaa lo sé. Pero ahora percibo un sueldo mínimo, como administrador. Y en eso habéis estado todos de acuerdo. O sea que a ver, Borja, sigue.
—Como decía, ez mi primer mez. Ezto va a ir necezariamente a mejor. Tenéiz que tener confianza en mí.
—No, si confianza tenemos, el tema no es ése. El único detalle es que con la mitad de las invitaciones que has repartido hubiéramos tenido beneficios.
—Eztamoz empezando, Guztavo. En Navidadez habrá beneficioz.
—Basta ya de cháchara, y sácanos los papeluchos, Gustavo —dice Raúl.
Gustavo, mirándole de reojo, abre una carpeta y reparte unos folios churretosos llenos de cifras. Los socios se abalanzan sobre las cuentas. Raúl saca una Mont Blanc de la chaqueta que cuelga de su silla, lo revisa todo, nos mira y anuncia, muy serio:
—Gustavo, las cuentas no cuadran.
—¿Cómo que no cuadran? —Gustavo poco menos que le arranca el papel de las manos, y empieza a explicar, muy condescendiente, la situación inicial, la aportación de los nuevos socios, gastos del mes y demás. Luego:
—Si no hay más dudas, pasamos al punto siguiente, que es hablar de nuestro nuevo socio. Ya ha comprado las acciones de Juanpe, que como sabéis deja el negocio, y quiere comprar más. Como tú, Ignacio, quieres vender...

—Gustavo, mira. La impresión que tengo yo es que el negocio está bien para los que tenéis más participación y que además os ponéis unos sueldos con los que de alguna manera os avanzáis los beneficios...
—Una cosa no tiene nada que ver con la otra.
—A mí sí me lo parece. El caso es que yo con mi nueve por ciento...
—Cinco, después de la ampliación de capital.
—Bueno, el caso es que yo no veo negocio para mí.
—Ignacio, no te agobies. Tú quieres vender y un nuevo socio quiere comprar. No hay ningún problema —dice Gustavo dirigiéndome su mejor sonrisa.
Son ya las doce cuando dejo a Borja a la puerta de su casa, por ahí por San Bernardo.
—Bueno... ¿te vaz a caza? —dice el tío remoloneando a mi lado.
—Sí, tío, tengo que currar —bajo la música, un disco de los Samiam que me ha grabado éste—, que entre una cosa y otra, no he escrito ni una línea en toda la semana.
—Ya, pero tampoco vaz a hacer nada a eztaz horaz, ¿no?
Yo manoseo un momento el volante viendo que el cabrón de detrás me da las largas.
—Bueno, una copa —digo, y meto primera—, pero no me voy a quedar hasta las seis como ayer, ¿eh?
—Que no, joder. Una copita.

2

—Déjame en paz, que sé cuidar de mi hija —murmura Duarte sin dejar de rebuscar entre las perchas del armario empotrado.
—Eso dices siempre, ya.
—Mira, mamá, el médico viene ahora mismo. Y ahora salte, que ya no tengo diez años, me estoy cambiando.
—Teníais que haber llamado ayer por la noche, cuando te dije que tenía fiebre.
—¡Mamá!
Esta vez da un par de pasos hacia la puerta desde donde su madre le mira con los brazos en jarras, pero María suelta un gemido y Duarte se vuelve en redondo: es como si le hubieran tirado de una correa. ¿Te pasa algo, niñita? Se sienta al borde de la cama y le pone una mano en la frente.
—Ves, ya la estás molestando con tus gritos.
—Mamá, sal. Y dile a Paloma que termine de una puta vez con el teléfono, haz el favor. Niña, ¿qué tal te sientes? —dice abrochándose la camisa.
María le sonríe. Tiene las sábanas subidas hasta el cuello y las mejillas encarnadas. Encima de la mesilla de noche de Paloma hay un vaso de agua y una tortilla francesa que ni ha tocado.
—Pues cómo se va a sentir. Mal.
Duarte da un brinco, pero la puerta ya se ha cerra-

do y la habitación queda a oscuras. Palpa un momento y enciende la luz de la mesilla. Luego se calza los mocasines que están al lado de sus Adidas, y rebusca en la mesilla hasta que encuentra debajo de la chequera de Paloma el puñetero termómetro. Lo saca de su funda, lo sacude y lo acerca a la luz para ver si ha descendido el mercurio.

—A ver, guapa, levanta el brazito y lo guardas un rato mientras voy a ver si mamá ha terminado... Así, quédate ahora quietecita un momento.

Y al abrir la puerta ve que la tía sigue colgada al teléfono sin dejar de limarse las uñas.

—¡Paloma!

—Un momentito, que estoy con Mano... ¡Nacho!

—Mira, Paloma —Duarte ha cortado la comunicación y mantiene la manaza sobre el aparato—, no he comido, entro dentro de nada y tu hija está con treinta y nueve de fiebre, no me digas que no puedes dejar lo de tu hermano para otro momento.

—Ay, pero qué desagradable te pones. Estaba contándome lo del local. Ya sé que te importa un bledo pero...

—Pues sí, ahora mismo, teniendo a la niña como está, me importa un bledo.

¡Ding dong!

—¿Ves? Si ya está aquí —Paloma menea la cabeza—. Hay que ver cómo te pones.

—¡Ni se te ocurra! —le advierte Duarte al oír el teléfono. Y ahora, ¡ding, dong!, abre la puerta para toparse con un chaval que de no ser por el maletín, a juzgar por el polito verde y las pintas que lleva, parece más un jugador de golf que otra cosa. Le dice pasa, algo mosca, y se vuelve hacia su madre que se asoma ya para decir si cogen o no ese teléfono. El puto teléfono. Lo descuelga y lo vuelve a colgar con mala hostia.

—Ayer tenía unas décimas —está explicando Paloma—, y esta mañana se ha levantado con treinta y nueve. Yo creo que es sencillamente una gripe, pero mi marido es que se pone histérico en seguida...

Duarte se asoma a la cocina. Mamá, ponme un plato, que tengo que salir pitando. Luego se acerca a la habitación donde el médico se ha sentado al borde de la cama y mira ya el termómetro a la luz de la lámpara. Agarra la chaqueta y la funda de la Star que cuelga del paje y dice que él va comiendo.

—Ay, Nacho, no me agobies. Y salte, que te está llamando tu madre.

Su madre no le llama, le GRITA. Duarte chasquea la lengua. Dos días y ya le está poniendo de los nervios. Joder. Por él podía haberse quedado en Fuengirola.

—¿Qué pasa ahora?

—¡El teléfono!

—Me cago en la... —Lo engancha como si lo fuera a estampar contra el dibujo de María en la pared del recibidor—. ¿Quién?

'—Nacho, soy Manuel. Ponme con Paloma, que se ha cortado.'

—Mira, Manolito, Paloma está con el médico. Ahora te llama. Venga, hasta luego.

Su madre ya está poniendo la mesa en la cocina. Aquí tienes tu cocido, gruñón. Si tu padre viviera, no me hablarías así. Duarte deja la chaqueta en una silla y mirando el reloj se lleva un cacho de pan a la boca y empieza con el plato, que está lleno a rebosar. Y ya está terminando cuando ve que sale el médico asintiendo como un gilipollitas a todo lo que le dice Paloma.

—¿Todo bien? —Se limpia la boca.

—Que sí, tú prepárate. Tiene una gripe, eso es todo.

Mientras la otra despide al golfista, Duarte agarra la chaqueta y se acerca a la habitación.

—Hasta esta noche, niña.

—Papá... ¿Vas a trabajar? —murmura María sacando la manita.

—Lo intento.

—No te olvides de Macarena. Que se te ha muerto dos veces...

—No te preocupes —se golpea el bolsillo de la chaqueta—, lo llevo siempre conmigo. Ahora intenta dormir.

—Dale de comer.

—Yaa.

—La he oído pitar: quiere comer.

Duarte saca el Tamagotchi y aprieta algunos botones. Joder con la niña. Pip pip. Ya está: ¿contenta? Se sale. Y en el pasillo se mira un momento al espejo pensando joder, el pelo me empieza a clarear por la coronilla.

—¿Ya te vas? —murmura Paloma pasándole la mano por la espalda.

—Pues claro que me voy. Entro a las tres, por si no te habías enterado todavía.

—Qué dramático eres, hijo.

—Esto es una casa de locos. ¡Adiós!

En el rellano pulsa varias veces el botón de Llamada, pero alguien está reteniendo el puto ascensor y Duarte acaba bajando encabronado por la escalera. Saliendo ya del portal, se topa con Mario, que vuelve de sacar al perro.

—Quita, tú, que no es el día —dice apartando la cabezota del bicho, que intenta lamerle la mano.

—Nacho, ese mús que hemos quedado. Toca en tu casa...

—Me cago en la puta, no sé si va a poder ser, que ha llegado mi madre. Mira, te explico esta noche, que voy pillado de tiempo.

Y se apresura hacia el Peugeot 305 que descansa en el parking del edificio, semivacío a esas horas. Más allá el cielo está despejado y se ve la sierra a lo lejos. Después de colocar el espejo retrovisor («esta mujer...»), saca una cajetilla de Fortuna de la guantera y espera a que salte el encendedor del coche. En teoría ha dejado de fumar pero todavía se echa algún que otro pitillo a escondidas y hoy estas primeras caladas sientan de puta madre. Menuda mañanita. Hubiera preferido estar de servicio, joder. Sale con cuidado del parking y llega hasta la rotonda. Y de allí a una incorporación a la carretera de Colmenar. Apenas hay tráfico a esas horas. Al poco, pasa bajo las torres inclinadas de Plaza de Castilla. Castellana, Cibeles, Sol. Deja el coche en el parking del Grupo y entra en la sede de la Brigada Provincial en la plaza de Pontejos y saluda con una inclinación de cabeza al agente que está tomándole el DNI a una señora mayor en recepción. Por las escaleras se cruza con Sánchez y Múgica, de Atracos, y en la segunda planta se asoma a uno de los dos despachos del Grupo VI donde Julia, la inspectora que tienen haciendo prácticas en el grupo, está de espaldas, los codos sobre la mesa, ojeando una carpetita con las fotos del cuerpo mutilado que han encontrado la semana pasada en el incinerador de Valdemingómez. Los pantalones de pana le ciñen un culo grandote pero atractivo y lleva el pelo ondulado y recogido en una coleta con un lazo de terciopelo a juego con la camisa morada.

—Julia, ¿enviaste el fax que te dejé ayer para el juzgado?

La tía se incorpora y se vuelve un momento.

—Sí, claro —dice, muy seria—. Y Duarte, te está buscando Ramírez. Acaba de entrar un caso.

—¿Has visto a Pacheco?

—No ha pasado por aquí que yo sepa... —murmura volviendo a las fotos.

Saluerto sale del otro despacho del grupo farfullando algo entre dientes.

—Duarte, te toca una inspección ocular —dice tocándose la mosca pelirroja con una sonrisa que le hace arrugar los ojillos.

—¿Y el Jefe? —pregunta Duarte asomándose. El otro despacho es mucho más amplio y hasta tiene una máquina de café.

—Qué pasa, Duarte.

Navarro está cruzado de piernas en el sofá ojeando el último número del *Jueves* con una sonrisa, y Serrano, al ordenador con alguna diligencia, levanta la mano sin volverse y sigue tecleando a toda mecha y con dos dedos.

—Ahí le tienes —señala el pelirrojo—. Todo tuyo.

Ramírez aparece al final del pasillo levantando las manos en plan apocalíptico. ¡Duarte!, con su voz de fumador de puros. En nada ya le ha enganchado el brazo y le arrastra hacia las escaleras resoplando como un toro y apestándole con su aliento.

—Rápido, que nos están esperando... ¡Y coño!, ¡que alguien ayude a Serrano con este informe, que lo necesito hoy mismo!

Momentos después están metidos en uno de los coches K del Grupo. Alcalá, Castellana, Cuzco. La radio no deja de emitir mensajes y el Jefe le está poniendo a Duarte la cabeza como un bombo, vamos. Alberto Alcocer. Y ya en Costa Rica, los primeros curiosos se agolpan a la puerta del Caja Madrid y unos moscones de televisión filman a la gente que se asoma a los balcones. Ramírez aparca en doble fila, demasiado pegado a la ambulancia, y Duarte tiene que meter tripa para poder escurrirse entre los dos vehículos. ¡Dejen pasar, policía! Ramírez se abre paso entre los empleados del banco que charlan apuntando de vez en cuando hacia arriba. Duarte tropieza con una chica —¡ay!— y tiene que acelerar el paso para seguir al Jefe a través del portal. Vosotros dos, mucho ojo con los periodistas fuera, dice Ramírez amenazando con el índice a un par de agentes que interrogan al conserje. En el descansillo del sexto otro agente les abre la puerta del piso y nada más entrar ven a Zamora, de la Científica, cambiando un carrete en el baño a su izquierda y a Pacheco, de espaldas a ellos, brazo en alto, apoyado en el quicio de la puerta. Más allá, el forense se ha arrodillado al lado del fiambre, a los pies de un sofá negro.

—Hombre —saluda Pacheco volviéndose.

—Me cago en la puta, esto justo después de un cocido. ¿Qué coño...?

Duarte entra en el estudio y se queda mirando el muerto que yace bocarriba con los pantalones medio bajados. Una lengua sanguinolenta le asoma entre los labios, y además de los seis o siete puntos ensangrentados de la camisa que lleva remangada hasta los codos enseñando unos brazos velludos, la bragueta abierta del pantalón deja ver una herida profunda. La moqueta parece un campo de amapolas y sólo los zapatos Weston permanecen irónicamente inmaculados.

—Lo que tiene en la boca es el pene —aclara el forense, ajustándose las gafas.

—¿La hora?

—Yo diría que no hace más de dos horas.

—Llamada anónima, de una cabina —dice Pacheco—. El Samur no pudo hacer nada. El hombre venía aquí de vez en cuando. Por lo que sabemos el piso es suyo. Lo utilizaba como picadero.

—¿Los vecinos?

—No oyeron nada, la música estaba bastante alta... —señala la cadena al otro lado de la habitación donde Ramírez habla con los de la Científica—. Todavía estaba sonando cuando llegaron los agentes.

—¿Me permitís? —Valiente, el enorme juez de instrucción, se apoya en el brazo de Duarte para agacharse. Toca la muñeca del muerto con dos dedos, y al levantarse se pasa un pañuelo por la frente—. Bueno, yo creo que éste se lo pueden llevar los de la funeraria cuando queráis.

Duarte se acerca a la barra americana donde Zamora pega trozos de cinta métrica junto a un vaso de champán y una botella de La Viuda Cliquot medio llena. Más allá hay dos sillones de cuero a juego con el sofá y una mesita de cristal con otros dos vasos de champán. Duarte se inclina con cuidado delante del mueblecito de la cadena y ojea los compacts —Talk Talk, Yes, Pink Floyd, U2, Prefab Sprout, algo de clásica, y uno de Talking Heads abierto encima de los demás— y las tres cintas de vídeo —*El Misterio de la Cueva, Gratificación Anal, Botas Negras domíname*— en el suelo, al lado de la televisión extralarga Gründig. Luego se incorpora y sale a la terraza y observa la gente asomada a los balcones de en frente, a unos treinta metros. Aparta las hojas de un ficus gigante para apoyarse en la barandilla y echa un vistazo abajo, donde un equipo de Tele-Madrid filma a los curiosos que siguen arremolinándose junto al edificio.

—¿No falta nada? —pregunta volviéndose hacia Pacheco, que aparece a su lado en ese momento.

—Parece que no. Tiene los papeles encima. Y veinte mil pesetas en la billetera que ni se han molestado en llevarse.

Duarte saca su móvil y marca el número de casa ojeando a los camilleros que cargan ya el cadáver. Comunica.

—Bueno —dice Ramírez saliendo a la terraza—, vosotros diréis por dónde empezamos.

Poco después un Seat Málaga aparca en el carril bus a la entrada de Serrano, a dos pasos de la Puerta de Alcalá, y los dos hombres que salen del coche se encaminan hacia el número cinco de la calle. Dentro, la portería está iluminada pero no se ve al portero por ningún lado.

—Buenas tardes —dice ceremoniosamente el anciano con bigotito y bastón que sale en esos momentos del ascensor.

—Buenas tardes. Espero que esto suba —dice Duarte abriendo la puerta enrejada—. Yo peso noventa, ¿tú?

El ascensor, que no debe de tener menos de cien años, chirría al ponerse en marcha. En el rellano del cuarto, Pacheco para delante de una de las dos puertas y lee una placa de latón encima del picaporte.

—Producciones Ordallaba, aquí es.

—Pues venga, llama.

Tres o cuatro timbrazos y al poco les abre una especie de jirafa con gafas de pasta negra y traje de cuero marrón que está fumándose un pitillo de estos con boquilla. Buenos días... dice. En eso se oyen tacones acelerados por el parqué. Una puerta acristalada se abre de golpe y aparece una chica menudita que se precipita hacia ellos con una sonrisa bobalicona en los labios.

—¡Lo siento, Catherine, estaba haciendo fotocopias para Jorge! —se excusa levantando la cabeza para mirar a la otra—. ¿En qué les puedo ayudar?

—Les dejo con María Antonia —dice la jirafa alejándose al oír que suena un móvil en algún lado.

—Somos los inspectores Pacheco y Duarte, del Grupo de Homicidios. ¿Podemos pasar un momento?

La jirafa se vuelve como un resorte.

—María Antonia, puedes dejarnos y seguir con las fotocopias. Les importa pasar por aquí, por favor.

La siguen hasta una salita. ¿Por qué coño harían los techos tan altos y los ascensores tan pequeños?, piensa Duarte. Sobre la mesa hay una pila desordenada de revistas de cine y algún que otro *New Yorker*. En la pared reconoce fotos dedicadas de Antonio Banderas y Victoria Abril. La luz del atardecer se filtra por entre las contraventanas medio cerradas.

—Es original —dice la jirafa viendo que Pacheco se fija en un póster de *Ciudadano Kane*. Tiene un ligero acento francés, pero su castellano es casi perfecto y habla con mucha seguridad—. Soy la ayudante del señor Ordallaba. Él no está ahora mismo y no creo que vuelva esta tarde, pero quizás les pueda ayudar, si me dicen de qué se trata. —Y aplasta la colilla en un cenicero plateado.

—Desde luego que no va a volver esta tarde —dice Duarte carraspeando un momento—. Señora, hemos encontrado su cadáver en un piso de Costa Rica hace poco más de una hora. Se trata de un asesinato. Nos gustaría hacerles unas preguntas, no deberíamos tardar mucho.

3

así que me quiere echar pues ya veremos habrá que discutirlo porque aquí el dueño sigue siendo Gustavo y Gustavo no quiere que me vaya por lo de las cajas que igual las firmamos juntos pero bien que luego soy yo el que le lleva el dinerito a Gustavo a su casa que no se fía ni un pelo el tío fíjate ayer cuando le digo lo que hemos recaudado esta semana el mosqueo que se pilló con que al final iba a tener que acabar poniendo pasta de su bolsillo esto claro queda entre nosotros Armando porque tú sabes que no me gusta hablar mal de la gente y menos delante de terceros pero Armando hay una cosa que tengo que decirte quiero que lo sepas no no digas nada ya lo sé yo te contraté para este trabajo y yo te voy a defender necesito gente de confianza porque últimamente no estoy muy contento ¿y yo qué le iba a decir? pues mira a nivel de gente muy bien bueno los jueves flojos pero con las fiestas se anima y eso sí los martes y los miércoles no hay ni Dios y yo creo Gustavo ya te lo he dicho muchas veces que tenemos que cerrar joder que hay días que hacemos cajas de cinco mil. Y sube desde el metro por la calle Génova ya iluminada a esas horas. ¡Si soy el único que hace algo en el bar!, al torcer la esquina, porque anda que con la gorda y la otra menudas golfas de camareras se han buscado la gorda por lo menos es simpática claro que siendo tan. Delante del estanco se lleva instintivamente la mano al bolsillo de la camisa a rayas pero sí, tengo tabaco, continúa bajando Argensola. Las tiendas se las conoce de memoria: la ferretería, la pastelería que hace esquina con Orellana, la de alimentación en frente, la tienda Belén, con esa vendedora tan maciza que lleva allí dos semanas, y la librería Gaudí que abre hasta las nueve, donde le compra el *Marca* a esta vieja medio sorda. Un enano con el casco de la moto en mano le grita bajas o no a una niñita en el primer piso. ¿Y si no me da la gana? Armando escupe en un contenedor de obra lleno de escombros y basura. A esas horas el garito tiene la persiana metálica bajada. Al lado hay un portalón. Armando saca su manojo de llaves. Atraviesa un patio interior enlosado y para delante de una puerta que chirría al abrirse. Enciende la luz del descansillo y el gato de la del primero desaparece escaleras arriba. Luego abre la puerta trasera del bar y entra en la oficina. Una nota sobre la mesa —«Armando, mañana no voy a poder limpiar porque...»— le hace fruncir el ceño. Baja los interruptores de la caja de automáticos. Abre la puerta que da a la cabina del pincha y se agacha para pasar debajo de la mesa de los platos. Lo primero que hace al llegar a su barra es encender la puta tele, que hoy hay partido joder. Se estira, se sirve una coca-cola, y ah, otro día más. Mejor abro la puerta ahora antes de que llegue éste. Engancha la barra de hierro junto a la caja, y de vuelta a la calle quita el candado al cierre y lo levanta con estrépito y se queda un momento mirando el nombre del local en verde oscuro, al otro lado de la luna, sobre un toldo color crema. Luego entra otra vez y se baja a echarle una ojeada al tigre y comprueba que la Conchi ha currado bien aunque la cisterna que Borja le ha dicho que arregle lleva jodida unos días, pero a ver qué se ha creído ese pijo que es su curro. No dejar que se te suban a la chepa qué te van a contar a ti Armando que has estado currando en el Over-Ride que aquello sí que era un sitio serio con jefes como Dios manda. Rebusca entre sus llaves. Y luego arrastra fuera del trastero una caja de botellines de coca-cola y se la sube con él. Y en la pecera pone una cinta de las suyas. *BUM BUM BUM BUM BUM BUM BUM BUM.* Y otra vez en la barra mira el reloj y qué raro que no haya llegado éste cuando la lucecilla del teléfono se enciende, bip bip. ¿Sí? 'Armando, zoy yo. Voy a llegar un poco tarde. ¿Hay alguien en el bar?' No, nadie. Y nada más colgar aparece por la puerta Iñaki el recoge-vasos haciéndose la coleta. Qué hortera el hijoputa con esos tres aros en cada oreja y ya se podía cambiar la camiseta del Ché alguna vez. Le ha metido en esto el Armando, que le conoce del barrio, de Móstoles. Es bruto pero eso sí cojonudo para echar a los clientes de última hora. El tío coge la barra y empieza a dar hostias contra el suelo: ¡TO ER MUNDO FUERA, CAGÜENDIOS! Y en dos minutos no queda ni San Blas. ¡Ya estamos aquí!, se dan la mano. Ufff, qué calma, ojalá estuviera esto así toa la noche. ¿Qué tal ayer? Bien, bien. Anda que la primita no te dejaba en paz ni un minuto, ¿eh? Si nos descojonábamos la Sonia y yo, que cada vez que bajabas al baño se iba rapidito detrás tuyo. ¿Dónde fuisteis? A donde no te importa, chaval. Iñaki se mete y se abre una tónica con el abridor que lleva enganchado a la trabilla del pantalón. ¿Qué tal van?, señala la tele encima de sus cabezas. A cero, acaban de empezar. ¡Venga, jodíos! ¿Y la gorda y la otra? A las diez llegan. Hay que joderse. De patitas en la calle que había que poner a esas dos putillas. *BUM BUM BUM BUM BUM BUM BUM BUM BUM.* ¿QUÉ COÑO EZ EZTO? Armando apaga la tele con el mando y se gira en su taburete. No le ha oído entrar y ahora le tiene ahí al Borja supererguido y sacando pecho debajo de la camiseta amarilla de los ALL, el pelo polla engominado y pegadito al cráneo. ¿No me haz oído?, levanta el mentón. ¿Qué coño hace la tele encendida y qué coño ez ezta múzica? Armando, tenemoz una política muy clara y no quiero que la gente que paze por la puerta oiga eza múzica, ¿me haz entendido?. Ezte no ez un bar de bakalao, te lo he dicho mil vecez. Y ezpero que hayaz arreglado la puta cizterna. No he tenido tiempo, farfulla Armando. El otro resopla con fuerza y se va al fondo. Al poco suenan los Seven Seconds. Y delante de los platos, Borja mira SU bar y pasa revista a los pósters de Fugazi, Pearl Jam y Beastie Boys que le ha traído Jaime de Barcelona. ¡Cómo ha cambiado Gustavo's World! Ahora tenemoz una clientela muzicalmente madura, gente que ze queda toda la noche. ¡Y Guztavo que dice que la múzica cañera no guzta! Sonríe desdeñoso. Heavy. Por mucho que curre en una multinacional no tiene ni puta idea de. *ROCKS OFF (ROLLING STONES)— Rythm & Blues de primera hora. —MR CAB DRIVER (LENNY KRAVITZ)— Lenny tan revival como siempre. —DIRTY Boulevard (LOU REED)— Radiografía musical, cruda y realista, de NY. —MOTORCYCLE EMPTINESS (MANIC STREET PREACHERS)— Rock nostálgico. —HAVING MY PICTURE TAKEN (BOOMTOWN RATS)— Geldof empezó los ochenta con muy buen pie. —EVERYTHING YOU SAY (THE CARS)— Cuando te gusta un tema de pequeño, ya siempre lo defiendes (subjetivamente).* Y llega Roberto con una bolsa de vinilos bajo el brazo, chubasquero, pantalones Coronel Tapioca y las zapas Puma. Hecho un figurín el tío, siempre a la última. ¡Hombre, el Robertón! Qué pasa, Iñaki, cómo estamos. Deja la bolsa de Madrid Sur encima de la barra y pilla taburete. Saca el tabaco del bolsillo del chubasquero, muerde un pito, deja el filtro detrás de la oreja, vuelca el cigarro destripado en la cuenca de la mano y empieza a quemar la china. ¿Ya estamos, Roberto?, deja algo para la tertulia. Calla, que si no es por esto me vuelvo loco. Puto régimen. No veas lo rayao que me tienen las pirulas que me ha recetado el médico. Eso ya lo estabas tú antes, Robertón. ¿Has traído el periodico ese loco de las *Noticias del Mundo*? Lo traigo, sí, encendiendo ya el peta y soltando una bocanada de humo espeso. Yo es que ayer me despelotaba con la historia esa del hombre que lleva diez años viviendo con un hacha en la cabeza, qué rayadura colega. Menudas risas. Y el Jaime, ese, que no se quede otra vez, colega, que no hay Dios que le entienda. ¿Está el Borja? En la pecera. Ya ha puesto la cinta que grabé ayer, murmura Roberto asintiendo satisfecho. Se te fue un poco la fresa al final. Sí, bueno, la hora buena es hacia la una, que estoy rodado y todavía tengo ánimos. Menos mal que agachándome un poco no tengo que ver a esa gentuza. Sobre todo a esos cabrones de primera hora que se pasan la noche pidiéndome los Chili Peppers. Ponnos a los Chili, ponnos a los Chili. Les pongo a los Chili, y hala a pegar botes durante cinco minutos. Y luego otra vez: los Chili, los Chili. Me ponen negro. Putos estudiantes. ¿Y tú qué pasó ayer con la loba? Joder qué coñazo sois todos. Iñaki no soporta estarse quieto y ya se ha dado la vuelta y está ordenando las botellas. Bueno, voy pallá a ver qué me cuenta el Borja, dice Roberto agarrando la bolsa. Y en la cabina: Qué paza, Roberto. Aquí estamos, otro día más, saca los discos. He traído un par de movidas que no quiero que toque nadie más que yo, dice colocando los vinilos en los estantes. *THE END OF THE WORLD (REM)— Nunca me ha gustado REM, tema de relleno. —LONDON CALLING (THE CLASH)— El puente del punk a los ochenta. —SHE GIVES ME LOVE (GODFATHERS)— Tema puro de la New-Wave, ante todo FRIO. —PUMP IT UP (ELVIS COSTELLO)— Idem de idem, pero con teclados. —BEAT SURRENDER (THE JAM)— La nostalgia en los ochenta de lo que fueron para el Punk'77. —LINCOLN (THEY MIGHT BE GIANTS)— Minimalismo aplicado al más tradicional sonido americano.* Ah, hola, Zonia, dice Borja al toparse con la pelirroja en la barra de abajo. No soporta sus pintas, esos pantalones pitillo geborros, las botas por fuera, ¡los labios pintados para agrandar la boca!, y la carpeta llena de fotos de Tom Cruise. ¿Como por aquí tan pronto? No me apetecía quedarme a última hora, ya ves, dice Sonia, que viene con un par de chachorras amigas suyas. Borja asiente, ¿ziguez con el derecho? Pues ahí, como siempre. Es una locura. Y eso que cuando termine no voy a encontrar nada. Porque vamos, gente con título y en el paro la hay a patadas. Tío, es imposible trabajar sin experiencia, ¡pero cómo vas a tener experiencia si no te dejan trabajar! Y esto de llevar vidas tan separadas, yo de día y éste de noche, no hay quien aguante. Supongo que a ti te pasa lo mismo con tu novia, claro. Se gira: Oye, Armando, ¿nos vamos a Toledo el domingo o no? Ya veremos, dice Armando llegando con unas cañas. ¿Ves? Sonia le da un sorbo a su cerveza y deja el reborde del vaso lleno de pintalabios. Éste tiene suerte de que no me duran los enfados, que si no. Borja está a punto de decir bueno, oz dejo, cuando Sonia arranca otra vez con que si quiero hacer algo tengo que preparar oposiciones, porque ya te digo Borja, con cinco años de derecho... Por suerte llegan su prima cucaracha y Jaime, y Borja aprovecha para escabullirse. Qué paza, Natalia. Qué pasa, primo. Hola, Borja. Qué tal, tú, qué tal todo. Y luego llegan, juntitas como siempre, Virginia y Arantxa. Borja mira el reloj. Diez minutoz tarde. Y no olvidéiz que hoy oz quedáiz a barrer después del cierre. Ni contestan y se meten en la barra. Borja se le queda mirando a la Arantxa mientras con su sonrisa de zorrita le pone la copa a un cliente de lo más baboso. Pero la niñita está tan buena que puede permitirse los desplantes. Virginia se quita el jersey y sale para ir al baño. Tiene el pelo corto y castaño y hubiera sido guapa de no ser tan gorda. Dice que son las hormonas, pero también son esas hamburguesas y los perritos calientes que manda a comprar tres o cuatro veces a lo largo de la noche. Déjalas, Borja, hombre, dice Jaime, que por cinco minutos no pasa nada. *MRS ROBINSON (LEMONHEADS)— Una versión bastante prescindible, me quedo con la de Simon y Garfunkel. —LADY WITH THE SPINNING HEAD (U2)— Para mí, lo mejor que firmó U2 en la época «Achtung baby» —SHAKIN' THE BLUES (SCREAMIN' CHEETAH WHEELIES)— Rock sureño, menos clásico que Black Crowes, guitarras más potentes. —WATUSI RODEO (GUADALCANAL DIARY)— Power-pop americano. —OUT THAT DOOR (HOODOO GURUS): Los reyes del Power pop, australianos. —EVERYBODY NEEDS SOMEBODY (BIRDLAND)— Entretenidos.* Cuando llego, Armando y las camareras no dejan de moverse de la barra a las botellas y de la barra a la caja al ritmo de la música. Armando me saluda desde la primera barra y la gorda me dirige una sonrisilla pelota haciéndome recordar la primera vez que pasé por el Sonko que la pillé de palique con las amigas y me dijo que esperase, de lo más borde. Eso sí, en cuanto Borja me presentó, ya sí, supersimpática. A medida que entro hay más música y menos luz. De los tres ambientes del garito, la barra de Armando es la zona VIP, bien iluminada, música bajita, donde se quedan los pijos recalcitrantes de la época de Gustavo. En la segunda barra hay luz rojiza y peña más enrollada. Y ya al fondo los incondicionales se atrincheran en torno a la pecera en una habitación prácticamente a oscuras con música a toda caña y pestazo a peta. Iñaki me sirve una copa por el ventanuco que comunica la segunda barra con el fondo. Y luego Borja y Roberto me dan un apretón de manos por encima de los Technics. Yo me agacho para meterme en la cabina donde de pie, codo con codo, cabemos los tres. ¿Qué sabemos de Gustavo?, digo. He quedado en pagarle el viernez que viene, tengo que pedirle pelaz a mi tía. ¿Cuánto al final? Lo que habíamoz dicho. Noz quedamoz con el cuarenta y nueve y ze penzará nueztra propuesta. Escucha este tema, dice Roberto. BLITZKRIEG BOP (RAMONES)— *Básico y necesario.* —MS. LADY EVANS (RED KROSS)— *Grupo de culto, que combina la inocencia de los sesenta, la energía de los setenta y un toque grunge que les ubica en los noventa.* —TERRORVISION— *Grupo de diseño a merced de la demanda del mercado, pasarán al olvido.* —BASKET CASE (GREEN DAY)— *De los pocos que merecen la pena en el renacimiento del punk clásico.* —SELF STEEM (OFFSPRING)— *Primos hermanos de aquellos, pero con un sonido más agresivo.* —VASEOLINE (STONE TEMPLE PILOTS)— *Grunge poderoso.* Dos farolas alumbran la entrada del Sonko, que es el único garito de la calle. AY, ¿QUÉ PASA? Hay mucha gente, un momentito. Y Jaime retiene a las tres zorritas hasta que sale una pareja de grundgies cogiditos de la mano. Podéis entrar. ¿No crees que exageras un poquito, Jaime?, dice Natalia. Grandote como es y todo vestido de cuero negro, las Marteens por fuera del pantalón, el piercing en la ceja, la verdad que el tío impresiona. Y muy poca gente sabe que combina esa estética glamrock de látigos y látex con pasiones como coleccionar peluches y muñequitos de la Guerra de las Galaxias. No están los tiempos para bromas, dice Jaime, que en este mes han apuñalado a dos porteros de la zona. Venga, ahora va a parecer que estás en Chicago. Tía, tengo que imponer respeto porque si hay una bronca no van a salir ni Borja ni el otro a dar hostias por mí. Pero si son todos grundgies inofensivos, se burla Natalia. Pues algunos van hasta arriba y de los amigos de Kiko hay uno que lleva pipa. Te lo juro. La vi el otro día. Salió a decirme que le caía mal mirándome con cara de chungo y pupilas así. Y de repente se echó a reír: Tienes suerte, porque mira. Abre la chupa y me enseña la pipa. Ya ves la gracia que me hizo. Según Borja, es buena gente, un guardia de seguridad. *SHINE (COLLECTIVE SOUL)*— Postgrunge? —*REAR VIEW MIRROR (PEARL JAM)*— *Máximo esplendor del sonido P. J. Fuerza y Sentimiento* —*DO THE DOG (SPECIALS)*— *Ska clásico, para cambiar la dirección musical de la noche.* —*ONE STEP BEYOND (MADNESS)*— *Fiesta!!* —*FIESTA (POGUES)*— *... y más fiesta.* —*KING KONG FIVE (MANO NEGRA)*— *Del ska y la fiesta al rap, por el camino de la Pachanka.* Se acercan, tropezando más que andando, Luisín y otros tres bolingas con gafas de sol. ¿CÓMO QUE NO PODEMOS PASAR?, dice Luisín, todo chulo puta, quitándose las gafas. ¡SOY AMIGO DE BORJA, GILIPOLLAS! Jaime se encoge de hombros y los colegas de Luisín se agolpan descojonados junto al contenedor de obra. Todos llevan camisas Ralph Lauren y Levi's con enormes hebillas plateadas; uno luce coleta. ¿QUIÉN COÑO HA SIDO EL HIJOPUTA?, dice Luisín girándose y tocándose la espalda para limpiarse el gapo. El coleto se parte de risa. HAZLO OTRA VEZ Y VUELVES ANDANDO A CASA, GILIPOLLAS, y Luisín se encara con Jaime. OYE TÚ, ENTRA Y DILE A BORJA QUE LUISÍN HA LLEGADO. Natalia se mira las uñas pintadas de negro y Jaime se saca las manos de los bolsillos y dice que nanai. ¡DÉJANOS PASAR, COJONES!

La puerta se ha abierto y a espaldas de Jaime aparece Borja con los brazos en jarras. ¿Qué paza, Luizín? Cuanto tiempo, ¿no? TÍO, ME HE ENTERADO DE QUE HAS ABIERTO UN BAR, dice Luisín. ECHA A ÉSTE, QUE ES UN CRETINO. Y ya se dispone a entrar cuando Jaime le pone la mano en el pecho y Borja se da media vuelta. ¿CÓMO? VENGA, BORJA... Luizín, tío, tú que erez un genio cuando eztáz zobrio te conviertez en un gilipollaz en cuanto bebez. Que entren cuando zalga máz gente. Ya habéis oído, dice Jaime echándoles hacia atrás. *GET IT TOGETHER (BEASTIE BOYS)— El mejor grupo de hip-hop de todos los tiempos se luce. —INSANE IN THE BRAIN (CYPRESS HILL)— Sube los graves a tope y llena de humo la habitación. —HARRY CROSS (TOY DOLLS)— Una panda de cerveceros cantan juntos en una taberna inglesa. —STOP (J. ADDICTION)— Un grupo con personalidad, con sonido propio. —WAITING ROOM (FUGAZI)— O cómo sonar original con medios simples. —VELOURIA (PIXIES)— Junto a Sonic Youth, los padres del rock de los noventa.* Y al fondo los amigos de toda la vida de Roberto y sus novias pegados a la pecera. Raúl y Pedro están organizando el próximo viaje de esquí y yo les repito por enésima vez que el esquí no le interesa, ni Baqueira ni Les Arcs. Pero Raúl no deja de rajar, copa en mano, mirándome desde detrás de sus gafas de concha. Ha adelgazado, dice que se siente menos tetrabrick y sonríe al ver que Juana le da toquecitos en el barrigón. Yo he tenido un fin de semana duro y me cuesta seguir la conversación. Pedro también está metido en sus movidas. Invítame a una copa, anda, me dice. Le doy una invitación y me acerco a saludar a Guille, el hermano de la novia de Borja, un elemento de metro noventa que está en la esquina, con la pierna escayolada apoyada sobre el brazo de una muleta, repartiendo miradas desidiosas a su alrededor. El tío es que sólo despierta cuando se come algo. Qué pasa chaval, ¿qué haces aquí?, digo ¿ojeando el mundo rockero? Ya ves, me mira de reojo con una ceja levantada. Aquí esperando al Kiko y a Soten. ¿Qué tal la pierna?, ¿mejor? Supongo. Mientras charlamos sobre su accidente llegan Kiko y Soten con ojos de estar puestísimos. Qué pasa. Kiko enseña unos dientes bien negros y se gira hacia Guille. Chaval, no sabes lo entripado que estoy. Acabo de estar con el Espi y los micropuntos que tiene son acojonantes, a-co-jo-nan-tes, lo que pasa es que no me fía, tronco, no me fía pero si me dejas algo suelto voy ahora mismito y me los traigo para aquí, tronco, ¿cuánto tienes? Pssss, dice el escayolado. ¿Y tú? Kiko se gira hacia mí, jadeando el tío como si acabara de correr los cien metros, vamos. Yo después del finde nada, macho. Y me vuelvo los bolsillos del revés. Me he juntado con ellos después de cerrar el sábado y hemos recorrido trescientos kilómetros sin salir de Madrid, de discoteca en discoteca, de casa de uno a casa de otro. Sesenta mil pelas. La zarpa me salía por las orejas y las veinte pirulas me repatean todavía el estómago. Me he pasado dos días enteros durmiendo. ¿Y el Borja? No le he visto. No me jodas, no me jodas, necesito algo. Pregúntale al Loco, allí, digo. El Loco ha enganchado a Raúl por el cuello y le está dando tobas con la mano libre. Joder, éste, dice Guille y da un saltito y le toca con la muleta: suéltale, Loco. Yo me quedo con Soten, que me sonríe con las manos en los bolsillos de su chupa vaquera blanca. No te digo nada porque estoy entripado, ¿vale?, no te lo tomes a mal. El Loco sigue sin soltar a Raúl y me le acerco. Oye tú, ya está bien. El tío levanta la vista y me tiende la mano libre con una sonrisa de oreja a oreja, Qué tal, dice sin soltar al otro. Con ese pelo cepillo y el cuerpo que tiene parece un marine americano. Si se lo está pasando bien. ¿A que te lo estás pasando bien? Raúl tose con la cara roja detrás de las gafas. Eso es bueno, hombre. Dos cachetes más y el Loco le suelta y se acerca a la cabina y se queda mirando fijamente a Roberto. ¿Qué? Nada, aquí, dice Roberto. Eso es bueno, hombre. Y el loco vuelve con su novia que está con la de Borja en la segunda barra. Le gusta asustar a la gente, digo encogiéndome de hombros. Ya me he dado cuenta, ya, el Raúl, todavía recuperándose. Ése es uno que no viene a esquiar. *QUIET (SMASHING PUMKINS)— All is quiet, pero las guitarras lo inundan todo. —ZOMBIE (CRAMBERRIES)— El sonido de las guitarras es idéntico al de «Quiet». —R'N'R HIGH SCHOOL (RAMONES)— Todo el «teen-spirit» del mundo en 2'38. —WELCOME TO PARADISE (GREEN DAY)— El mejor tema de «Dookie» —OFFSPRING— Siempre después de G. Day. —AMERICAN JESUS (BAD RELIGION)— Oida una, oidas todas. —LEAVE IT ALONE (NOFX)— Punk-rock-melódico-acelerado.* Kiko otra vez: Oye, lo de los micropuntos igual no, pero el otro día me dijo Borja que querías pillar pirulas. Si todavía las quieres hay unas cojonudas a novecientas. Unos tapones fantásticos, tronco, de esos guapos guapos, ¿qué?, ¿te hace? Yo me acerco a Pedro, que sigue con su invitación en la mano esperando en el ventanuco. Joder, llevo aquí quince minutos, hostias, dile a ese que me sirva. Si te sigue interesando lo de las pirulas, Pedro, digo, las hay a mil. Cien entre los dos, y si ponemos setenta cada uno pillamos algo más, ¿te parece? Vale, ¡pero dile a este hijoputa que me sirva! Yo me vuelvo hacia Kiko. De puta madre, pero adelántame algo, tronco, me dice. Hoy no puedo, lo siento, Kiko. Me cago en la puta, angustiado, mirando a su alrededor. ¿Y quién...? Se va a por Borja, que menea la cabeza y saca su billetera. Luego engancha a Soten y desaparecen a toda velocidad. Y en eso llega Pedro y me agarra la camiseta y empieza a comerme la oreja. ¡TIENES QUE ECHAR A ESE CABRÓN, TIENES QUE ECHARLE! ¡NO ME QUIERE SERVIR! ¡LE HE PEDIDO UN WHISKY, Y NO QUIERE SERVIRME! Se calienta tanto, que me acerco a hablar con el Iñaki. El tío ha pillado la copa de Roberto y dos coca-colas del murete junto a la pecera. Borja me ha dicho que por el ventanuco no se sirve, dice sin mirarme, y yo no sirvo por el ventanuco, por muy amigo tuyo que sea. Pero Iñaki. Que me dejes en paz, ¿no ves que estoy trabajando? Y pasa de largo. Y yo pillo a Borja que está en medio de un grupo de pijitos, riendo un chiste. ¿Paza algo?, dice Nada, que el Iñaki se ha rebotado con el Pedro. Tú tranquilo, tira el cigarro que ezto paza en todoz ladoz. Y le dice a Iñaki: Iñaki, mañana eztate aquí a laz nueve. El otro se va a la barra y la zorra de Virginia se acerca a enterarse de qué ha pasado. Yo busco a Pedro pero Roberto me dice que se ha pirado. Es que es la hostia este hombre, metiendo un disco en su funda y ojeando los Chili que siguen fumando en su esquina debajo de un cartel que dice —PROHIBIDO FUMAR PORROS—. *LAST EXIT BROOKLYN (B. BOYS)— Revolucionó el rap al incluir por 1ª vez riffs de rock clásico (AC/DC en este caso). Perfecto para cambiar a rock. —HIGHWAY TO HELL (AC/DC)— El tema ideal para pinchar después. —PEACE DOG (THE CULT)— Una muy buena copia del grupo anterior. —SLEEPING MY DAD AWAY (DAD)— Rock sueco al estilo The Cult. —ROCK N' ROLL (LED ZEPPELIN)— El tema comodín del rock de los setenta.* Sale un grupo de chicas, y venga, padentro, les dice el Jaime a Luisín y a sus amigos que bucean entre la gente hasta llegar al fondo. ERES UN CABRÓN, le dice Luisín a Borja. ¿Y ezo? PORQUE SÍ. SÁCANOS UNAS COPAS. ¿Qué queréiz? CUATRO GÜISKIS. Banda, el de la coleta, le echa el brazo alrededor del cuello y le da un morreo de campeonato. Comportaroz, coño, no vengaiz a mariconear en mi bar. BORJA, NO SEAS ESTRECHO. Eztáz borracho. ¡BAH! Borja saca un fajo de primeras copas y en cuanto Luisín se va hacia la barra se le acerca su novia Maria, una morenaza de uno setenta y cinco con ojos de sapo que siempre lleva un jersey atado a la cintura. ¿Pasa algo, Borja?, pregunta mirando a las dos guarritas que no le quitan el ojo a su novio. Nada, que me jode ver a alguien como Luiz dezperdiciando zu talento, dice Borja. Luisín ya pide por el ventanuco. Y Banda, enganchado a su cuello, habla con la gorda, que le explica que por ahí no se sirve. *MALA VIDA (MANO NEGRA)— Diversión y mucho sentimiento latino. —SABOTAGE (BEASTIE BOYS)— Música de telefilm policíaco de los setenta. —PARKLIFE (BLUR)— Me deja indiferente, el famoso Brip-pop de los noventa es la prueba evidente de que el pop retroactivo no tiene futuro. —SATURN 5 (INSPIRAL CARPETS)—*

Pop ácido, psicodelia pop. —*RAIN (THE CULT)*— *Estos sí que eran los auténticos Cult, góticos.* Aquí está Miguel saludando a Roberto, y Borja se acerca. Qué paza, Miguel. Cómo eztamoz. El Miguel, que no pasa mucho por aquí desde que estoy con el bar, ahora va rapadito con una gorrita de Levis del revés. Roberto, déjame, que voy a poner mi maqueta para que la oiga ézte, Borja rebusca entre las cintas debajo de la mesa de mezclas y empieza a tararear en un inglés pachanga. Loz Somewhere Elze, el grupo de Jaime, ez la maqueta que lez he grabado. ¡Ezto ez múzica! Esta banda es una mierda, tío, suelta Miguel y el otro se pica y le dice no tienez ni puta idea de múzica. ¿Tú, qué dicez, Roberto? Yo no tengo prejuicios, dice Roberto y aprovecha para empalmar con los NOFX. A mí las melodías de los NOFX me recuerdan a Barrio Sésamo, dice Miguel. Mira, Borja empieza a tomárselo a pecho, a loz NOFX no me loz toquez porque. Barrio Sésamo. No tienez ni guarra, macho. A vozotroz el día que toquéiz en Barcelona oz van a abuchear como gevilongoz que zoiz, que el hardcore no ez heavy, a ver zi te enteraz. *LUKA (LEMMONHEADS)*— *Suzanne Vega pasada por una lavadora eléctrica.* —*KILL ALL THE WHITE MEN (NOFX)*— *Un temazo.* —*GIVE IT AWAY (RED HOT CHILI PEPPERS)*— *Funky muy marcado, otro disco clave para los noventa.* —*SMELLS LIKE TEEN SPIRIT (NIRVANA)*— *Lo sobaron demasiado, pero pasará como todo un clásico.* —*SHEFFER (VERUCA SALT)*— *Guitarras femeninas y guerreras.* Coincido con Iñaki en el baño. Normalmente me dice qué pasa, jefe, menudo globazo pero ahora ni sonríe y yo meo con la vista pegada a los azulejos encima de los que alguien ha garabateado EL MUNDO GIRA Y LOS ESPAÑOLES DUERMEN con un rotulador negro. Me lavo las manos, y al salir me encuentro con Juan Carlos, el relaciones de otro bar de la zona apalancado con dos colegas en una mesa de las de abajo. ¿Qué? ¿Otra vez aquí?, digo. Siempre aquí, ¿verdad, Jesús? El colega asiente sin dejar de mirarme con sus ojillos. Desde hace ya años. Antes incluso de que Gustavo tuviera el bar siempre veníamos aquí abajo a fumarnos nuestros petas, y me ofrece un porro aceitoso. Gracias, le doy una calada. ¿Qué tal os van las cosas?, pregunta el tal Jesús tocándose la mosca de la barbilla y sin dejar de mirarme. Porque ya te habrá dicho Borja que la gente del Bombazo está interesada en meterse aquí... siempre que funcionéis bien, claro. Algo me ha comentado, digo, y me abro en cuanto puedo. Arriba, la música y las voces empiezan a tapar lo demás y el aire está cada vez más cargado de humo. ¿Qué tal?, me dice Susana, la famosa prima de Borja que está apoyada contra una columna, al lado de la escalera. Estaréis contentos, hoy está lleno. Borja dice que es un coco, que saca siempre diez en todo. El viernes es fácil llenar, digo, el problema es entre semana. Pero entre semana no abrís. Domingo y lunes no; los demás días sí. ¿Y no hay nadie?, con una media sonrisa, y empieza a enrollarse un mechón de flequillo alrededor del dedo, un gesto que me pone muy nervioso. No mucha gente, no. Estamos intentando atraer extranjeros. Borja ha pillado un nuevo relaciones que se mueve con los Erasmus. Píter, el que está en la barra, digo sabiendo que Susana ha estado enrollada unos meses con él. Ése es el secreto del Veneciano, que ha conseguido atraer a los extranjeros. ¿Me haces un favor?, la tía me mira a los ojos. ¿Tienes algo de coca? Depende de si ha llegado Josemi, digo. ¿Me puedes conseguir un gramo? Pero no se lo digas a Borja, ¿eh? Me voy hacia el fondo y entre las caras conocidas veo a Josemi que va como siempre con su chaqueta de pana, la camisa por fuera y una gorra con la visera del revés. Le susurro algo al oído, inclinándome porque es enano. Josemi asiente y se acerca a la pecera. Le dice algo a Roberto y entramos a la oficina. Ay, farlosos, murmura Roberto. Borja se acerca. Pero su novia deja a la tía con la que está y: ¡BORJA, ME LO HAS PROMETIDO! María, no zeaz pezada, ¿eh? Que no me voy a poner, ten un poco de confianza, zólo le quería decir algo a Jozemi. Y se mete en la oficina. Rápido, ponedme un tiro, que zalgo en zeguida. Josemi se sienta a la mesa y empieza a currar. Joder tu churri, cómo se pone, dice. Alguien abre la puerta y Borja se gira sobresaltado. Haz el favor de llamar, ¿quierez? ¿Que hacez que no eztáz fuera? Que se ponga un tirillo el chaval, ¿no?, dice Josemi. Ni hablar. ¿Qué quierez, Jaime? Una gilipollez, Borja. Que si me puedo sacar un taburete para sentarme, que pasarse ahí fuera toda la noche de pie es la hostia de cansado. Lo ziento, pero no. ¿Por qué? Porque no ze puede, Jaime, ezo ez todo. Jaime resopla alucinado y sale dando un portazo. Borja, tío, es tu amigo. Mira, Jozemi, cuando eztá en el bar ez el portero. Y el portero eztá de pie. Zi no le guzta, no hay maloz rolloz, ze buzca otro zitio y cojo a otro. *CONNECTION (ELASTICA)— El bajo es realmente elástico, se estira y encoge sin romperse. —CANNONBAL (BREEDERS)— La sección femenina de Pixies no se rinde. —THE KKK TAKE MY BABY AWAY (RAMONES)— Un CLÁSICO. —I WANNA BE (BUM!)— Más punk-rock melódico, desde Canadá. —EVER FALLEN IN LOVE (BUZZCOCKS)— El setenta y siete hecho canción.* Argensola atascada. El semáforo de Fernando VI pasa a verde. Los coches que ganan unos metros. Un taxi para en segunda fila donde el contenedor y sale Gustavo con una camiseta de Ministry of Sound asomando bajo el chubasquero. ¿Qué tal estamos esta noche?, le dice a Jaime. No nos han presentado. Yo soy Gustavo, se inclina, todo sonrisas, para dar dos besos a la novia. Natalia. Encantado. No hay mucha gente hoy, ¿verdad?, asoma la cabeza. Es pronto todavía, dice Jaime. Sí, claro. Oye, sólo por curiosidad, ¿a ti te gusta esta música, Jaime?, pregunta. A mí, sí. No, si no está mal, pero un poco de variedad no vendría mal. Para que todo el mundo se pueda sentir a gusto en este bar, ¿no? Pero ¿qué es eso? ¿El qué? Eso que suena. Debe de ser la alarma de la tienda de al lado. Gustavo se queda mirando la lucecita roja encima del escaparate y luego mira a Jaime. El pitido se hace insoportable. ¡Hay que hacer algo, Jaime! No sé, tú eres el jefe. Alguna gente empieza a salir del bar y Gustavo se pone cada vez más nervioso. Podéis entrar, dice Jaime. No tiene nada que ver con nosotros.

Gustavo rebusca entre los escombros del contenedor. Encuentra un palo de medio metro y se queda un momento mirando la lucecita de la alarma. ¡Cállate ya, leches!, se acerca con el palo en alto, da un saltito y suelta un hostión. ¡Crac! *TERRORVISION— Otra, había que explotar el disco. —MAYONAISE (SMASHING PUMKINS)— Otra ración de guitarras plomizas. —100 % (SONIC YOUTH) — Para abrir boca. —LONGVIEW (GREEN DAY)— Más G. Day. —BEN CAUGHT STEALING (JAN'S ADDICTION)— También el funk acelerado se les da muy bien.* Josemi lo está flipando con una foto que hay en la pared del Gustavo bailando descamisado encima de la barra abrazado a una pija y dándole a un silbato con un globo de mucho cuidado. ¡Qué tío más raro, macho!, dice vertiendo la papela en el compact. Si ya se lo dije yo al Borja cuando le empezó a comer la cabeza en el Veneciano con que si sus amigos del colegio le habían hablado muy bien de él y que tendrás libertad para hacer lo que quieras, Borja, imita askeado. Pero tío, aún así te digo que os va a sacar el negocio adelante. Mira, en el Veneciano la gente ahí decía mucho uy, Borja el enchufado, y era verdad que Pablo le mimaba y eso que menudo es el Pablo cuando quiere, tiene a los camareros acojonaítos, macho. Pero el cabrón de Borja se lo curraba, y te digo yo que vale y que va a sacar el bar adelante. Eso sí, con Jaime se ha pasao, eh. Los colegas son los colegas, dice sin dejar de dividir la coca encima del compact y equilibrando los dos montoncitos. He tenido movida con Kiko. Macho, he decidido que de ahora en adelante trato directamente con Kaiser. Porque a mí no me lía nadie, sabes. Que yo, tronco, llevo todas mis cuentas apuntadas en una libreta. Y los gramos que llegan a través suyo son casi cuartos, colega, ¡cuartos! ¿Y tú sabes lo que me hicieron ayer? Se metieron aquí a hacer separaciones delante del Borja, y el Kiko que dice: Oye Borja, voy a hacer cuatro gramos de los tres de tu amigo y me quedo con uno, a ti no te importa, ¿verdad? No te jode. Menos mal que Borja puso las cosas en su sitio. ¿Y el otro día?, que intentaron llevarse el teléfono del Bombazo, ¿tú te crees? Le da un lametazo a la tarjeta y menea la cabeza con la misma cara de alucine. ¡Lo arrancaron, tronco! Entre él y el Loco. Y como no pudieron llevárselo lo dejaron medio colgando. El Kaiser es el único serio de esa panda. A ver, mira qué te parece. Van un poquito cortos pero es culpa del Kiko. ¿Pongo unos tiros? Hasta la polla de Lucía, tronco. Es que son muchos años, nos conocemos demasiado, sabes, no hay... no hay... Mira, hay un par de negritas con labios de chupapollas que vienen ahora todo el rato al Bombazo. He quedado con ellas. Si quieres te vienes. Haz papelas. *BORN TO RISE HELL (MOTORHEAD & ICE-T)— Un clásico de Motorhead revisado por el máximo exponente del Gansta-rap. —THE LONGEST LINE (NOFX)— La otra cara de «Kill all the white men». —GO AWAY (LIVING COLOUR)— Grunge de tintes afroamericanos, muy original. —INDIOS DE BARCELONA (MANO NEGRA)— Cachondeo. —HERE COMES THE BASTARDS (PRIMUS)— EL BAJO de los noventa.* No te vayaz muy lejoz, que eztá Guztavo por ahí, y mira a ver zi me dicez quienez zon ezaz doz guarritaz de la ezquina que no me quitan el ojo. A la de la faldita a poco que se mueve se le ven las bragas y le cuchichea algo a su amiga, que me mira mientras me abro camino hacia donde me espera Susana con los labios entreabiertos en una pose de lo más estudiada. Vamos fuera, digo. No, fuera, no, mirando hacia donde está Iñaki. Vamos al baño. Abajo Juan Carlos y los otros se sonríen al verme entrar detrás de Susana en el baño de las tías. Una rubita que está estirándose las mallas delante del espejo se gira y me dice: Eh, ¿no te acuerdas de mí? Lo sentimos, dice Susana empujándome dentro del tigre y cerrando la puerta. El váter apesta a meados y el suelo está encharcado. Susana se apoya contra la puerta. Hazte una, dice mientras la de fuera golpea la puerta: ¡NO ME PIENSO MOVER DE AQUÍ HASTA QUE SALGAS! ¡TE VAS A ENTERAR, LISTO! ¡ACUÉRDATE, LA TONTA QUE TE ENRROLLASTE EL VIERNES PASADO! ' Yo saco la billetera y Susana me mira entornando los ojos. '¡QUE TIENES UN MORRO QUE TE LO PISAS! ¡SAL YA, CARA!' A mí, no muy grande, ¿eh? Le paso la billetera y la tía es tan torpe esnifando que sopla la mitad y luego se me lanza al cuello. Fuera se oye un portazo. Yo palpo los michelines y le meto la mano. Ella me acaricia el paquete pero en cuanto le toco la entrepierna, jadea un momento y luego me aparta la mano y dice aquí no. Espera... Pero ya ha abierto la puerta: SUCK MY KISS (RED HOT CHILI PEPPERS)— *Power-funky.* —DIG FOR FIRE (PIXIES)— *Últimos coletazos del grupo de Boston.* —NEARLY LOST YOU (SCREAMING TREES)— *Grunge light.* —LOST IN THE SUPERMARKET (CLASH)— *Todos nos hemos perdido en el super de los Clash.* —SUGAR KANE (SONIC YOUTH)— *Los señores de los noventa.* En la parte de arriba de las escaleras me topo con el Píter que me guiña el ojo. ¿Qué tal?, y se toca la boca para indicar que tengo un poco de pintalabios. Luego Borja me tira de la manga diciendo que está el Gustavo en la oficina. Tenemos que hablar, dice Gustavo en cuanto entramos. El tío ha dejado el chubasquero sobre la mesa y está en camiseta. Guztavo, tranquilízate. ¡PERO CÓMO QUE ME TRANQUILICE!, se le hincha la vena del cuello cada vez que grita. ¡ESTÁ TODO EL MUNDO FUMANDO PORROS! ¡COMO PASE LA POLICÍA SE NOS VA A CAER EL PELO! Y golpea la puerta con la mano abierta. ¡BORJA, ESTO NO PUEDE SEGUIR ASÍ! No te pongaz hiztérico, tío, que la puerta no tiene ninguna culpa. ¡CON ESTE AMBIENTE MI GENTE YA NO VIENE! ¡INCLUSO HABÉIS ESPANTADO A MIS SOCIOS! Gusztavo, ¡eztá lleno! Cuando me dijizte que llevaze el local me prometizte total libertad para hacer el bar que... ESTÁ LLENO PORQUE ES VIERNES. ¡PERO SEGUIMOS TENIENDO PÉRDIDAS Y LLEVÁIS MÁS DE DOS MESES! YA HEMOZ TOMADO MEDIDAZ. ¡SÍ, PERO NO BASTA CON RECORTAR LAS TARJETAS. TE DIJE QUE EL DIYEI TRABAJARA MENOS HORAS! ¡Y EL PORTERO SÓLO LAS HORAS PUNTA! Guztavo, lo hemoz discutido mil vecez, eztamoz llevando una política de preztigio y el portero ez importante, la gente lo ve en la calle, le da categoría al. ¡HAY QUE RECORTAR GASTOS! Guztavo, hemoz vizto a donde oz llevó vueztra política. NUESTRO ACUERDO NO INCLUÍA CAMBIAR EL BAR ASÍ. ¡Y NO HABÉIS TERMINADO DE PAGAR! La zemana que viene. ¡LLEVO UN MES ESPERANDO! Ya te he explicado que mi tía... ¿Y TÚ? Mira, Gustavo, creo que es más sencillo si pagamos juntos... Guztavo, ezcucha. ESCÚCHAME TÚ A MÍ, BORJA. POR AHORA VOY A SEGUIR AGUANTANDO, HASTA NAVIDADES, PERO COMO ENTONCES SIGAMOS TENIENDO PÉRDIDAS... y coge su chupa. Ezte hijoputa, murmura Borja cuando se cierra la puerta. Yo le digo que cuidao que todavía se oye a Gustavo en la cabina: 'Roberto, si a ti también te gustan los U2. Podías poner una música un poco más tranquilita. El heavy está bien, pero un poquito de dance, salsa, algo de bakalao. Para hacerlo más variado, ¿no?' Zi ez que no noz deja hacer el bar que queremoz. No noz deja. ¡Pero zi ez que eztá lleno! *LOSER (BECK)— Rock tradicional americano sampleado y rapeado = ¿genialidad? —DRUNKEN BUTTERFLY (SONIC YOUTH)— La banda sonora del vuelo de una mariposa ebria.* Son ya más de las cinco cuando aparecen los cucarachos guarretes y con caras pintarrajeadas que llegan siempre a última hora. Roberto les pincha unas cancioncillas de Sisters of Mercy y Ministry, caña total de postre. Y Borja se mosquea y sale a por Jaime y le hace pasar a la oficina. ¿Qué? Ezcucha, tuz amigoz. ¿Qué pasa con mis amigos? Paza que eztá muy bien que vengan a última hora. Pero que no ze queden a la puerta, que tanto zinieztrillo azuzta. Ézte no ez un bar de cucarachoz, ¿de acuerdo? Jaime chasquea la lengua y mira al suelo. ¿Paza algo? Nada, tú eres el jefe. *IT IS NOT UNUSUAL (TOM JONES)— Un toque de humor (¿ácido?) para cerrar los platos.* Por fin se encienden las luces y Armando se mete en la cabina. ¿Qué, Roberto tertulia? Nos ha jodido, yo ahora a la cama no me voy ni loco, a ver si se va toda esta gentuza y podemos relajarnos un rato. Me zumban los oídos. Estoy hasta la polla. "¡Fuera todos!", grita Jaime fuera. "¡Iñaki, la barra, que el Sonko está cerrado! ¡CERRADO, HOSTIAS!"

4

Quita, dice Pacheco apartando malhumorado a una chinita en bicicleta que casi le atropella al torcer la esquina. Un corrito de marujas a la puerta de un café se calla al verles pasar y dos maricas que están hablando de un balcón a otro se les quedan mirando con cara de asco y Pacheco que les controla por el rabillo del ojo juraría que uno de ellos ha escupido, ¡maderos!, pero no está para tonterías en estos momentos. Ya han pasado las huellas dactilares de los vasos por el SAID y no ha dado positivo. Y Duarte ha llamado del Anatómico Forense después de la autopsia diciendo que han encontrado pelos púbicos en la boca del cadáver. Además, han encontrado en su chaqueta una tarjeta de El Armario, mala coincidencia. Y con toda la presión que se está ejerciendo en el caso el mamón del jefe no deja de repetir que quiere resultados a toda costa. Y va a haberlos, ¿lo entienden? Quiero toda la mierda relacionada con nuestro hombre, todo. Su vida familiar, sus amistades y enemistades. Quién coño se beneficia de su seguro de vida. Lo quiero saber absolutamente todo. Absolutamente todo, repite Pacheco con sorna parándose delante de una puerta encima de la que ondea una banderita del arcoiris. Se quita las Rayban, parpadea un par de veces —el sol del mediodía le resulta cada vez más insoportable— y llama al timbre. Al rato la puerta se abre con un zumbido. Un hombrecillo que está leyendo el *Men*sual detrás de un cristal antirrobo levanta la vista y Pacheco pega la placa contra el cristal mientras Navarro y los agentes que le siguen atraviesan el vestíbulo y bajan por una escalerita hasta los vestuarios. Pacheco va tras ellos y repite con voz monótona:

—Policía. Permanezcan donde están y no se alarmen.

Del vestuario vacío pasan a una sala con paredes decoradas con enredaderas falsas donde hay un balancín y una mesita con varios ejemplares de *Shangay*, *El País* y *El Mundo*, y allí les alcanza un gordo amanerado.

—Pero... ¡Qué es esto! ¡Pacheco...!

El gordo, que le llega a Pacheco a la altura del hombro, se ha puesto como una granadina al ver que los agentes están sacando a clientes en paños menores de las cabinas y los van ya empujando hacia los vestuarios. Intenta retener al policía agarrándole por la manga de la chaqueta. Pero Pacheco ni se inmuta y sigue con lo suyo:

—Les ruego que permanezcan tranquilos. Vamos a proceder al registro de este local y a la identificación de todos los presentes.

—¡Pero...! ¡Esto es un establecimiento privado, ¿cómo...?!

—Mira, guapo... —dice Pacheco volviéndose para enseñarle la orden judicial que le ha firmado Valiente esa misma mañana.

—Esta orden es una vergüenza... no tenéis derecho a...

—No me canses —Pacheco se suelta bruscamente—, sabes que no tienes licencia para sauna y esto no es un café-teatro. —Y agarrándole por el brazo le mete en una de las cabinas donde la luz cruda de una bombilla ilumina el colchón granate y unas chanclas que se ha olvidado alguien. Pacheco cierra la puerta tras de sí, echa el pestillo y empuja a Joselu contra la pared.

—¡Ay!

—¿Has oído hablar de lo de Ordallaba?
—¡Y qué tiene eso que ver...!
—Déjate de gilipolleces, Joselu. Era cliente tuyo.
—¡No me toques...!
—Pues responde.
La vieja maricona le mira con odio.
—Yo no sé nada de ese asunto —dice sacando morritos, muy altivo—, y no voy a abrir la boca sin un abogado por medio.
—Mira, listo, estamos investigando a gente del ambiente que frecuentaba Ordallaba. Ha podido conocer al asesino aquí, en El Armario.
—Puedes estar seguro de que la gente que viene aquí es pero que muy respetable —dice Joselu con insolencia.
—No me jodas. ¿Le atendía alguien normalmente?
—No me acuerdo.
—¿Quién? —Pacheco levanta la mano. Fuera se siguen oyendo protestas y voces.
—Esto es intolerable, Pacheco...
—O me das el nombre o te meto un paquete añadido por venta de estupefacientes.
Otro empujón con los dedos que sienta al gordo en el colchón.
—Mierda. No pienso...
Pacheco suelta una bofetada.
—¡Álex! —gime Joselu llevándose la mano a la cara.
—¿Álex?
Joselu se incorpora y sonríe maliciosamente enseñando unos dientes postizos blanquísimos.
—El mundo es una cama, Pacheco —le tiembla la voz—. Tu amiguito Álex. Era su preferido. Incluso le ofreció trabajo en una película...
—No le he visto aquí —dice Pacheco, impasible.
—No has tenido suerte. Se te ha escapado, amigo.
—Venga, fuera.
Pacheco abre la puerta y empuja al gordo de vuelta a los vestuarios.
—Ey, ¿qué os creéis que estáis haciendo? —protes-

ta Joselu viendo que Serrano está ya registrando las taquillas y que Navarro en cuclillas rebusca en las bolsas de deportes.

—Calla ya, leches —esto Pacheco.

—Hay que joderse —se ríe Navarro enseñando una raqueta de squash y blandiéndola en el aire con mano experta.

—Pues éste no me parece muy deportista —comenta Serrano mirando al trasluz una bolsita transparente llena de cocaína.

—Sacad a éste al coche —dice Pacheco señalando a Joselu—, que no me estorbe.

El agente que bloquea la zona de las duchas donde han agrupado a los clientes se aparta para dejarle entrar. Pacheco les ojea un momento. Algunos completamente desnudos; los más vergonzosos se cubren los huevos con las manos. Otros llevan la toalla o una telita azul celeste enrollada alrededor de la cintura. Y casi todos van en chanclas. La luz fluorescente destaca la flacidez de algunos cuerpos blanquecinos. Mucho cuarentón y alguno ya en la cincuentena. Y luego dos masajistas, el viejecito de la entrada y un camarero en pantalones cortos, bien calladitos los cuatro.

—Escuchen, señores —empieza Pacheco en cuanto los agentes imponen silencio—. Estamos investigando el asesinato de Francisco Ordallaba. Muchos de ustedes le conocerán puesto que era cliente de este establecimiento. —Para un momento y les mira midiendo el efecto de sus palabras—. Seguramente han oído hablar del asunto. Queremos hablar con cualquiera que haya tenido algún contacto, del tipo que sea, con este señor.

—Esto es un atropello...

—Voy a llamar a mi abogado...

—¿Saben con quién están tratando...?

—Sean razonables —continúa Pacheco—. De lo contrario nos vamos todos a comisaría y estoy seguro de que sus mujeres estarán contentas de saber dónde toman ustedes la merienda.

—Esto es un chantaje inaceptable —murmura un cincuentón con la espalda negra de pelo.
Pacheco le mira con asquillo. Nadie se mueve durante unos momentos. Luego un masajista con el cráneo rapado al cero y la camiseta roja ciñéndole un cuerpo bien trabajado da un paso al frente.
—Venga conmigo.
Pacheco se da media vuelta y le guía hasta la salita del balancín.
—Entonces tú tratabas con él.
El masajista cruza los brazos y al hacerlo se le hincha el águila que lleva tatuada en el brazo derecho.
—No siempre... sólo cuando no estaba Álex...
—¿Álex?
—Uno de los masajistas. Ya no está.
—Continúa.
—Bueno, no tengo mucho que decir... era de los pocos que utilizaba la sala de masajes, ahí, camino de la barra —indica con el dedo—, lo digo porque aquí la gente viene más de cacería que a darse masajes. Pero éste era un habitual. Supongo que no tenía tiempo ni ganas de ir persiguiendo a gente por ahí... se le daba el servicio normal... aliviamiento incluido. Pagaba bien, y siempre dejaba propina. Eso es todo. —Se encoge de hombros.
—¿Cuándo fue la última vez que le viste?
—Buff, hará... —lo piensa—. Dos semanas o así.
—Puedes ser más preciso.
—No lo sé. Creo que fue un jueves... sería esta hora.
—¿Y?
—Como siempre. Tenía... ¿quién me asegura que esto...?
—Nadie te está tomando declaración, que yo sepa.
El otro mira un momento a su alrededor.
—Venga, coño.
—Pues a veces nos invitaba a un tirito... Era un menda simpático... se reía con nosotros... preguntaba si habíamos visto su última película, cosas así... Daba conversación.

—¿No dijo nada que te llamara la atención?
—No, no... bueno...
—Bueno, ¿qué?
—Pues... estaba contento. Decía que iba a invertir en el negocio del porno y que nos iba a traer películas para el cine que tenemos aquí en el local. —Se encoge otra vez de hombros y levanta las cejas dando a entender que eso no es cosa suya.
—¿Qué más?
—Había estado sin venir por lo menos un mes, creo. Y corría el rumor de que estaba viendo a Álex fuera de El Armario... pero esto no lo sé seguro... Había una movida, y Joselu andaba mosqueado... Yo no me meto en las historias de los demás, sabe...

Pacheco renifla un par de veces al ver que se acerca Serrano con un cliente en calzoncillos. Aquí hay otro que quiere contar algo. Y empuja a un tipo de unos treintaytantos bastante larguirucho y con cuerpo de nadador, que entra medio sonriendo. Un Dim negro le marca paquetón. Y tiene el pelo cepillo y el torso recién depilado y todavía lleno de puntos rojos, y un moreno de rayos uva que hace resaltar el verde de sus ojos vidriosos.

—Quédate, Serrano. ¿Tú qué sabes? —pregunta Pacheco de mala gana.
—Conocía a ése, pero no de la sauna —dice el otro en un castellano muy bueno pero con algo de acento americano—. Iba mucho a la discoteca en que trabajo. Soy diyei en el Lunatik, no sé si le suena...
—¿Qué más?
—Estaba siempre puesto hasta las muelas, ningún self-control... Venía en grupito con gente conocida... Una presentadora de TV rubia, con un par de cosas así —dice tocándose los pectorales— y lo de aquí —apunta abajo— más grande todavía... Cuando salíamos, a veces me lo encontraba ya sin mujeres en otros clubs...
—¿Como por ejemplo?
—Le he visto más de una vez a última hora en el Strong, ¿lo conoce?

—¿Algo más?
—Está sudando, inspector. ¿Seguro que se siente bien...?
—Gracias —Pacheco se vuelve hacia su compañero—: Serrano, termina tú con el tema.

Y, dando media vuelta, apresura el paso hacia la salida. Ya fuera, en cuanto dobla la esquina se mete en un portal y saca la billetera. Le está haciendo falta un buen tiro. Luego, ya más tranquilo, se encamina hacia Hortaleza, donde ha aparcado el Ford Orión del Grupo. Y mientras conduce le vienen a la cabeza recuerdos que espanta irritado con la mano, como si fueran moscas, y, mierda, el limpiaparabrisas se pone en marcha y las escobillas chirrían contra el cristal seco. En el barrio de Salamanca se echa a la derecha y aparca en el carril bus a las puertas de El Corte Inglés de Goya. Al salir, se fija en los guardias de seguridad que controlan la entrada del almacén. Y luego se para un momento delante de los escaparates donde los maniquíes lucen la colección de otoño invierno y decide que sí, se comprará el traje Kenso que vio el sábado pasado cuando estuvo de compras con Juan antes de la bronca. El Juan siempre se hace el listo, sobre todo en público, y luego mucho mensaje en el contestador y mucha llantina. Gilipollas. Y el hijoputa de Roni que aparece ahora en el puñetero Armario. Éste es mi día, se dice mientras cruza la calle en medio del tropel de gente y tropieza con una pija que empuja a un bebé en su sillita. ¡Cuidado! Pacheco levanta las manos en señal de disculpa y se escabulle antes de que la histérica le monte el pollo.

El edificio hace esquina con Alcalá. Pacheco pega la cara al cristal evitando el reflejo y golpea con los nudillos para llamar la atención del hombrecillo que está fumando de pie en el hall.

—¿Qué pasa, no funciona el portero automático? —dice con voz ronca abriendo la puerta.
—¿Es usted el conserje?
—Sí, ¿qué quiere? —El hombre es de estos que apenas mueven los labios al hablar y cuesta entenderle.

—Policía —Pacheco saca la placa del bolsillo del pantalón—. Quiero hacerle unas pregun... —Y se vuelve al oír el frenazo de un Mercedes que ha apurado el semáforo de Alcalá y a punto ha estado de llevarse por delante a un motorista.

—¡Serás imbécil! ¡Aprende a conducir! —grita el portero. Luego, meneando la cabeza, da una última calada al Ducados y lo tira fuera—. Usted dirá.

—¿Le importa si entramos un momento?

Y pasan a portería donde encima de la mesa hay un bolígrafo rojo y unas viejas gafas junto a una revista abierta por la sección de crucigramas y un cenicero lleno de colillas.

—Buenas tardes, señora de Valenzuela —se vuelve el portero al ver pasar a una jamona que responde con una sonrisa condescendiente.

—¿Vive aquí Álex Amavisca? —pregunta Pacheco con impaciencia.

—Otro más, ya es usted el tercero...

—Ah, sí. ¿Y quiénes eran los otros?

—Un chaval joven hoy a primera hora y ayer uno gordo. ¿Fuma? —dice el portero sacando una cajetilla arrugada de Ducados del bolsillo de la camisa.

—No, gracias. ¿Qué les dijo?

—Pues... que vivía aquí pero que ya no... —suelta una bocanada y una tosecilla.

—Explíquese.

—Pues eso, que dejó su piso hace un par de días y ya está casi alquilado otra vez. Es que esta zona es muy buscada, sabe usted.

—¿Y a dónde fue?

—Creo que a Valencia, de donde es él... Tenía problemas de dinero, parece.

—¿Ha dejado dirección?

—No.

—¿Le vio marcharse?

—Claro, es mi trabajo.

Pacheco le mira un momento.

—¿Iba con alguien?

—Pues sí, con una chica... le estaba esperando en el coche, ahí, en doble fila.

—¿Puede describirla?

—Sí, bueno, salió para abrir el maletero. Tenía una pinta... muy como los jipis pero con el pelo corto, a ver si me entiende... estas chicas de hoy en día que no saben vestirse. Nada que ver con las de entonces.

—¿La había visto antes?

—Nunca. De todas formas yo no le veía mucho al muchacho éste... Vivía muy de noche, ya sabe.

—¿Y el coche?

—Creo que era uno azul, igual un Ford Fiesta de los viejos. Sí, igual eso.

—Y el chico que ha venido esta mañana, ¿sabría describirlo?

—Pues... era moreno, joven... no me fijé mucho, la verdad...

—Ya. Muchas gracias.

—De nada.

De vuelta en la calle Pacheco ve a uno de tráfico parado delante de su coche y cruza por el paso de cebra a toda hostia.

—¡Ya me voy!

El otro sigue apuntando la matrícula. Pacheco que saca la billetera y le enseña la placa, pero el tío hace que no con la cabeza.

—Coño, no me hagas esto...

—Está prohibido aparcar. Reclame a Tráfico —dice dejando el papelote sobre el parabrisas y pasando ya al Citroën de al lado.

Pacheco golpea el capó con mala hostia, arruga el papel, y según se mete en el coche lo tira al suelo.

Horas más tarde, la noche le pilla paseándose en calzones por el piso que tiene alquilado desde hace dos años en Atocha. Un baño le relajaría pero sabe que casi no queda agua en el puto calentador y eso le irrita todavía más. Coge un espejito de encima de la televisión donde John Wayne conduce a la caballería cruzando un río y se sienta sobre la cama deshecha poniendo cuidado en no aplastar los trajes que se ha subido por la mañana de la tintorería y que ni se ha molestado en sacar de la funda de plástico. Machaca la roca con su carné de identidad, una y otra vez, hasta que queda bien fina. Dos tiros y ya se siente mejor. Se tumba y queda mirando la pintura del techo pensando en que tiene que llamar al puto propietario para que arregle esa grieta... Y luego se incorpora resoplando. Queda un momento viendo a John Wayne disparar con su Winchester detrás de una roca y mierda, tengo que salir, piensa poniéndose de pie, no puedo seguir encerrado en este cuchitril. Se calza los vaqueros que encuentra por el suelo y pilla una zapatilla pero... ¿la otra? Mira debajo de la cama y aquí estás, cabrona, qué cantidad de polvo. Se pone un jersey Yves Saint Laurent con el cuello pico que le regaló Álex después de una de sus muchas broncas. Y luego busca la llave del piso en los bolsillos de su chaqueta, que cuelga del respaldo de una silla, y apaga la tele. En el pasillo se cruza con su vecina —una culebrilla dominicana que vuelve con una bolsa al hombro y que tiene costumbre de husmear el correo ajeno— que le saluda, fría. Luego baja rápidamente por la escalera de madera desgastada y en el portal mete la mano en el buzón y tira al suelo una publicidad de una academia de idiomas. Fuera, mira un momento la gente que entra y sale del sex-shop en la acera de enfrente, y echa a andar por Huertas sintiendo la boca seca y la coca que le baja por la garganta. Mucha gente joven en los bares, mucho estudiante extranjero. Y Pacheco se apresura por callejuelas hasta llegar al Strong, donde paga las mil pelas de entrada, compra un paquete de chicles en el guardarropa y se acerca a la primera barra ojeando la moto que cuelga del techo. Allí pide una cerveza y controla la gente que deambula por el local. Suena una canción de George Michael y la pista de baile está tan vacía como de costumbre. Gerard, que sale con un tío del baño, le saluda de lejos. Pacheco devuelve el saludo y cruza miradas con un par de maromos que no llegan a convencerle. Luego se acerca a la segunda barra y se fija en uno que no es guaperas pero no está mal.

—Hola —el tío se vuelve al verle aposentarse a su lado. Tiene los ojos azules, el pelo pajizo y se esconde las manos con un jersey de mangas largas.

—Ponme un güisky —le dice Pacheco al camarero, y se acaba de un trago la cerveza—. ¿Cómo te llamas?

—Alejandro —el otro le da un sorbo a la copa sin dejar de mirarle.

No jodas, piensa Pacheco.

—Gracias. ¿Te quieres poner un tiro, Alejandro?
—Bueno.

Los servicios, como siempre, apestan a amoníaco. Pacheco cierra la puerta detrás suyo y saca la billetera.

—Lo último que queda —con el pie en la taza del váter y la billetera sobre su muslo—. Haz un turulo.

El chaval asiente.

—¡Un momento, coño! —gruñe Pacheco viendo que intentan abrir la puerta. Lame el borde del carné de identidad y le pasa la billetera al otro que se esnifa su tiro. Pacheco hace lo propio y guarda la billetera.

Se empiezan a morrear con ansia. El chico no se anda con rodeos y tira directo hacia la braqueta.

—¿Vamos a una cabina? —pregunta cuando vuelven a intentar abrir la puerta.

Pacheco se abrocha la braqueta, se pule media copa de un trago y deja el tubo en el suelo. Los que están esperando fuera son dos guaperillas de gimnasio. Pacheco dice un momento y se acerca a Gerard, que está sentado en uno de los billares flirteando con otro y que copa en mano se levanta para darle un pico en la boca.

—Pachi, te escapaste muy pronto el domingo, todavía quedaba lo mejor. Hacia las seis estaba el cuarto oscuro así —dice haciendo una piña con los dedos—. Los papis que después de un fin de semana aburridísimo se levantan para hacer su footing y llegan frescos y con unas ganas... uy, no te puedes imaginar cómo se puso la noche... Y tu amigo Juan lo loco que estaba...

—Ya me imagino. ¿Tienes algo encima para fiarme?

—Para ti siempre. Espérame un momentito.

Pacheco se queda con el amigo. Ninguno abre la boca. De vuelta del baño, Gerard le da una piedrecita envuelta en un chivato.

—A siete. Van tres. Y no te olvides que me debes ya cinco del otro día.

Pacheco se vuelve a la barra donde le espera Alejandro. ¿Vamos? Y se van hacia las cabinas.

5

El fin de semana terminó el lunes a las once de la mañana cuando me emparanoié y dejé a Borja y a Josemi colgados en el Racha después de un torpedeo continuo de música y demasiados subidones y bajones químicos. Me metí en la cama nada más llegar y no me enteré de nada hasta el martes al mediodía, que me despertó mi hermana, furiosa porque no la llamé el día anterior que era su cumpleaños... Lo apañé como pude, me bajé al VIPS, todavía en semicoma, y le compré un disco de Gloria Stefan; luego pasé el resto de la tarde vegetando delante de la tele y por la noche me acerqué a cenar a casa de mis padres y aproveché para recoger la ropa sucia que les había llevado hace dos semanas... El miércoles escribí un cuento que me había encargado una revista y que iba sobre una pareja que estaba de viaje de novios en Cuba, y mientras buceaban a ella le entraba un flus y acababa cortando el tubo de oxígeno de su marido sin que ni el marido ni yo supiéramos si había sido un accidente o no. Por la noche lo releí y lo tiré a la basura... Y hoy jueves, aunque físicamente voy mejor y empiezo a tener ganas de que llegue la noche, me siento demasiado ansioso y por mucho que me pase el rato delante de esta puta pantalla en este despacho rodeado de cajas de libros que ni siquiera he tenido tiempo de abrir no-sa-le-na-da.

asdñfjahñoñhoioh hiñ hohoihio hhñ iohhñiohñio hñhldnbk, rbklwrb ùbpb

Un fax. BIP. Dios no quiero verlo. Me voy al salón y ¡riinnnggg!, el puto teléfono.

—¿SÍÍÍ?

—Joder, qué voz, tío. Soy Pedro. ¿Te he despertado?

—Ah, hola, Pedro... no, qué va, si estoy trabajando... espera que bajo la música.

—Buenos tímpanos los tuyos, chaval. A ver, oye, que lo de las pirulas no, ¿eh?, que son demasiadas pelas. Lo he pensado y es mucho dinero, tío.

—Pero Pedro, si ya he quedado con Kiko... va a estar aquí dentro de nada...

—Que no puedo, tío. Que no.

—Pedro, no me hagas esto, joder.

—Tío, si eres mi amigo lo tienes que entender.

Yo me quejo. Que me ponga por lo menos algo. Me dice a regañadientes que si quiero me lo presta. Y cuelgo askeado. Te lo puedo prestar, no te jode...

Menuda mañanita. Apago el ordenador y en mi habitación rebusco alrededor del colchón hasta que encuentro la llave dentro de los vaqueros y pillo el Bombers y ya estoy cerrando la puerta de entrada cuando me cruzo con mi vecina, una mulata impresionante que tiene que ser top model o puta de lujo porque tiene unas piernas de estas que le llegan hasta los sobacos y un culito de quinceañera acojonante. Hoy, en vaqueros y con esa camisetita blanca debajo de la torera de cuero, es que es la mismísima Whitney Houston.

—Hola, qué tal.

La tía me sonríe y me la quedo mirando con la boca abierta. ¡No se me ha ocurrido nada que decirle! ¡Gilipollas! Ya se ha metido en casa y yo pillo la escalera, cada vez más mosqueado, y me meto en el VIPS de Ciudad Lineal, que está justo enfrente, al otro lado de la calle. El machaka de la puerta se me queda fichando y aprovecho para ojear las primeras páginas de los periódicos nacionales. No me estoy perdiendo mucho.

Bueno. Luego paso a la cafetería, al fondo, y sentado a la barra desayuno una Heineken y unos aros de cebolla fijándome en una camarera que está bien buena.

Luego llamo desde allí.

—Oye, ¿Pedro? Nada, que no hace falta que me prestes el dinero, que ya lo hago yo solo (me cago en la puta).

—¿Seguro?

—Seguro. Ya nos vemos.

Casi le cuelgo y me voy al cajero de Caja Madrid aquí al lado. De vuelta a casa miro el reloj —las doce y cuarto— y me asomo al ventanal a ver si llega éste. Llaman a la puerta, pero es otro cartero comercial (pasan a todas horas estos hijosdeputa) y doy vueltas por el salón que la verdad es que da pena. Todavía no me he podido comprar muebles y tengo la tele y el vídeo por el suelo entre cajas de pizzas, pilas de libros y varios cojines con dibujos indios que he robado en casa de mis viejos.

Este cabrón no llega. Suena el teléfono y lo cojo. Oh, no. Es Ella.

—Sí, sí, muy bien... lo siento, se me pasó... volví muy tarde, sólo eso... ¿Qué tal estás?... Que no, que te digo que volví tarde del bar, nada más... Con Pedro y éstos... Mira, espera un momento, están llamando al telefonillo, ahora te llamo... Je t'expliquerai... Oui, oui, promis... —Cuelgo y contesto al telefonillo.

—Ey, qué pasa, tronco. Abre, haz el favor.

Al poco me entra el Kiko con unos ojos completamente desorbitados, la sonrisa crispada.

—Joder, qué pasote de piso, no sabía yo que vivieras tan bien, macho, pero... —viendo las bolsas de basura acumuladas en el pasillo— podías recoger un poquito, qué desastre, tronco.

—Ya lo sé, las tengo que bajar.

—Macho, tenías que pillarte una chacha... una pornochacha de esas que dicen que hay, tronco... Yo el día que tenga pelas voy a tener a dos chavalas todo el día en bolas por la casa, te lo juro, tronco... Ufff —resopla y entra en el salón— no veas cómo voy. Me acabo de comer dos tripis de doble gota y wuah...

Éste es de los que se come un gramo y cuando te lo cuenta son cinco. No para de moverse y se está cepillando un cigarro en tres caladas.

—Bueno, macho, ¿qué hay de lo que habíamos hablado?

Kiko, sin dejar de sonreírme, se inclina para apagar el pitillo en un trozo frío de pizza Hawaiana que hay en el suelo.

—Mierda, me he manchado —se chupa el dedo—. Bueno, tronco, ha habido un problemilla... pero chhhhht, quieto parao, no te desesperes, nada que el Kiko no te pueda solucionar... —dice, muy serio y acercándose para tranquilizarme.

—A ver, ¿qué problemilla?

—Cómo mola —dice mirando un momento por el ventanal que da a Arturo Soria—. Qué solazo que tienes. Claro que aquí en verano te vas a cagar, vas a ver...

—Suéltalo de una vez, anda.

—¿Qué? Ah, sí, que no puede ser a novecientas la pirula que a mil dos.

—¡Pero Kiko!

—Tronco, es lo que hay —dice poniendo cara de no haber roto un plato en su vida—. Mira, yo te los enseño —saca una bolsita de plástico—. Son tapones blancos esmaltados, superbuenos, te lo juro tío. —Agarra una pirula y la tira contra el suelo, donde rebota y termina en una esquina llena de polvo—. ¿Lo ves? Son superbuenos, tronco, tú fíate de mí.

—Ya —digo recogiendo la pirula y limpiándola con la camiseta.

—¿Me puedo poner unos tiros?

—Vente, que te invito a una cerveza. —Me está poniendo nervioso de tanto moverse el tío.

—Chachi.

Así que saco unas Heineken de la nevera mientras Kiko se curra las lonchas encima del microondas.

—Qué guai, tío —dice poniéndose de puntillas y

mirando por la ventana—, tienes piscina. Yo te juro que el día que tenga piscina, tronco, me voy a pasar ahí las horas como las lagartas, lo que te digo, a bañarme y a ponerme, que es lo que toca, ¿no? Mira, yo cuando subo a la sierra con Guille es que no salgo del agua, tronco... Son una gente superguapa él y María. Y sus viejos, bueno lo que me quieren sus viejos... Y tendrás vecinitas, ¿no? Que por aquí están bien ricas las crías...

—Si lo de las pirulas toca a mil dos va a haber que quitar los tripis para que encajen las pelas, tú dirás.

—Tronco, es lo que hay, es lo suyo... Me he atravesado todo Madrid para pillarlas... Te lo juro que ha sido una odisea... Y yo lo he hecho por ti, porque si no de verdad que no merecía la pena todo el tiempo que he perdido de aquí para allá con el Soten en su Yamaha, joder, que hemos estado persiguiendo al Kaiser por medio Madrid...

Ya saco la billetera del bolsillo trasero del pantalón y empiezo a contar papeles, diez, quince, veinte... Kiko me quita uno para hacerse un turulo, se mete su tiro y, cojonudo, tronco, me da un apretón de manos, pilla los talegos y se pule la birra de un trago.

—Para cualquier cosa, ya sabes, llama al Kiko —guiñándome un ojo—, que es tu hombre.

Yo sé que me está dando por el culo pero miro las pirulas y me digo que puedo pasar la mitad a mil cinco. Otro trago de cerveza y ya no tengo tiempo para currar. Mejor dar la semana por perdida y empezar el lunes con buen pie... Así que bajo a la calle y pillo el AX que he comprado de segunda mano y que está aparcado en una perpendicular a Arturo Soria, y que por cierto tiene un bollo nuevo en la puerta y está askeroso, tendría que lavarlo... Saco la radio de debajo del asiento y la pongo. Sólo tengo radio porque el sábado no sé qué hostias hizo Josemi, pero se me quedó atrapada una cinta de Faith no More en el aparato. También huele un poco al vómito de esa zorra que éste se empeñó en que llevásemos a su casa el domingo al medio día pero bueno. Arranco y me acerco a buscar a

Roberto a su gimnasio, en El Bosque, a pocas manzanas de mi casa, y me lo encuentro ya duchado y con la mochila al hombro esperando a la puerta, sentado en la escalera.

—A ver si engordas, que estás hecho un tirillas —dice levantándose y sacudiéndose el culo.

—Métete, anda —y mientras vamos hacia casa de Borja le como la cabeza—. Roberto, macho, ¿a ti no te interesarían unas pirulas?, es que me ha llamado el cabrón de Pedro y me ha dejado en bragas el tío...

—A ese, desde que su jefe le habla de nombrarle responsable de la sucursal en Pozuelo le ha entrado la trabajitis. No hay quien hable con él, macho. Y con lo de Iñaki dice que el Sonko es una mierda y que si sigue pasándose es porque es la única manera de vernos. Y dice que no voy a poder pinchar tres días por semana y sacar los putos exámenes. Pero, tío, te juro que saco todo por cojones en junio.

—Joder.

—¿Qué pasa?

—Las bolsas de basura, hostias.

Borja vive en San Bernardo en un tercero con un balcón que da justo encima del callejón al que van todos los yonkis del barrio a pincharse. Nosotros, cuando no sabemos qué hacer, nos descojonamos viéndoles con sus limones y toda la pesca. Y si vemos que están tan pasaos que no pueden ni moverse, hacemos competiciones de gapos a ver quien acierta en la cocorota. Y no es tan fácil como parece. Roberto es el que tiene más puntería. Borja nos abre con esas gafas de culo de vaso que tiene para estar por casa, y luego la gorrita de béisbol que se pone nada más levantarse para aplastarse el pelo y una bufanda del Atlético de Madrid (está resfriado), el pantalón de chándal y las pantuflas de abuelete. Todo un cuadro, vamos.

—Pazad, que no he tenido tiempo de ducharme.

Roberto se acomoda en el sofá y mientras se hace un peta («el de después del gimnasio, el que más sube»)

yo ojeo uno de los fanzines que editó el Borja hace tropecientos años comentando discos de Seven Seconds, Hard-Ons, Minor Threat, y luego rebusco entre la pila de compacts que se ha comprado éste con las pelas que le ha dado el viejo para la matrícula de este año en Derecho.
—Nada de ruido —dice Roberto.
—¿Frank Sinatra te vale? —le quito el plastiquillo al disco.
—Pero bajito.
Lo pongo bajito, pero empieza a ensayar el gilipollas de arriba, al que le ha dado por aprender a tocar el violín y lo siento, Roberto, subo el volumen. El tío es que toca fatal. Es insoportable.
—¡ME CAGO EN LA PUTA, ¿NO OÍZ EL PUTO TELEFONILLO?! —grita Borja desde el baño.
—Debe de ser Sebas.
Yo dejo abierto y luego le doy una calada al porro que me tiende Roberto y empiezo a berrear *AND NOW THE END IS NEAR* y ya estoy con los brazos en alto y en pleno apoteosis *I DID IT MYYYY WAY*, cuando Roberto se descojona más de lo normal y me vuelvo.
—Ah, hola, María... Borja está en la ducha...
La tía se queda ahí parada pensando qué panda de gilipollas y mira la puerta del baño pero no se decide. Por su parte, Roberto pasa olímpicamente de ella y ya me está contando algo sobre una dieta que consiste en no mezclar hidratos de carbono con grasa o igual mezclarlos, yo qué sé. La única cosa sana en esta vida son las yemas de huevo. Ésas sí que puedes comerte todas las que quieras al día. Hasta cuarenta, si aguantas. Yo en cambio me siento un poco agobiado y, bajo la música ahora que el violinista nos da un respiro:
—¿Quieres beber algo María?
—Gracias, sé dónde está todo —dice con un tonillo, y cuando Borja llega del baño, descamisado y untándose los sobacos con desodorante, le mira con sus

ojos de sapo en plan podíashabermedichoquehabías-
quedadoconellos.

—Nosotros estamos abajo —le doy un codazo a Roberto.

Pero Borja dice no, joder, quedaroz. Me pongo los zapatoz y vamoz. Y María, que se ha pintado para la ocasión nos está odiando. La tía ha tardado en dejarse desvirgar porque Todasmisamigaslohacenperosólodespuésdesalirseismeses y ahora quiere recuperar el tiempo perdido.

—Mira, María, ¿por qué no haz llamado antez?, habíamoz quedado para ir a comprar dizcoz para el bar.

—Pues como veo que molesto, me voy —suelta. Y da un portazo y baja los dos pisos haciendo todo el ruido que puede.

—No pongáiz eza cara, cojonez. Zi mañana me encuentro con una de zuz cartaz, ziempre ez igual. Mira, como ézta... —Coge un papel de encima de la mesa—. «Hola Borja: te ezcribo porque zabez que me explico mejor por carta que por ezcrito. Ziento haberle puezto eza cara a ya zabez quién pero de verdad te lo juro que no me apetecía pero nada verle. Penzaba que íbamoz a eztar zoloz...» —Y se ríe.

A mí la cosa me sienta como un culo y por dentro pongo a parir a esta zorra encoñada que está siempre con que si Borja es más inteligente que nadie y ha sufrido más que nadie y es más sensible que nadie y... Hasta Tino, que es bastante ecuánime, está de acuerdo en diagnosticarle un encefalograma plano. Por suerte llega Sebas, y charlando con él se me pasa el mal rollo. El tío es buen chaval. Él y su hermana Natalia son opuestos como sólo pueden serlo dos hermanos. La Natalia ha salido tan loca como su madre, una pintora que se dedica a hacerle retratos a los de la jet. Y él es un cacho de pan.

—Venga, vamos —dice Borja pillando la parka de encima del sofá.

Primero pasamos por Elefant Records, ahí en Chue-

ca, y el dependiente, que ya nos conoce, sale a dar la vara.
 —Mira —engancha a Borja—, tengo éste para ti, que igual te interesa. El primer disco de los Beastie Boys, hardcore puro, plagio total de los Minor Threat, una curiosidad...
 —Hostias, los Dickies. Con éstos empecé yo a meterme en este tipo de música —dice Sebas.
 —Joder, ¿has visto éste?
 Al final salimos cada uno con una bolsa bajo el brazo y pasamos un momento por Madrid Sur antes de meternos en un bareto cerca de casa de Borja donde qué puta casualidad nos topamos con, ¡Hombreeeee!, Iñaki ahí sentado con dos colegas. El tío levanta el brazo para saludarnos y Roberto se quita las gafas de sol.
 —Qué pasa, Iñaki.
 —Ya ves, aquí jamando.
 —No te levantes, joder.
 Iñaki le da la mano y se toca a la altura del estómago el mono azul lleno de pintura y polvo y cal. Borja, Sebas y yo nos acercamos ya a pedir.
 —Robertón, el pincha del sitio en que curro los fines de semana —les dice Iñaki a los obreros.
 —¿Qué haces por aquí?
 —La obra de la esquina, no veas cómo hemos currado esta mañana, a ti te quería yo ver, Robertón...
 —A mí desde que hago este régimen no estoy pa ná.
 —Es verdad, te has quedao en los huesos, macho.
 —Tenías que haberme visto hace unos años —Roberto hinchando carrillos—. Como una vaca, macho... por comer como vosotros, sin ningún reparo...
 —Y tú tenías que venirte a la obra y ya verías, ya... ya podías comer, que te aseguro que no engordas.
 Sebas le toca a Roberto en el hombro y pregunta qué quiere.
 —A mí con un bocata de calamares me basta —dice Roberto mirando los carteles desgastados de platos combinados.
 —¿Y tú qué haces aquí con ésos?

—Pues nada, a comprar discos que hemos ido, aquí al lado, a Madrid Sur.
Iñaki le da un trago a su vino con casera.
—Bueno, tú —se despide Roberto.

6

—Llénamelo. Sin plomo.
El chaval asiente descolgando la pistola del surtidor.
—¿No sabrás dónde está la calle Ave María por curiosidad?
—¿Ave María? Aquí al lado.
—Sí, pero ¿dónde exactamente?
El chico explica. Duarte le da un billete de cinco mil y se mete de nuevo en el coche. Al poco circula por la colonia de chalets de detrás del hipermercado de Pío XII y como no consigue localizar la puñetera calle tiene que pararse al lado de un parquecillo con columpios y enganchar el callejero que reposa sobre el asiento de al lado.
—Cago en la puta... —murmura mientras busca en el plano.
Algo después sale del Málaga delante de la productora y mira un momento la fachada cubierta por la hiedra que asoma por encima del seto pensando que no le importaría tener una choza por aquí. Parece un puto pueblo en pleno Madrid, con todas esas calles empedradas y esos árboles tan crecidos que se tocan por encima de la calzada.
—¿Sí? —contesta una voz joven, en el telefonillo.
—Inspector Duarte, de la policía. Tengo una cita con Txetxu Sepúlveda.
La verja se abre con un zumbido. Duarte la empuja

y tira por un camino de gravilla pasando junto a una fila de chavales que charlan y fuman a la sombra de una morera gigantesca. Un tío bajito y nervioso que sale de la casa en ese momento se abalanza sobre él.

—Soy Plácido Álvarez —dice dándole la mano y ajustándose un momento las gafas—. Perdone, es que estamos muy liados con la nueva película... Nos pilla el primer día de casting... Si me permite un momentito... —Se apresura hacia los chavales mirando un papel—. A ver, Lucía Delgado.

—Soy yo —dice una rubia estirada que está apoyada contra el tronco de la morera. Los demás se relajan y dos de los chicos se sientan con las piernas cruzadas en el césped.

—Bien, date prisa, que vamos retrasados. Y los demás, por favor no dejéis colillas en el césped.

—Suerte —dice alguien.

La niña se vuelve para dirigir una mirada vergonzosa a sus amigas. Luego menea el culito y sigue al enano hasta la puerta de la productora. Duarte se le queda mirando las piernas. Y los dos chavales que se han sentado en el césped le ojean preguntándose para qué papel habrá venido.

—Señor Duarte, por aquí, por favor...

El Álvarez le hace señas desde la puerta de que se dé prisa. Nada más entrar, Duarte ve a la rubia hablando con un tiparraco con barbazas a lo Jesucristo. Es arriba... Álvarez le hace subir por la escalera. En un despacho lleno de ordenadores de la segunda planta una morenaza con una minifalda cortísima que está pasando un fax se vuelve para mirarle con curiosidad. Otro piso, y Álvarez empuja una puerta y se aparta para dejarle entrar en una habitación con el techo abuhardillado donde detrás de una mesa Duarte ve a un sesentón delgaducho que está tomando notas en un bloc. El pelo blanco y con raya al medio le cubre unas orejas elefantinas, y tiene piel acartonada de bebedor. Lleva una camisa a cuadros abotonada hasta el cuello. Y bajo la mesa asoman unos botines puntiagudos que cualquiera diría que los ha comprado en el Rastro por mil pesetas.

—Plácido, puedes dejarnos —dice levantando la vista—. Siéntese.

Duarte se acomoda y se queda mirando los libros de las estanterías. *Una Meditación*, D'Annunzio, *La Decadencia de Occidente*. La luz de la mañana se cuela por dos ventanucos en el techo. Sepúlveda deja de escribir y le mira sin decir palabra.

—Bien —al cabo, irritado por haber sido el primero en hablar—. Usted dirá.

—Estoy encargado del caso Ordallaba...

—Eso ya me lo ha dicho por teléfono.

Duarte no contesta.

—Mire, no me gusta perder el tiempo —dice el otro con una sonrisa irónica—. Ordallaba y yo éramos rivales, pero nunca le hubiera deseado un final así, una muerte tan de película barata...

—Ya.

Sepúlveda junta las manos bajo la barbilla. Lleva los puños desabrochados y Duarte se fija en las venas violáceas que surcan la piel amarillenta: parece una puta momia, piensa.

—Todo esto me parece bastante fuera de lugar. Soy un productor, no un gángster —dice Sepúlveda sopesando cada palabra.

—Veo que le gusta hablar claro. Si no le importa, yo también lo haré. ¿Dónde estaba usted el jueves 24 entre las dos y las cinco de la tarde?

—En mi casa, a dos calles de aquí.

—¿Puede probarlo?

—Dígame cómo. Estuve comiendo con mi familia. Luego me eché una siesta y volví aquí. Como ve, no tuve tiempo de descuartizar a la competencia.

—Hábleme de su relación con Ordallaba.

—¿Qué le puedo decir? Era un hombre impulsivo, temperamental. Su carácter le ha granjeado muchos enemigos... Huelga decir que a mí su cine nunca me ha gustado. Comediuchas de tercera, españoladas que han desprestigiado fatalmente a nuestro cine. Ha ganado dinero, eso sí...

—Usted tampoco se las ha apañado mal. Por lo que tengo entendido, es un hombre respetadísimo en el mundo de la cultura. Si no me equivoco, desde 1982 casi todas sus películas han recibido subvenciones públicas y los festivales internacionales se le dan muy bien...

—Si quiere, le doy mi currículum. Mire, yo le he dado al cine español el reconocimiento internacional que le faltaba. Mis directores y yo lo sacamos del estancamiento moral del franquismo. Ordallaba era comedia barata y dinero fácil. Le desprecio, perdón, le despreciaba, demasiado para ocuparme de él.

—Pues parece que él sí tenía tiempo para ocuparse de usted.

—¿Qué quiere insinuar? —Sepúlveda que clava sus ojillos en el policía.

—¿Qué me cuenta de Caballo Salvaje? —continúa Duarte en un tono neutro.

El otro se remueve en su asiento.

—¿Qué tiene que ver Caballo Salvaje con todo esto? —murmura, al cabo.

—Por favor, no me haga perder el tiempo. Es posible que no sea tan valioso como el suyo, pero no me sobra... Caballo Salvaje es la productora de las películas de Bárbara Moon, dueña de un local en Arturo Soria que se anuncia como salón francés de lujo en los periódicos... Productora de películas porno de bajo presupuesto, para entendernos, en la que usted tiene una relevante participación económica.

—Y yo le repito: ¿qué tiene que ver Caballo Salvaje con todo esto?

No hay cosa que más le joda a Duarte que la prepotencia de este tipo de cabrones que se creen que están por encima de todo y en particular por encima de los agentes de policía. Si estás metido en algo, te voy a hacer comer mierda, piensa.

—Durante el registro de la oficina de Ordallaba se

ha encontrado un dossier muy completo de sus relaciones con Caballo Salvaje. Sabemos que Ordallaba había decidido desprestigiarle desvelando a la prensa sus conexiones con el mundo del cine porno, algo que al parecer usted tenía interés en ocultar... —dice empezando a encabronarse.

—Que yo sepa, no es ningún delito —responde Sepúlveda con un deje de desdén.

—Escuche —Duarte se inclina hacia la mesa y apoya las manos en las rodillas—. A Ordallaba le han asesinado, y hasta ahora usted es la persona que tiene más motivos para alegrarse de su desaparición.

—Sigan buscando, por ahí no van a llegar a ningún lado.

Duarte se le queda mirando. El viejo se ha cerrado como una ostra.

—Muy bien —dice levantándose—. Encantado de haberle conocido. No hace falta que se me acompañe...

Sepúlveda no se ha movido y se le queda mirando mientras el policía se dirige a la puerta. Duarte se cruza con el Álvarez y cae en la cuenta de que lleva una camisa de leñador idéntica a la de Sepúlveda. El perro fiel, piensa mientras le abren la puerta. En el coche conecta el móvil y llama a Paloma, que ha dejado dos mensajes.

—Ah, hola, cariño, ¿qué pasa?

—Qué te pasa a ti, que me has dejado dos mensajes —esto arrancando ya y conduciendo con una mano.

—¿Estás de malhumor?

—Bueno, acabo de tener una entrevista complicada. ¿Qué quieres?

—¿No te importaría traerme el *Hola*?, es que no he tenido tiempo de bajar...

—No me lo creo. ¿Sólo me has llamado para eso?... Pero Paloma, que esto es un móvil, joder.

Y mientras sale a Castellana llama al Jefe.

—¿Qué hay de nuevo, Duarte?

—Este tío es un grandísimo hijo de puta, pero aparte de eso, poco. ¿Y vosotros?

—Los de la Científica que me tienen locos con el ADN. ¿Dónde vas tú ahora?

—Camino de hablar con la viuda —dice frenando en un semáforo.

—Ya me contarás. No te olvides de pasar luego a firmar el Acta.

Sinesio Delgado lleva directo a la urbanización de Puerta de Hierro. Duarte ralentiza delante de la caseta del vigilante, pasa junto al campo de fútbol donde venían a jugar en los tiempos en que tenían equipo en el Grupo y un par de calles más allá encuentra la casa. Otro chalet, joder, pero esta vez sí que es inmenso y está rodeado por una verja con barrotes rematados en punta de lanza que le dan aspecto de fortaleza. Toca el timbre del portero automático. Al poco se abre la puerta y Duarte avanza por un sendero de losetas dejando a su izquierda una pista de paddle recién pintada. Un jardinero que está encaramado a una escalera podando las arizónicas se limpia el sudor con la visera y se vuelve para mirarle con desconfianza. La mujer que le espera en el porche de la casa viste de oscuro, pantalones y una rebeca encima de la blusa de seda gris. Le tiende una mano fría. Debe de rondar los cincuenta y lleva una melena corta con mechas rubias. Tiene los ojos rasgados, muy verdes y con patas de gallo. Es el tipo de tía que Duarte se imagina tumbada todo el día en la piscina de su club de golf.

—Buenos días. Soy el inspector Duarte, de Homicidios. He llamado esta mañana, creo que he hablado con su padre... —Viendo esa mirada, no quiere ni imaginar la cantidad de tranquilizantes que la mantienen en pie—. Le importa...

—Claro, qué tonta soy...

La viuda le guía a través de un vestíbulo donde en una foto enmarcada encima de dos colmillos de elefante se ve a Ordallaba, de safari, sujetando un rifle en una mano y un colmillo en la otra, con una sonrisa de oreja a oreja. Luego pasan a un salón luminoso con paredes pintadas en tono marfil claro y un piano de cola en una esquina.

—Siéntese.

Duarte se sienta al borde del sofá que le indica la viuda fijándose en un par de cuadros bastante más llamativos y cantosos que los demás que le recuerdan a los que decoraban la productora de Ordallaba. Encima de la chimenea hay un retrato de la señora Ordallaba en sus buenos tiempos haciendo de Gioconda y por entre las cortinas descorridas de los ventanales se ve una piscina vacía en la parte trasera del jardín y más allá un cachorrito husky se restriega juguetonamente en el césped.

—Lamento molestarla en estos momentos, señora Ordallaba... —dice Duarte una vez que ella se sienta en la butaca de en frente—. Bien... Me gustaría hablar sobre su marido. Sé que es duro para usted, pero...

Mierda. Cada vez que tiene que repetir este tipo de frases se siente patético. La viuda se ha vuelto ya un par de veces para mirar hacia la puerta acristalada por donde entra una muchacha de uniforme con una bandeja de plata y Duarte se encuentra a sí mismo mirando las piernecitas de la cría que no debe de tener más de dieciocho.

—Gracias, Nelly.

—El café, ¿solo?

—Sí, solo, por favor.

—Deja, Nelly, lo sirvo yo.

La chica sale, y la viuda coge la cafetera. Le tiemblan tanto las manos que en una de éstas el café acaba en la alfombra.

—Señora Ordallaba. Estamos investigando el asesinato de su marido y tengo que hacerle unas preguntas... —Duarte la mira un momento esperando que ella pregunte sobre la marcha de la investigación, pero al ver que sigue removiendo su café—: Tengo entendido que ustedes llevaban mucho tiempo casados...

—Sí... veintiséis... no, veintisiete años... creo.

—¿Y tienen un hijo?

—Está arriba descansando... Por favor, me gustaría que se quedara al margen...

—Intentaremos molestarles lo menos posible. ¿Qué edad tiene su hijo?

—Veintiuno, todavía está... está...

—¿Estudiando?

—En una escuela de cine en Nueva York... Volvía a casa para unas semanas cuando... cuando se ha topado con... esto.

—¿Se llevaba bien con su marido?

—Claro. Paco —al pronunciar el nombre los ojos se le nublan— le adoraba... se llamaban casi todos los días... él admiraba su trabajo...

Las comediuchas de tercera, piensa Duarte.

—Ya. Y su marido, ¿tenía problemas de dinero últimamente?

—Que yo sepa... nunca hemos tenido problemas... Paco m-me lo hubiera dicho...

—Aparte del cine, ¿tenía otros negocios?

—No... por lo menos... bueno, él... tuvo en tiempos una empresa... inmobiliaria... antes de montar la productora, quiero decir... pero de eso hace mucho...

—¿Tenía socios en la productora?

—No, bueno, al principio eran tres... él y los socios de la inmobiliaria... pero en seguida les compró su parte... y ahora había puesto unas... acciones a nombre del niño... por motivos fiscales... pero él lo controlaba todo... Hasta hace un par de años... cuando el médico le advirtió que podía tener problemas... cardíacos si seguía... con ese ritmo... y cogió a la señora Marchand, que es... encantadora... el cine era su vida...

Duarte propone parar un momento, pero ella dice que no, y le da un sorbo a su taza. Le sigue temblando la mano y la taza tintinea contra el platillo.

—Todo era trabajo para él, no hacía más que...

—La tarde de los hechos, tengo entendido que la llamó.

—Tenía una comida.

Duarte todavía no ha probado el café.

—¿Qué aficiones tenía? ¿Qué hacía en su tiempo libre?

—Jugaba al paddle... hemos hecho construir una pista en el jardín hace unos meses... Le gustaba salir... Se iba muchas veces de copas... con amigos...

—¿Qué amigos?

—Actores, directores... ese mundo... ya sabe.

—¿Y usted?

A ella no le gustaba la noche y cuando salía solía volver a casa pronto. Alguien abre la puerta, y Duarte se vuelve para ver a un anciano de pelo cano con una bufanda de seda verde asomándole por el cuello de la camisa.

—Perdón —dice muy tieso y vuelve a cerrar.

—Es mi padre... Ha venido para estar conmigo... Inspector, hay que encontrar al asesino... —dice la mujer, cada vez más agitada.

Duarte le da un sorbo al café, sujetando la taza con sus dedazos.

—¿Usted era consciente de que su marido...?

—¿De que me ponía los cuernos con las zorras de sus actrices? —suelta de corrido—. Lo sabía, sí. Eso... eso siempre se sabe... Era un hombre... y en ese ambiente...

—¿Tenía conocimiento del estudio en Costa Rica?

—Sí, claro, lo compramos el año pasado para... cuando volviese Juan...

—¿Y de los chicos?

—¿Perdone?

Duarte deja la taza sobre la bandeja y se remueve incómodo en su asiento.

—¿Estaba usted al tanto de que su marido llevaba... chicos a ese estudio?

La tía se le queda mirando. Y luego se levanta bruscamente:

—Haga usted... haga usted el favor de salir ahora mismo...

—Señora...

—¡Papá! —llama dirigiéndose a la puerta.

Duarte se incorpora viendo que entran las criadas.

—No es nada, ya me marcho. Muchas gracias por su atención, señora Ordallaba. Pero me temo que tendré que importunarla de nuevo en cuanto se sienta con más fuerzas.

Y en el vestíbulo se topa con el padre, que le dirige una mirada sombría.

—Estábamos intentando evitar esto. Le habíamos ocultado las circunstancias.

—Sé por dónde salir, gracias —le dice Duarte a la criada que se apresura a acompañarle.

Fuera, el jardinero sigue podando las arizónicas y la puerta de la verja se está abriendo. El husky se le acerca y empieza a corretear a su alrededor ladrando con más miedo que otra cosa.

—Quieto, bicho. Quieto...

—Grrr... grrr...

Duarte se enciende un pitillo y se queda un momento mirando las arizónicas antes de arrancar. Nota que ha sudado y siente la camisa pegajosa. Todavía le queda otra cita y, de vuelta al centro, aparca en el paso de cebra de la esquina de Capitán Haya, delante de un restaurante flanqueado de palmeras, y le da al mendigo de la puerta del VIPS un par de monedas sueltas que encuentra en el bolsillo.

—Que Dios le bendiga.

Se detiene un momento en la sección de revistas para comprar el *Hola*, que vuelve a traer a Carolina de Mónaco en portada. Y ojea la primera página de *El País*. «EL CINE ESPAÑOL LLORA LA MUERTE DE UNO DE SUS GRANDES PRODUCTORES.» En páginas interiores encuentra una foto de la viuda rodeada de famosos en el funeral. Luego, con la revista bajo el brazo, se mete en la cafetería, y allí la ve en un taburete de la barra del fondo. No puede ser otra. A sus cuarenta y tantos años no está nada mal y esa falda larga de gasa estampada deja adivinar unas piernas larguísimas...

—Buenos días. Soy Nacho Duarte, creo que hemos hablado esta mañana por teléfono —le tiende la mano.

La tía tiene los ojos de un marrón increíblemente claro, casi amarillos como los de un gato—. Usted es...
—Bárbara Moon, encantada.
—Si le parece buscamos otro sitio. Hay mucha gente aquí a estas horas —dice Duarte dirigiendo una mirada a los cuatro muertos de hambre que están venga a mirar en la mesa de al lado.
—Prefiero que hablemos aquí, tengo bastante prisa y no hay sitio mejor para una conversación privada que en medio de tanta gente.
—¿Quiere tomar algo? —pregunta Duarte viendo que su tónica está medio vacía.
—No, gracias.
—Tráeme una cerveza, anda —le dice al camarero de la barra antes de volverse hacia ella—. Bueno, como le dije por teléfono, estoy encargado de investigar el asesinato de Ordallaba y me gustaría hacerle unas preguntas. Según tengo entendido, usted es actriz...
—Era.
—Gracias. —El camarero le ha traído una copa helada de cerveza. Duarte le da un buen trago y la deja con un golpe sobre el posavasos San Miguel—. Entonces ya no actúa.
—Ahora dirijo una casa de relax, como seguro que ya sabe. Un puticlub, si quiere llamarlo así. Bromeo —añade con una sonrisa seductora, pestañeando un par de veces—, tengo chicas... chicas limpias, sanas, guapas y educadas, algunas son universitarias... que prestan servicios a unos señores limpios, sanos, guapos y educados... A cambio de una comisión adecuada, yo garantizo seguridad, discreción, a veces comprensión y consuelo. Es un trabajo delicado, requiere ciertas cualidades... no de las que está pensando —con una mirada insinuante—. Hay chicas que no quieren que sus familias sepan en qué trabajan. Entre otras cosas, atiendo llamadas mientras están ocupadas. Hay que ser muy discreta en todo momento...
Duarte asiente. Está cansado y tiene ganas de ir al

grano y además se siente incómodo con la camisa pegajosa de sudor.

—Lo entiendo. Hábleme de Sepúlveda.

—¿Qué le voy a decir? Es un hombre excepcional, aunque ya no es lo que era...

—¿Hace mucho que le conoce?

—Ya son años, ya —sonríe con coquetería—. Eran otros tiempos. Yo quería ser actriz. Me había venido de Cuenca sin un duro, y mientras tomaba clases de interpretación sobrevivía con trabajitos que me daba una agencia de modelos... Un día me presenté a un casting, y Txetxu Sepúlveda estaba allí. Me miró y dijo: Mira, niña, tú no sirves para actriz. Date cuenta de una vez. Al principio dolió, pero en seguida me di cuenta de que tenía razón y que eso no quitaba que valiera para otras cosas... y... bueno, nos hicimos amigos...

—Supongo que siendo amigos, Sepúlveda le habrá explicado que hay motivos para sospechar su participación en el asesinato de Ordallaba.

La tía permanece callada un momento y luego pasa un dedo recién manicurado por el borde del vaso burbujeante en el que flota una raja de limón.

—Explíquemelo usted —dice dándole un sorbo a la tónica. Es mejor actriz de lo que pretende.

—Hemos encontrado en el despacho de Ordallaba un dossier sobre Caballo Salvaje que Ordallaba iba a enviar a los medios para desprestigiar a Sepúlveda.

—¿Y qué quiere que le cuente? —dice ella con un suspiro teatral. Luego su voz se vuelve más segura y cortante, la mujer de negocios—: Caballo Salvaje es una productora hardcore que funciona en paralelo con el local. Las películas se hacen con mis chicas. Bajo presupuesto, buen rendimiento.

—¿Le importa decirme cuánta gente participa hoy en el negocio?

—Desde luego que no. Aunque si ha visto este dossier del que me habla supongo que ya lo sabe. Un cámara se ocupa de los aspectos técnicos. Sepúlveda. Y yo. Y todo está en regla —le mira, desafiante.

—¿Desde cuándo conoce a ese cámara?
—No me acuerdo exactamente, ¿es muy importante?

A Duarte le jode el desdén que se ha deslizado en estas palabras.

—Por favor, conteste a la pregunta. Yo también estoy cansado, y cuanto antes terminemos mejor para los dos.

Bárbara deja de sonreír por un momento.

—Bueno... —Vuelve a mirarle a los ojos—, somos socios desde hace más o menos cuatro años. Le conocí en la época del destape, cuando empecé a hacer porno... Franco acababa de morir y empezaba la fiesta... Él era entonces un actor ocasional, un aficionado. Lo hacía por gusto. Es la oveja negra de una importante familia madrileña. Era un buen compañero: escasean más de lo que parece los buenos actores porno... Volví a cruzármelo, años después, en la presentación del disco de un amigo común. Rodrigo trabajaba como fotógrafo en un periódico. Jugaba mucho y necesitaba dinero, llevaba meses pensando en montar algo así. Encontrarme fue perfecto. Él ponía la técnica... y yo la carne. Era un negocio sencillo y lucrativo. Sigue siéndolo.

Duarte ahora no la mira, ha aflojado la tensión.

—¿Y Sepúlveda? —pregunta al cabo de unos segundos de silencio.

—Fue idea mía. Necesitábamos financiación, equipo, ¿Y a quién conocía yo vinculado con ese mundo? A Txetxu. Al principio pensé en pedirle que nos prestara material de la productora, como hace para muchos cortos. Me encontré con la sorpresa de que el proyecto le interesaba. Necesitaba dinero, invirtió en el negocio y hoy la mitad de la productora es suya.

—¿Sabe lo que significa para él si esto sale a la luz?

Bárbara reflexiona un momento.

—No me extraña que Ordallaba se frotase las manos cuando se enteró de que Txetxu estaba metido en Caballo Salvaje. Txetxu siempre ha sido engreído. No podía evitar escribir todos esos artículos contra

Ordallaba, tachándolo de producir mierda con fines lucrativos...

—¿Quién cree que pudo haber filtrado la información a Ordallaba?

—Yo misma, ¿eso cree?

Duarte la mira, y ella se apresura a sonreír.

—Ya he dicho que sólo somos tres en el negocio. Y ninguno tiene interés en ponerlo en peligro.

—Y las chicas.

—Las chicas no se enteran de nada. Entran en el estudio, hacen su trabajo y cobran. Muy bien, por cierto.

—¿Quién se encarga de la distribución? ¿Sepúlveda?

—No. Bueno, sí, indirectamente. Él proporciona los contactos. Pero soy yo quien da la cara.

—Pues muchas gracias por la información, señorita... —Duarte ya está mirando a su alrededor para llamar la atención del camarero.

—Bárbara.

El camarero se acerca y mientras Duarte saca unos billetes ella rebusca en su bolso Louis Vuitton.

—Tome. Por si alguna vez le apetece visitarnos en Fantasía...

Duarte coge la tarjeta sin sonreír, se levanta y se dirige a la salida sabiendo que Bárbara Moon le está mirando. Cacho zorra. ¿Por qué cojones no puede la gente tratar con normalidad a la policía? Luego bien que cuando nos necesitan...

—¡Inspector...!

Se vuelve y ve a la otra con el *Hola* en la mano.

—Muchas gracias —murmura sonriendo a su pesar.

7

Así que nos ponemos unos tiritos en el salón de casa de Borja mientras esperamos a Sandra, un elemento de diecinueve añitos con labios de chupapollas que va a clase con la hermana de Borja a uno de esos colegios especializados en repetidores donde por un precio se les asegura el aprobado y la posibilidad de pasar la Selectividad. Sandrita llega tarde, como siempre, y entra con las gafas de sol en la mano y un top de Kookaï ajustado debajo de la chupa vaquera que deja ver el piercing del ombligo.

—Huy, cómo vais. A ver, dejadme a mí.
—Píllate la que queda y nos vamos.

La tía se inclina y se mete el tiro con una risa explosiva de las suyas.

—Borja, no te olvides de lo de Gustavo. Pilla la carpeta —digo.
—Yo me voy a tener que ir. Tengo clase.
—Ezpera, Roberto, coño, que bajamoz todoz.

Cuando salimos a la luz del día me fijo en lo cadavéricos que estamos Borja y yo comparados con Sandra. Claro que ella se ha debido de dejar por lo menos dos kilos en rayos uva.

—¿Quieres que te acerque, Roberto?
—Quita, que no cabemos cinco en tu lata. Voy en metro.

Borja y Sebas se acomodan en el asiento de atrás. Yo pito al pasar y Roberto nos saluda con la mano. Sobrepasamos Castellana por el puente de Eduardo Dato y de vez en cuando me vuelvo para mirarle las tetas a Sandrita.

—Sigue recto. Es al final de esta calle, pasado el barrio de Sala–manca —indica Sebas.

—¿Zabez que a Gerard lo acaban de echar del Bombazo? —Borja dándome un toque en el hombro.

—Ha sido el hijoputa del holandés que ha metido cizaña —asiente Sandra volviéndose. Menudo vozarrón que tiene la tía—. Y como a Gerard no le gusta pelearse con la gente, se ha abierto y punto.

—Eztaría bien hablar con él. Eztoy penzando en zuztituir lo antez pozible a la gorda y a la otra. Alguien que viene del Bombazo zabe lo que ez una barra y Gerard puede trabajar por laz doz.

—Ya te digo —dice Zandra.

—Y encima ahorramoz un zueldo. ¿Te parece bien?

—Sí, claro.

—Es genial, Gerard. A mí los gays es que me caen más bien... —Sandra suelta otra de sus risotadas.

—¿Qué tal con Guztavo, Zandra?

—¿Que qué tal? Fa-tal, no me hables de ese impresentable.

El Borja se ríe, je je. Sabe que Gustavo trabaja con el novio de Sandra y que por eso no quiere que la tía curre en el Sonko.

—Estoy hasta el gorro de oír hablar de él. ¿Sabes lo que hace? Ir a todas las discotecas de Londres para escuchar lo que ponen y...

—Vamoz a dejar el tema, por favor.

—Has empezado tú.

—Ya. Joder, tío, acelera un poco que empiezo a agobiarme.

—Pues píllate un taxi.

—Bueno, ¿y cómo son éstos? —pregunta Sandra a Sebas, que no ha abierto la boca.

—¿Éstos? González, un buen tío. Y Ramón, el mejor de todos, ya veréis. El que me cae gordo es el hermano de González, un listillo. Pero tranqui, que te van a tratar bien.

—¿Qué tengo que hacer exactamente?
—Nada, tú te sientas y respondes a lo que te pregunten.
—¿Se supone que tengo que desnudarme o algo así?
—Hombre, por mí...
Otra risotada.
—¿Qué, ya llegamos?
—El ciento cincuenta y cuatro. Ahí ez, para.
Un par de maniobras y aparco en un hueco detrás de un Clio verde.
—Quítate laz gafaz, Zandra. Parecez muy macarra.
CASTING EN EL INTERIOR, dice un cartelito en la pared. En el callejón detrás del edificio, una fila de actores espera junto a un todo terreno delante de una puerta. ¿Me quedo con ellos?, pregunta Sandra. Sí. Entramos en una habitación oscura. Un tío con barbita de judío y gafas de intelectualoide nos hace señas de que ahora está con nosotros y nos quedamos de pie junto a la puerta. Sebas se inclina para decirme al oído que el de la camisa militar por fuera del vaquero que se está fumando un pitillo a mi lado es Ramón, que también es manager de grupos.
—¿Y de dónde vienes? —pregunta González apuntando algo en un bloc.
—¿Yo? De un taller de teatro. Alguien nos comentó que se estaba haciendo un casting y, bueno, pues vine.
—¿Sabes de qué va la película?
—Me han dicho que de jóvenes...
—Mírame sólo a mí, por favor. Olvida la cámara. ¿Qué más te han dicho?
—Que el personaje principal es un chico como muy normal, que tenemos que ser naturales.
—¿Y tú eres normal?
—Soy actor.
—¿Consumes algún tipo de droga?
El actor duda, parpadea un par de veces. El tío se mantiene muy quieto con las manos entrelazadas sobre una de las rodillas.
—Bueno, lo normal. Algún que otro porro con los amigos...

—Ya está.
—¿Ya?
El actor se levanta sonriendo y sale. El barbitas se incorpora y se estira un momento.
—Qué tal, soy Quim —dice dándome la mano—. ¿Qué tal lo has visto, Sebas? Buen careto. ¿Verdad? Eso mismo he pensado yo. El muy cabrón no hacía más que mentirnos. Eso ya dice mucho sobre él. Estoy contento, la primera mañana aquí y ya tenemos uno...
—No tengas tanta prisa, González —dice Ramón—. Esto no es más que un calentamiento, nada más. Sólo estamos tanteando el terreno...
—Bueno, de todo eso ya hablaremos. —González se ajusta las gafas con el dedo índice.
—¿Digo al siguiente que pase, Quim? —pregunta un tío paliducho y con coleta que acaba de entrar.
—Espera. Acércate que te presente. Mi hermano. Y éste es...
—El novelista —dice dándome un blando apretón de manos y mirándome de arriba abajo—. Hola, qué tal. Bueno, Quim, ¿lo hago pasar?
—Sí, sí. Hazlo pasar.
González retoma su asiento y entra un chino que se sienta en la silla sin quitarse la chupa vaquera y guiñando los ojos.
—Me llamo Juan —dice en un castellano perfecto.
—¿De dónde sales?
—He hecho tele. Estoy trabajando en una serie de la Cinco. Hago de chino, claro. —Y sonríe, el tío es simpático—. Me han dicho que era una historia de drogas, con traficantes y eso. Pensé que podía servir para algo.
En cuanto González empieza con sus preguntas, Ramón me hace un gesto para que salgamos y nos alejamos un poco de donde Sandra está ya enrrollándose con los actores.
—Supongo que Sebas te ha puesto al corriente. Queremos que nos eches una mano en esta peli. González es un buen director, pero a nivel de guión necesitamos alguien que domine las claves del ambiente y le eche

un vistazo, y es lo que te queremos proponer. Tendrías libertad para meter toda la mano que quisieses, claro. Estamos todavía en vena. En Estados Unidos ya se ha acabado la época de las pelis independientes. Pero aquí la gente se entera siempre un buen rato más tarde y todavía estamos a tiempo de colarnos...

—De acuerdo. Déjame el guión y me lo pienso.

Y volvemos al casting donde González ya está interrogando a Sandra y Borja se descojona en su esquina.

—... ¿qué te parece?

—A mí me parece bien, ¿no? Es un poco la gente que sale, la noche y eso...

—¿Tú sales mucho?

—Los fines de semana.

—¿Consumes drogas?

—Pues como todo el mundo que sale, yo creo.

La tía es superfotogénica y Ramón, cruzado de brazos a mi lado, asiente divertido. Cuando terminamos, Sebas dice que se queda y nosotros acercamos a Sandrita. Ya es tarde cuando nos da un pico a cada uno y se va hacia su portal en la calle Ibiza. Yo estoy bastante cansado pero le he prometido a Borja que voy con él a ver a Gustavo.

—Si te mola, puedes currar conmigo —le digo por el camino al ver que ojea el guión.

—¿Lo dicez en zerio?

—Claro. Tú piénsatelo.

Príncipe de Vergara. Antes de entrar nos ponemos un buen tiro en el ascensor. Borja se queja de que Gustavo le agobia por teléfono, no hace más que llamarle a casa de sus padres, y yo me río y le digo que el otro cree que no tiene teléfono adrede. Nos abre el Gustavo recién salido de la ducha y enseñando las barritas de chocolate.

—Acabo de llegar del Holiday Gym —dice—. Sentaros, que me pongo una camiseta. En seguida estoy con vosotros.

En el salón hay una pila de discos sabiamente desordenados junto a la cadena entre los que destacan un recopilatorio de Ministry of Sound y el último trabajo del gran Ted Torry. De pasada acaricio la superficie del tablero de ping-pong y nos sentamos en el sofá mirando la tele. Gustavo frunce el ceño al ver que en la MTV acaba de terminar el último vídeo de Madonna y sale un morenazo con los piños demasiado blancos.

—Ése es el griego al que han cogido para que presente el programa. Qué acento. Sou jier wi jaf dis wonderful niu zong... A mí me habían llamado para el puesto, incluso les había enviado un vídeo con pruebas mías. Pero nada. Y eso que he pasado un año en Miami. Es injusto. ¿Queréis beber algo? —Nos saca dos Coronitas y unos posavasos que deja sobre la mesilla de cristal al lado de la carpetita donde Borja guarda las cuentas y él se toma un Isostar, «para evitar las agujetas»—. ¿Qué tal, dónde habéis estado?

—Por ahí.

—Ufff, yo también he estado «por ahí» —se ríe—, todavía tengo la cabeza un poco tocada... Una fiesta que di aquí el sábado con mi gente... Estos éxtasis que hay ahora son una mierda —dice chasqueando la lengua. Y coge una cajita sobre la mesa—. Toritos blancos, ¿queréis, para vuestra gente?

—No, graciaz. ¿Ze puede encender un pitillo?

—Claro. Hacéis bien. Estos toritos duermen. Te quedas apalancado y no te dan ganas de bailar. —Cierra la caja y se recuesta en el sofá dándole un trago a la lata—. Los vecinos se quejaron. Y eso que no tenían ningún derecho porque les había advertido antes... Aquí está la carta.

> Estimados vecinos:
> En el año que llevo viviendo en mi actual vivienda no he hecho nunca fiestas y me he comportado de manera muy civilizada. Este sábado, excepcionalmente, y por razones estrictamente personales, organizaré una *soirée* con gente de total confianza. Espero que no les moleste demasiado.
> Dándoles las gracias por anticipado.
> Un saludo muy cordial,
> Gustavo Morales.

Y se encoge de hombros. Bueno, vamos a mi despacho. Borja pilla la carpeta y le seguimos hasta una habitación al fondo del pasillo. Borja se sienta en la silla con la carpeta sobre las rodillas y yo me quedo de pie mirando los pósters de Ibiza y U2 —Ah, sí, yo fui promotor del concierto en el Bernabeu durante los ochenta, no sé si os lo había dicho...— y las pegatinas de Comisiones Obreras.

—Me has traído el dinero, supongo —Gustavo, que se ha aposentado en un sillón giratorio al otro lado de la mesa.

—No lo he podido traer todo porque rezulta que mi tía no eztaba cuando he pazado por zu caza...

—Ya.

—Va a eztar un par de díaz en Marbella, pero el lunez la puedo pillar.

—A ver. ¿Cuánto has traído?

Borja saca un sobre del interior de la carpeta. Trezcientaz míaz y el rezto de mi zocio. El lunez te doy lo que falta, y no habrá problemaz para el zegundo pago. Gustavo cuenta los billetes, coge un sobre y escribe *Sonko, primer pago*. Luego lo mete en un cajón de la mesa y nos mira unos momentos. Borja pone cara de póker y yo sigo fascinado con las pegatinas de Comisiones Obreras.

—¿Qué tal la caja de esta semana?

—El viernez ha ido muy bien, pero el zábado baztante flojo —admite Borja sacando unos papeluchos de la carpeta.

—¿Y el jueves?

—El juevez ez el día que vamoz a potenciar con fieztaz. La zemana que viene hacemoz una fiezta Trance. La imprenta me tiene ya laz invitacionez. ¿Quierez verlaz? —Y saca del bolsillo un fajo de invitaciones con el logotipo que ha diseñado él mismo.

—¿Las cifras? —suspira Gustavo.

De vuelta en el bar, Armando ya está currando en

la barra de abajo. Hacia el fondo nos espera María con su mejor amiga, Anita, que tiene cara de mosquita muerta, ojos alelados y un jersey largo que la hace parecer todavía más enana de lo que es. Su novio, un ploda de cien kilos, parece buen tío. Qué tal, Anita. Le damos dos besos. Borja le da una mano férrea al novio. Qué paza, Toño. Cómo andamoz. Muy bien, Borja, muy bien. Me alegro, hombre, me alegro. Un momento, vuelvo en zeguida.

—¡Borja!

—¿Qué paza, María?

—Borja, quiero que demos una vuelta tú y yo solos. Tenemos que explicarnos —esto bajando la voz.

—Claro, pero espera que tengo que rezolver un tema. —Borja se acerca a la barra y le dice a Armando que llame a Virginia y Arantxa, que a partir de ahora no hace falta que vengan los jueves—. Qué paza, ¿no me haz oído?

—Sí, claro. Pero ya están de camino, ¿y quién va a...?

—Mi hermana. Virginia tiene móvil. Llámala. Y zi no, ze lo dicez cuando lleguen, no he podido advertirlaz antez.

—Y a mí me pones una copa, Armando, porfa.

Armando coge el teléfono. Y Borja le mira desde la barra. Al ver que su hermana entra por la puerta empieza a abrocharse la parka.

—No te importa, ¿no? —me dice.

—Para nada.

—Hoy ze queda ézte, Armando. Yo no creo que vuelva, ¿vale?

—Claro.

Borja se las pira con su novia y yo me quedo pegado a la barra con una copa y un pequeño subidón. *El puto dueño de este bar*, me digo, *tienes veintitrés años y eres el puto dueño de este puto bar*. Armando, ponme otro Whitelabel, anda. Me meto una pirula discretamente en la boca y me cepillo la copa de un trago pensando en que tengo ganas de enrollarme a alguien esta noche.

8

La plaza de Chueca es un vivero de maricas y tortilleras. Los hay en pantalones cortos y sandalias. Los hay rapados, con el pelo teñido de colores. Los hay gordos y flacos, guapos y feos, con pancartas y sin ellas. Panda de gilipollas, piensa Pacheco entornando los ojos cuando se para en la esquina de Barbieri junto a unos chavales que se fuman un chino apalancados en un banco. El Joselu anda sujetando una banderita del arco iris en primera fila y tiene la cara como un tomate de tanto gritar. El hijoputa va con unas pintas desastrosas. Esa boina color morado, la camiseta con el el dichoso arco iris, las bermudas a cuadros y bambas rojas. Y qué piernas tan rechonchas tiene. Está dándole la mano a una lesbiana mientras con la otra sujeta una pancarta de LIBERTAD PARA FOLLAR: ¡TODOS CON EL ARMARIO! Los chavales del banco, con gafas de sol a cuál más cantosas, se ríen muy puestos.

—Pero si esto ya está pasao de moda —uno que lleva las mangas de la camisa vaquera recortadas.

—Pfff. Si estamos aquí la mitad de los mariquitas de todo el Estado... ¡imbéciles! —otro.

Pacheco se queda mirando al más mono, un rubiales con media cara desfigurada por una cicatriz que, dándose cuenta, se quita las gafas para decirle hola, guapo, ¿quieres que te la chupen?

—Gracias, no estoy tan desesperado.

Risas.

—Que te jodan, listo.

Pacheco ya se aleja. Le ha visto separarse de la gente y meterse en un café con el del peto. Atraviesa la plaza, y entra tras él. Roni está pidiendo en la barra, y el otro sonríe con los pulgares enganchados en los tirantes del peto. Pacheco le agarra del brazo, Roni, tengo que hablar contigo un momento, pero Roni se suelta y arruga la nariz con cara de asco y se vuelve hacia el del peto y suelta una parrafada en inglés —*the cop who fucked up the Sauna. A shivering cocaine loaded paranoid wreck...*— de la que Pacheco no entiende una mierda.

—Keep cool, darling, te presento como el madero a cargo de la redada del otro día. Estarás orgulloso de la que has montado, ¿no, Pachi?

Pacheco duda entre romperle la crisma y meterle un puño en la boca del estómago. Roni le da un sorbo a su botellín de agua y suelta otra parrafada. Su colega le mira con la boca entreabierta masticando chicle al más puro estilo cowboy, asiente y se va volviendo un momento antes de salir.

—Pachi, darling —dice Roni terminando su agua mineral de un trago—, tengo que subir un momento a casa. Si quieres, puedes acompañarme. ¿Vienes?, ¿o prefieres que les diga a los de fuera quién eres? Sería muy funny, podrías convertirte en el primer poli linchado por una panda de mariquitas.

Pacheco le sigue hasta uno de los portales de la plaza y luego sube tras él por una escalerilla estrecha y entra en un piso que, en comparación con el suyo, parece muy ordenado. No hay ni un solo plato sucio en el fregadero, la hostia.

—Puedes quitarte la chaqueta —dice Roni apartando la cortinilla detrás de la que se ve el futón por los suelos y varias cajas de discos y agachándose para poner un vinilo en un Technics antiguo—. ¿Quieres un té normal, perfumado... un poleo a la menta? Dime.

—Prefiero una cerveza.

—Tiene que ser sin alcohol.

—Veo que sigues con historias macrobióticas y demás... —dice Pacheco levantándose la pernera del pantalón y dejando el revólver encima de la mesa.

—Hay gente con principios, darling. —Roni saca dos botellines de la nevera y se queda mirándole casi con sorna mientras los abre—. Te veo mala cara, amigo. He visto a Juan. Últimamente anda muy despendolado... uy, el español que voy cogiendo con vosotros... ¿Qué le habrás hecho, Pachi, para dejarle en ese estado? Se cayó casi llorando en mis brazos y, si fuera de otra manera, es decir like you, hubiera podido aprovecharme...

—Mira, Roni, déjame, que ya tengo suficientes problemas.

—Ah, sí, no veas lo que me alegra —dice el otro dándole un trago a su cerveza, y, después de cerrar la ventana del balcón por donde todavía se oyen los gritos de la manifestación, se pone a mirarle. Al ver que Pacheco, que se ha sentado, no dice nada, se acerca, deja la cerveza al lado del revólver y le desabrocha un par de botones de la camisa para pasarle una mano por el pecho. Pacheco consigue sacar su billetera sin apartar la mano y se curra un tiro. Roni baja la cara y empieza a besarle el cuello manoseándole la tetilla, y del cuello va pasando a la boca y acaban revolcándose por los suelos, desnudándose a lo bestia y arrastrándose hacia el futón. Y después de besarse y restregarse polla contra polla Pacheco se ensaliva los dedos y hurga entre las nalgas del otro. Espera, usa esto, Roni alarga la mano para coger el lubricante con el que Pacheco se unta el rabo, la coca le ha animado lo suficiente. Roni lo quiere de frente pero Pacheco consigue volverle, y en cuanto siente la cálida presión del esfínter ve la imagen del otro, no puede quitárselo de la cabeza, joder, y no puede evitar sentir cierta repulsión por esa espalda sobre la que ahora se inclina respirando agitadamente. Roni ya está protestando y forcejea. Pero Pacheco es más corpulento y le pasa un brazo por debajo de la garganta, casi ahogándole, al tiempo que con la mano libre le agarra la polla, retrayendo una y otra vez la piel del prepucio... y una y otra vez... y al poco se corre cerrando los ojos, sin un gemido...

—Son of a bitch —murmura Roni frotándose el hombro—. No has cambiado nada. Shit... —al ver que él se ha corrido sobre la colcha. Todavía en cuclillas, recoge con la mano la lefa que empieza a gotear del culo, y empieza a lamentarse, como siempre, con que si ha sido un inconsciente al no exigir condón y...

A Pacheco esto le entra por un oído y le sale por el otro. Se ha sentado en el futón sin decir palabra y tiene la mirada perdida entre las fotos de la pared donde junto a un autógrafo de Ralph Hutter al que Roni ha conocido de puta casualidad en una fiesta en Alemania aparece el propio Pacheco descamisado en una de las noches del Lunatik.

Roni, en el baño, se sienta a horcajadas sobre el bidé y vuelve a maldecir. Cabrón, me has hecho sangrar. Se limpia con una toallita y toma, se la tira a Pacheco. Luego limpia como puede la colcha y tira el guruño de papel a la papelera. Pacheco ya se ha calzado sus gayumbos Calvin Klein y ahora trabaja un par de tiros sobre la mesa. La farla está rica pero dura y cuesta machacarla. Roni se acerca a comerse su loncha y luego se viste la camiseta ajustada, pone la toalla sobre la silla y se sienta.

—Cuéntame ahora lo que te pasa —dice cogiendo un porro de maría que hay medio apagado en el cenicero y encendiéndolo con una cerilla.

—Estoy cansado.

—Fucking unbelievable. O sea que vienes, me dices que quieres hablar conmigo, aprovechas para darme por el culo, y ahora te quedas callado. Wow, Pacheco —le da una buena calada al porro.

—Te digo que estoy cansado.

—¿Te crees que no es fácil ver lo que te pasa por la cabeza? Fuck you. Estás acojonado porque crees que Álex está mezclado en el asesinato de Ordallaba. Y si lo que quieres es que te diga dónde está Alex, lo llevas claro, man, porque no tengo ni puta idea. Y la verdad es que tampoco me interesa lo más mínimo. Un buen culo y ningún cerebro. Yo no soy como tú, no busco culos sino personas.

Pacheco le da un sorbo a su botellín de cerveza. Puah, asquerosa.

—¿Tú le pasabas coca al Ordallaba?

Roni se lo piensa antes de asentir, sí.

—¿Cuánta?

—Cinco o diez gramos... los fines de semana. Y siempre a la rubia de los big tits que iba con él. ¿Me vas a meter en la cárcel? —dice con ironía.

Pacheco se acerca al balcón y abre la puertaventana. Abajo los de la manifestación han dejado de gritar, están a punto de moverse. Pacheco se los queda mirando, pasándose la mano por la nuca y Roni se le acerca. Se te ve blando, esto se llama en tu país tripa de cerveza, Pachi, y empieza a masajearle con ternura.

—Algún día alguien te va a joder de verdad... —susurra.

Pacheco entorna los ojos y ladea la cabeza.

—Nadie me va a joder...

—Escucha, man. A mí me da igual lo que hagas o dejes de hacer, pero eres... carne de cañón, ¿se dice así?

Pacheco se quita las manos de encima. Coge su camisa que está todavía por los suelos y empieza a abrochársela, de espaldas a Roni.

—Nadie me va a joder —murmura, casi para sí.

—Yo te conozco desde hace demasiado, y sé que eres puñetero pero en el fondo buen tío. Pero ten cuidado, que mucha gente no piensa igual y no sabes cómo está el ambiente en estos momentos —dice indicando con el pulgar la manifestación de fuera.

—O sea que crees que soy un buen tío.

—Ahórrate la ironía. Si no lo pensara, no estaría aquí contándotelo... o te lo cobraría —dice Roni sonriendo.

Pacheco se pone la chaqueta. Roni se le acerca y le coge la cara con las dos manos para darle un morreo seco al principio, y luego húmedo.

—Mira cómo me pones —con una sonrisa. La polla se le ha amorcillado.
—De verdad que no sabes dónde está Álex... —dice Pacheco sin mirarle y pasándose el pulgar por la nariz.
Roni suelta un suspiro.
—He oído decir que se ha marchado a Valencia. Pregúntale a Joselu.
—¿Sabes con quién se fue?
—No lo sé. —Roni se cruza de brazos. La polla se le ha reblandecido—. Te he dicho que ese tío no me interesa lo más mínimo.
—Roni. Sé que se ha ido con una chica.
—No bajas la guardia nunca, ¿eh? Pues sí, Álex tiene un par de amigas bolleras que venían a veces a buscarle al Armario...
—¿Quiénes?
—Hay una ahí abajo —suspira Roni.
Pacheco se acerca al balcón de nuevo y ve que la manifestación comienza a moverse por la calle Santander.
—¿Cuál es?
—Ésa que está al lado de la gorda con la pancarta... en el banco... la que tiene cara de niñita cabreada...
—¿La que tiene la mochila a la espalda?
—Ésa.
—¿Cómo se llama?
—Almudena.
—¿La conoces bien?
—No. La veo a veces en el Lunatik. Pásate el fin de semana, igual la encuentras. Si no, siempre estoy yo.
Pacheco agarra el revólver y sale. Fuera, quedan cuatro monos. Pacheco se apresura hacia los manifestantes más rezagados y empieza a seguirles a una distancia prudente, poniéndose un tiro a cada rato. Los maricas se van animando. Recorren las calles con sus gritos y acogen con entusiasmo a la gente que se les va uniendo. En Cibeles, las dos camionetas decoradas con corazoncitos JuanamorCarlos MaríaamorCarmen que no han dejado de lanzar eslóganes por los altavoces

optan por la música y tres tiarrones con el torso brillante de aceite se suben encima del techo para bailar *MOIOI JE VEUEUEUX MOURIIIR SUR SCÈÈÈNE*, un remix de Dalida. Algunos les imitan; otros se meten en la fuente y chapotean mientras unos agentes de tráfico que han cortado la circulación para dejar hacer, siempre que el show no vaya demasiado lejos, les observan muy comedidos desde la otra acera. Termina la fiesta, unas últimas exhortaciones por los altavoces y algún que otro aplauso. A partir de ahí la gente va desapareciendo en pequeños grupitos y Joselu, que lleva su pancarta mojada en una mano, se vuelve hacia el barrio con una pareja de descamisados en rollers. Pacheco echa a andar tras la chica, que se ha pasado la manifestación con una pareja de bolleras horrendas a las que ahora acompaña hasta la boca del metro a las puertas del ministerio del ejército. Y después de despedirlas calurosamente, tira por Castellana y Bárbara de Braganza donde se para un par de veces a mirar edificios con aire entendido haciendo visera con la mano. Luego en Fuencarral se mete en una casa decrépita y Pacheco, sin pensárselo dos veces, entra tras ella y sube por la escalera pagando las consecuencias de demasiados tiros esa tarde. Al llegar al último descansillo, llama con los nudillos.

—¡Abra, policía! —dice recuperando la respiración y pegando la placa contra la mirilla.

Al poco la puerta se entreabre y en la rendija aparece la piba que ahora se ha puesto una blusa deshilachada y manchada de pintura que le cae hasta las rodillas. La tía no pasa del metro cincuenta y cinco y tiene una nariz minúscula y respingona que es verdad que le da un aire de niñita encabronada, como dice Roni.

—Quiero hablar con Almudena, ¿eres tú?

—¿Qué quiere?

—Abre, que soy un jodido inspector de policía. Grupo de Homicidios.

—Cualquiera lo diría.

La puerta se entorna y vuelve a abrirse, esta vez sin

cadena, y Pacheco entra en un estudio lleno de telas a medio acabar amontonadas contra las paredes y algunas en su caballete. Desde el balcón de la habitación se pueden ver los tejados de enfrente. El lugar entero apesta a pintura y aguarrás.

—¿Qué quiere?

Pacheco se queda un momento ojeando un cuadro de una pareja de mujeres esqueléticas que miran al espectador con rostros borrados. Al lado hay otro de una teta abierta como una flor, llena de negros y rojo sangre.

—¿Desde cuándo conoces a Álex? —pregunta a bocajarro.

—¿Qué Álex? ¿De qué me habla?

—Sabes muy bien a qué Álex me refiero. Estoy encargado de investigar el asesinato de Ordallaba, un productor muy conocido con el que Álex se veía. ¿Desde cuándo conoces a Álex?

La tía se lo piensa unos momentos.

—Unos seis meses, ¿por qué?

—¿Erais íntimos?

—Es un buen amigo de una buena amiga mía. Quedábamos a veces por Chueca... Pero apenas sé nada de él... creo que no te voy a poder ayudar mucho.

—Mira, soy un viejo amigo. Álex está metido en un buen lío, y quiero ayudarle. Pero tienes que decirme dónde está. Tengo que encontrarle. Es urgente.

—Creo que está en Valencia, no sé más.

—¿Estás segura?, y por favor deja de sonreír, esto no es gracioso. ¿Cuándo te lo dijo?

—Llamó para despedirse. Hará una semana, o dos... creo.

—¿Y qué dijo exactamente?

—Sólo eso. Que estaba quemado, que se iba una temporada a Valencia.

—¿Con sus padres?

—Sí, con sus padres.

—¿Tienes coche?

—¿Por qué?

—¿Lo tienes o no lo tienes?
—Me gusta andar.
—¿Y tu pareja?
—¿Qué tiene que ver ella con esto? —con un mohín de impaciencia.
—¿Tu pareja tiene coche o no lo tiene?
—No veo qué tiene que ver todo esto con Álex.
—Mira necesito hablar con esa chica. —Pacheco nota que le tiembla un músculo de la cara y se aparta con la mano el sudor que empieza a resbalar por las cejas—. ¿Dónde está?
—No lo sé, no me cuenta todo lo que hace —la otra mirándole a los ojos—. Y si ya está todo...
—Sí, por ahora.

La pintora le abre la puerta y la cierra a sus espaldas. Pacheco se detiene en el descansillo y, apoyándose, contra la pared, respira hondo, saca la billetera y engancha algo de coca con la uña del dedo meñique.

9

Un momento, me dice la voz de una secretaria. Mientras me ponen el hilo musical me vuelvo y ojeo al barbas que espera a un par de metros de la cabina desde la que estoy llamando, aquí en San Bernardo. El día está nublado y me estoy helando los huesos. Me froto las manos y meto veinte duros más y espero a que se ponga el cabrón de Ramón. Esta tarde tenemos reunión, pero quiero hablar con él antes. Llevo ya tres semanas con el puto guión. Las primeras dos semanas casi no he salido y he tenido a Borja en mi casa danzando alrededor del ordenador todo el día, sin dejar de fumar y poniendo algún que otro tiro para motivarnos. Sorprendentemente la cosa ha salido bien. No tiene ni puta idea de escribir, pero tiene dotes de observación y ha sido gracioso verle discutir sobre si Kiko haría esto o lo otro y reconvertir los cocainómanos del guión original, que no eran más que estereotipos baratos, en personajes con vida. Manteniendo más o menos la trama, los hemos calcado sobre la fauna de nuestro bar y ha quedado un guión sólido y mucho más verosímil. Pero la luna de miel ha terminado y ya han empezado los roces con el director y estoy irritadísimo porque no puedo concentrarme en mi propia novela, que la tengo estancada desde hace un mes. Hola, qué tal, dice la voz de Ramón a la expectativa, algo extrañado de que le llame. Hasta ahora he hablado sólo con González, hemos quedado dos veces en su casa y una en la mía. Mira Ramón, me gustaría hablar contigo. ¿Pasa algo? No, sí. Bueno, he quedado ya tres veces con González para discutir sobre el guión y tengo la impresión de que el tema no avanza. Me gustaría hablarlo contigo. Escucha, esto es muy sencillo, me dice. Tenemos reunión a las seis en casa de González. Nos vemos allí. Hay que dejar las cosas muy claritas, no quiero problemas. Cuando cuelgo, me siento gilipollas. Ya me voy, hombre, le digo al barbas. Joder. Me vuelvo andando hacia casa de Borja y al pasar delante del supermercado me meto un momento y me compro un bollo, que no he comido en todo el día. Dios, qué frío. Borja está esperándome en su casa. ¿Qué?, dice al abrir. No ha habido manera, hablamos a las seis. Él mira su reloj y se encoge de hombros. Puez cazi que vamoz ya. Y se acerca a apagar el disco de los Brackets que suena en el salón y se pone su parka. Tío, yo todavía lo eztoy alucinando, me dice ya bajando por San Bernardo, quiero decir que eztemoz penzando en hacer una película de verdad. Bueno, tú ya eztáz metido en ezto y te eztán haciendo una peli, igual ya te parece normal, pero yo... Ya estamos en la Gran Vía y el portal de González está un poco más arriba, a la altura de la Montera. Odio esta puta calle, con toda esa gente que hay a todas horas. Un par de niñatos en Vespa se paran delante de una panda de cucarachos tan cantosos como los amigos de Jaime y cantan: «Las cucarachas, las cucarachas, ya no pueden caminar, porque les falta, porque les falta... media hostia pa palmar». ¡QUE OS FOLLE UN PEZ!, grita una con la cara pintada de blanco y los labios de negro. Somos los primeros en llegar y nos abre el propio González. No dice nada pero se le nota nervioso. Su hermano nos saca una coca-cola y pasamos al salón, que da sobre la calle Montera, una panorámica que González quiere meter a toda costa en la película, venga o no venga a cuento. Luego llega Ramón. Nos sentamos a la mesa de bambú, entre los cojines esparcidos por el suelo. Mira, yo no lo entiendo, empieza González, todo va bien y de repente me encuentro con que llamas a Ramón queriendo hablar con él a mis espaldas. No veo qué es lo que puedes tener que hablar con él que no puedas discutir conmigo, dice parando para mirarme, es la primera vez que me mira a los ojos desde que hemos entrado. Lo siento, Quim, pero el problema que yo veo es que tenemos ideas muy diferentes respecto al tipo de película que hay que hacer, y eso me parece peligroso. Ahí entra Ramón, que hasta entonces ha estado tecleando algo en una agenda electrónica. Ahora se la mete en el bolsillo de la camisa y se levanta. Empieza a hablar, acompañando cada inflexión de su discurso con un gesto o una mirada enfática: Yo lo comprendo, joder que si lo comprendo, claro que todos tenemos ideas muy distintas en torno a la película, a mí también me apetece discutir el guión y tocar alguna que otra escena pero no lo hago porque si no esto se convierte en un berenjenal. Aquí, yo creo, hay que tener en cuenta una cosa muy sencilla, y es que la película la va a hacer este señor, que se llama Quim González, que es quien va a firmarla y quien se va a comer todas las críticas y los marrones, y eso hay que tenerlo muy claro, dice mirándome a mí primero, y luego a Borja. Entiendo que vosotros, que ahora os sentís muy implicados en el guión —aunque basado en una idea original de González, no lo olvidéis—, tenéis de repente muy claro cómo tiene que ser todo. Pero la película existía antes de que entraseis vosotros y existirá después. Ahora entramos en otra fase. Se trata de que Quim González pueda hacer su película, y tenéis que darle todo vuestro apoyo para que entienda lo mejor posible los personajes y las situaciones que habéis introducido. Porque sigo diciendo que el proyecto tiene que salir bien y tenemos que estar todos juntos, si no no hay película. Estamos formando un equipo. Y tengo que deciros que lo que os ha propuesto González no es nada corriente, que aquí podíamos haber hecho algo tan sencillo como compraros el trabajo y olvidarnos de ti... de vosotros. Y tú ya sabes cómo funcionan esas cosas, dice mirándome. Ésa era mi idea, lo admito. Ha sido el propio González el que ha querido que estéis presentes en el proyecto: cree que con vuestra ayuda le puede dar más autenticidad a la historia. Pero tenemos que tener todos muy claro que ésta es la película de González. Cuando termina, me toca a mí responder. Vale, yo tengo claro que esta película es la película de Quim González, no hace falta que lo repitamos más. Pero también hay que ver que el guión, que es lo que me concierne y en lo que he estado trabajando las últimas semanas, es algo frágil y no hay mil combinaciones que valgan para que funcione. Por ejemplo, ayer hablando con González discutíamos sobre el macarra en el cuarto de baño del Lunatik. Y vale, yo acepto lo que me dice González, me parece fantástico, podemos hacer que sea un tío vestido de traje blanco. Genial, le ponemos de figurín, tal cual, y queda muy bonito en escena. Ahora bien, ¿qué pasa? Que si es un tío tan elegante, entonces primero no se agacharía para enganchar el tobillo de Kiko por debajo de la puerta del váter, y no sólo eso, sino que si no se agacha, entonces ya no tiene mucho sentido que la escena sea en un sitio tan asqueroso, con lo cual me tengo que currar otra escena completamente diferente y encima que encaje como la primera, y yo estoy dispuesto a hacerlo, y de hecho González puede decíroslo, ¡pero no cuando la escena original ya funciona!, que eso es hacerme perder el tiempo, leches... En fin. Cuando nos despedimos, tensos, nadie ha convencido a nadie y nos vamos bastante malrollados directamente al bar. Ya empieza a caer la noche y eso hace más soportable la Gran Vía, que la verdad es que mejora muchísimo. Por el camino me saco un par de pirulas del bolsillo y le meto una a Borja en la boca. Vamos a tu casa, que quiero pillar el coche, digo... Roberto ya sólo viene los viernes y los sábados de diez a cinco. Así que poco después nos metemos Borja y yo a pinchar a medias en la cabina y yo ya llevo un globo que no puedo con él. El globo es como cuando miras una de esas láminas de *El ojo mági-*

co. Al principio lo ves todo borroso, incluso te duele la cabeza, hasta que —de repente— FLASH... aparece el dibujo en tres dimensiones y lo alucinas... le estoy comiendo la oreja a Borja con que tiene sensibilidad para escribir... que por qué no hacemos algo a medias... por qué no escribimos sobre todo esto que está ocurriendo... Y Borja pasa de mí... dice que cuando me pongo me entusiasmo por cualquier cosa... llega Sandra... nos da un pico por encima de la mampara... *¿qué tal? ¿No vais a salir hoy?*, dice con su vozarrón... hago como que escucho la música... el globo me ha dado un punto hedonista... ese vestido le deja la mitad de la espalda al aire... carne prieta que me está poniendo muy... Borja la mira... luego me mira a mí... *si os venís al Friend's, los de la puerta son amigos míos y os dejan pasar gratis... por qué no...* es jueves y hay poca gente... un par de habituales, los Chili, poco más... no merece la pena que nos comamos la cabeza... así que ponemos una cinta y salimos de la pecera... Borja se va hacia la barra para sacarle una copa... ella le aprieta el brazo. *Borja, ¿no tendrás alguna pasti, por casualidad?... tú, ¿te quedan de ezaz pirulaz?... están en el coche, ahora vuelvo...* salgo un momento... el coche, ¿dónde?... ah, ahí enfrente... cruzo la calle... Dios... abro la guantera... otra vez en el bar... ella apoyada contra la pared... a Borja se le cae la baba... La otra hace como si no se da cuenta... dice que ella es que no puede aguantar al novio de Teresa, sabes. *Por eso no veo mucho a tu hermana últimamente... ¡ey!...* le doy una bolsita del tamaño de una canica mirando a los Chili en la esquina... del póster ya roto de Fugazi... el fin de semana pasado había un bigotudo sentado ahí mismo, copa en mano... Armando está seguro de que era un estupa... *éstas ya las he probado*, dice poniendo cara de asco, *no son muy buenas, toma...* yo me encojo de hombros... *pero ¿qué dicez?...* Borja me agarra por el brazo... *dámelaz, anda. Y tú vente...* nos metemos en la oficina... *mira...* coge una pasti y la lanza contra la mesa con todas sus fuerzas... ya se tiene aprendida la lección el tío... la pirula rebota sin romperse... *¿lo vez? Que éztaz* *zon ezmaltadaz, zon nuevaz. Zon muy buenaz... ¿de verdad?... hazme caso. Las pruebaz y zi no, no zé, te devuelvo el dinero. Toma...* salimos... la barra de abajo... veo a Anthony, un pelirrojo inglés al que he conocido de borrachera por Madrid... a veces se viene con sus amigos a pillar... hoy no estoy especialmente brillante... les saco un par de copas... me río como un gilipollas... chapurreo en inglés... les endoso quince pirulas... queda una hora para cerrar... me da por pinchar los discos de Armando... los ingleses y un par de recalcitrantes se acercan a bailar en torno a la pecera... estoy cansado, he estado dedicándole demasiadas horas a las «correcciones» de González y quiero irme pronto a casa... pero Anthony me convence para que me quede... pillamos el coche... el Friends... una antigua nave industrial reconvertida en discoteca... Borja que dice en la puerta que es amigo de Sandra... nos dejan entrar... la fiesta ha comenzado... gente con pupilas dilatadas y mandíbulas juguetonas... los machakas controlan la puerta del baño... de vez en cuando una pareja de tíos sale del váter... Sandra baila mal pero con ganas... saltitos arrítmicos primero sobre una pierna, luego sobre la otra... y Borja y yo peor todavía... ahí está Gerard, el del Bombazo, con una camiseta blanca y un pendiente de oro en la oreja... y su novio... le pillamos medio gramo... bailamos... Borja tontea con Sandra... se me acerca entusiasmado con que se la está enrollando... otra vez al váter... copa... bailoteo... copa... uno de los ingleses le dice a Borja algo al oído... que hablen conmigo... yo hablo con Gerard... *cinco...* voy al inglés, me da un billete disimuladamente... salgo al coche con Borja y Sandra... me doy cuenta de que no tengo las llaves... me acerco... están dentro... *mierda, ¿qué hacemos?... voy a hablar con los de Seguridad,* dice Sandra... entra de nuevo... vuelve con dos moles que cruzan la calle... comprueban la cerradura del coche... calle arriba la silueta de la puerta de Toledo... dicen que con este AX va a ser difícil forzar la cerradura... un intento, otro... Sandra dice que ella lo arregla... quiere forzar la ventanilla con una barra... *escucha, esto me pasa a mí con mi coche, luego al día siguiente lo llevas al garaje y punto...* digo que prefiero ir en taxi a por las llaves de repuesto... mierda, están en casa de mis viejos... Borja me acompaña... hubiera preferido quedarse con Sandra, pero ha sido él quien se las ha olvidado dentro cuando salió a ponerse con uno de los ingleses... paramos un taxi... carretera... una canción de los Beatles en la radio... los dos callados sin hablar... me zumban los oídos... amanece y con esto de las llaves me ha entrado bajón... *espérame aquí...* entro por el jardín... llamo a la ventana de mi hermana... *¿qué coño haces aquí?...* está en camisón... le digo que nada, que abra, tengo que coger algo... *¿hace cuánto que no pasas por aquí?...* el pasillo... escaleras... la llave cuelga de una perchita en la entrada... la perra que ladra encerrada en la cocina... no tengo pelas para el taxi... el viejo guarda dinero suelto en una cajita en su armario... oigo que se remueve en la cama, y me quedo quieto en la oscuridad... contengo la respiración... miedo de que me huela, me oiga, me vea la cara demacrada... tener qué explicar... pero vuelve a roncar... aprieto la llave y el billete de diez mil en la mano... salgo de allí... abro la puerta de la calle con cuidado... éste me espera donde el taxi... se está fumando un pitillo... no para de abrir y cerrar las manos... *vamos, ya está. Pareces un puto robot, tío, tranquilízate...* de vuelta en el Friend's, ya se han ido todos... vamos al Fun, donde seguro que hay alguien... el portero nos mira raro... hoy no llevo zapatillas... esto de las zapatillas te puede joder la noche... *¡seis mil pelas!*, se descojona Josemi. *Pero gilipollas, si dices al principio que es ida y vuelta te hace un precio de tres mil. Vaya par de borregos...* hay una tía que no hace más que mirarme y se lo digo a Borja... *bah, paranoias tuyas...* y pregunta a Josemi por Sandra... se ha estado comiendo un inglés... se la ha llevado a casa... la tía que le susurra algo al oído a dos malotes... me estoy emparanoiando... me empiezo a malrollar... me miran... se descojonan... eso no me gusta nada... salgo a la pista... a bailar... poco a poco me empalmo, cuando Yeah reconozco un corte de Moby...

de repente abro los ojos... se me está acerkando esta zorra... siento un cosquilleo en el estómago... la muy puta levanta los dos dedos y me apunta: ¡PUM! ¡PUM!... le aparto la mano... está englobadísima... ¡¡LA GENTE COMO TÚ HABRÍA QUE MATARLA!!..., esto es una pesadilla... estoy a punto de cruzarle la boca pero se acercan los dos malotes partiéndose el culo de risa... me vuelve a apuntar a la frente... me doy la vuelta... pillo a éste por banda... le digo que vámonos, estoy malrollado... *pero ¿por qué?... vámonos, hostias...* y casi le arrastro fuera... protesta, no entiende qué leches pasa... un mal rollo, sólo eso, joder... *pero ¿por qué, tío?... déjalo... venga, no me jodaz...* ya estamos fuera y es bien de día... me doy la vuelta... nadie... nos sentamos en unos maceteros gigantes... miro los rascacielos que se recortan contra el cielo... *qué pazada...* yo no digo nada... *joder ezta zorra de Zandra, quién lo hubiera dicho, un puto ingléz...* se hace un porro, cuestión de calmar los nervios... *ah, antez de que ze me olvide, te tengo que decir una coza que no te va a molar nada...* enciende el porro y suelta una bocanada... *la zemana que viene quieren organizar una fiezta en el Zonko loz amigoz de Luizín, loz del fanzine, que van a prezentar el primer número... ¿y qué?... puez que en eze primer número te hacen una parodia algo beztia. Igual hay algo de mala hoztia por parte de Luizín, porque eztá celozo, pero tú paza...* me quedo callado un buen rato... le doy unas caladas al porro, adentrándome poco a poco en un viaje negativo... siempre me pasa así... tardo en reaccionar... el mal rollo es como una onda expansiva... nunca sé muy bien cuánto voy a tardar en tocar fondo... *yo me voy a casa...* el tío se encoge de hombros... *cogeré un taxi...* me acerco a Orense... me meto en el AX... me mosqueo al ver la ventanilla medio forzada... la bestia de Sandra... estoy askeado... no pienso volver a pasar por el puto bar... el descanso me va a venir bien para...

10

A las tres menos veinte de la madrugada Duarte aparca su coche en doble fila enfrente del sex-shop de Atocha y sale malhumorado al ver que Pacheco no está esperándole abajo como estaba previsto. Puto trabajo. Estaba sobando cuando Saluerto, que está hoy de guardia con Villanueva, le ha sacado de la cama. Y aquí estamos, piensa mientras se acerca a la puerta y llama al telefonillo un par de veces.
'—Ahora mismo bajo.'
Se cruza de brazos y queda un momento mirando la gente que llena las calles todavía a estas horas. La glorieta de Atocha, ahí abajo, está tan cargada de coches como a las doce del mediodía, hay que joderse. Al poco se abre la puerta y sale Pacheco, pálido, con el pelo recién mojado y un chubasquero azul marino.
—Bueno, ¿vamos?
—¿Te has dado una ducha?
—Me despierta, ¿dónde está tu coche?
—Ahí mismito.
Unos críos al otro lado vitorean a estas dos tíarronas que se meten apresuradamente en un taxi. Duarte mira a ambos lados y en cuanto puede hace la pirula y baja a la glorieta de Atocha, tira hacia Embajadores, Pirámides, y de allí Emetreinta y en veinte minutos ya están en la Casa de Campo. En la primera rotonda se encuentran con un control de alcoholemia y un agente

con un cono luminoso les hace señas de que paren. Duarte baja la ventanilla y enseña la placa.

—De Homicidios. Estamos de servicio. Han encontrado a un travesti muerto.

—Muy bien —dice el agente.

Duarte vuelve a subir la ventanilla.

—Parece que tenemos a medio Madrid aquí —comenta viendo la cantidad de coches que hay por el lugar. Pacheco va silencioso, mascando chicle a su lado.

La Casa de Campo está a oscuras y cada dos pasos te encuentras con putas al borde de la carretera que te enseñan las tetas o te dicen con el dedo que te acerques, bonito, que te la voy a comer. Desastrosas, gitanas, menores que tienen que currarse su dosis, también alguna que no está mal. Viéndoles reducir la velocidad cuando el de delante para, una negraca en sujetador y con bragas de cuero azul se abalanza sobre ellos y pega los melones contra el parabrisas. Quita, hostias. Pasan un parking lleno a rebosar de coches, alguno con la lucecita interior encendida. Y algo más allá se ve ya el follón. Duarte detiene el coche a unos metros del furgón, y salen. Los Zetas han dejado los faros encendidos y las radios grillan en la oscuridad. Más allá, unos agentes retienen a un grupito de travelos excitados que intentan acercarse. Duarte se va directamente hacia Ramírez, que está hablando por radio en un zeta y le hace seña de que ahora mismo está con él. Alcanza a Pacheco y se acercan al cadáver, detrás de un grupo de arbustos, a unos metros de la carretera, poniendo mucho cuidado en no pisar unas huellas de coche que llevan hasta él. Un flash ilumina el cuerpo que yace despatarrado sobre el césped. Flash: el abrigo de visón sintético abierto deja ver un vestido de terciopelo burdeos... Flash: el sujetador negro se sale por el escote, el relleno está teñido de sangre... Flash: el vestido remangado, la entrepierna ensangrentada... Flash: una lengua sanguinolenta en mitad de la boca...

—Joder —murmura un agente junto a ellos.

Duarte se queda mirando un momento. De reojo ve

cómo Pacheco se aleja unos metros y le oye echar un meo contra un tronco. En cuanto vuelve, pasan al lado del grupito donde están Saluerto y el juez de guardia y alguien suelta una risita malintencionada y Saluerto se medio vuelve para darles la espalda.

—¿Qué coño dice el hijoputa del Jefe? —pregunta Pacheco sin dejar de mascar chicle.

Duarte se apoya en el capó del Peugeot y saca un paquete de tabaco y se enciende un pitillo levantando la ceja y resoplando. No he podido hablar con él. Se vuelve para ver a Villanueva y un par de agentes metiendo ya en el furgón a los tres travelos: uno se cubre con una rebeca el body transparente y otro se queja a voces de la falta de protección. Pacheco no para de reniflar.

Bip.

—Mierda —dice Duarte palpándose la chaqueta—. El puto trasto, que se me ha puesto enfermo. No veas las que me monta la niña cada vez que se muere. —Le da un par de caladas largas al Fortuna; lo tira al suelo y lo aplasta como si fuera un bichejo.

—Seguro que le ha impresionado el travesti... —Pacheco se medio ríe apretando los dientes en una mueca—. Vamos, seguro... te digo yo que a este bicho le ha impresionado el travesti...

—Ya lo he entendido. No hace falta que me lo repitas ocho veces —dice Duarte apretando botones.

—Pero suelta eso, leches. —Pacheco le da un toque.

—¿Qué haces, gilipollas?

—¡Bah!

—Mira, voy a hablar con Ramírez y luego mejor volvemos a la brigada. Y yo que tú dejaría de mascar chicle y de hacer muequecitas, compi —suelta Duarte agachándose a recoger el Tamagotchi.

En el despacho de la Brigada, el Saluerto se ha dejado la chupa de cuero colgando del respaldo de la silla frente al ordenador encendido y Villanueva, sentado al borde de la mesa, se desespera con los travelos. ¡Que ya está bien de tanta llantina!, dice con su voz de flauta, levantando los brazos y enseñando aureolas de sudor. Luego se acerca a la más ruidosa, una que tiene un par de tetorras aprisionadas en un corsé de cuero y el maquillaje corrido de tanto llorar.

—¡Ya está bien, no has oído! —Y se vuelve hacia sus compañeros—. Qué circo, es increíble...

—¿Qué tenemos? —pregunta Duarte, pensando este cabrón apesta a sobaquillo a cualquier hora del día.

—Tenemos al compañero de piso. Es aquel de allá. —Una mulatita con trenzitas rasta hasta la cintura y ojos llorosos que va en vaqueros y con un suéter blanco ajustado, muy normalita en comparación con las otras. Se está secando las lágrimas con papel de váter—. Se llama Juan. Alicia para los amigos. Dice que estaba metida en un coche con un maromo cuando salió un Audi 100 blanco de entre los arbustos y se tocaron.

—¿Habéis tomado la declaración?

—Encima de la mesa.

—Pues llévate a las otras y déjanos un momento con ella.

—Venga, chicas, ya habéis oído, nos vamos al otro despacho. Tú, no, bonita. Tú te quedas —le dice a la de las trencitas que ya se iba con otras.

—¿Qué es esto? —dice Saluerto apareciendo en la puerta con una taza de café en la mano.

—Es sólo un momento —le corta Duarte.

Pacheco se acerca y le cierra la puerta en las narices.

—Siéntate —dice Duarte acercando una silla mientras, de pie, delante del ordenador, revisa la declaración—. O sea que viste un coche.

—Sí.

—Un Audi 100 blanco.

—Sí...

—Y tú estabas en el coche de un cliente.

—Sí.

—A ver, explícamelo otra vez —levanta la vista del papel.

—Pues yo volvía del parking... me traían de vuelta a mi sitio... donde Claudia... Claudia y yo trabajábamos juntas... —esto con voz temblona.

—Evidentemente no conoces el nombre de la persona con la que ibas.

—No.

—¿Y el coche en el que estabas?

—Podía ser un Toyota, no estoy muy segura.

—¿Y cómo fue el toque?

—Pues estábamos en la carretera... casi habíamos llegado y mi cliente ya estaba parando para dejarme... cuando salió de entre los arbustos el Audi y casi nos atropella.

—A ver —dice Duarte dejando la declaración encima de la mesa y cogiendo papel y un bolígrafo—. Vosotros ibais por aquí. Y el tío salió de los arbustos a vuestra izquierda, al otro lado de la carretera, y chocasteis así...

—Eso es.

—¿Dónde le tocasteis?

—En la puerta derecha... la de atrás.

—¿Y el coche no se detuvo?

—No, se fue a toda pastilla...

—¿Y viste a los que iban dentro?

—Sólo había uno... un chaval.

—Pero no le sabrías describir.

—No le vi bien.

—Pero viste que era joven.

—Creo que sí, no lo sé.

—¿Y luego?

—Yo me bajé y cuando vi que Claudia no volvía, yo... me acerqué a donde solía llevar a sus clientes y... la vi allí... —la tía lloriqueando.

—Tú eras la compañera de piso de Claudia.

—Sí... bueno...

En eso Pacheco, que no puede controlar el tic de los párpados, se le acerca y le coge el mentón con la mano, mira cuando te hablan, hostias, y la suelta con la misma brusquedad. Duarte le dirige una miradita, y luego:

—¿Cómo que sí bueno?
—Bueno, vivíamos juntas, pero ella muchos meses los pasa... los pasaba en Londres con un amigo que tiene una boutique... sólo venía por aquí ocasionalmente. Cuando estaba en Madrid se quedaba en casa y ayudaba con el alquiler, claro... y trabajamos juntas...
—Y aparte de eso, ¿haces algo?
—Me pagan algunas noches por bailar en el Pirandello, una discoteca.
—¿Te suena una productora que se llama Caballo Salvaje?
—No...
—Nunca has oído hablar de ella.
—Que no.
—¿No has hecho nunca porno?
—Noo...
—¿Y tu amiga?
—Que yo sepa, tampoco.
—La sauna El Armario, ¿te dice algo?
—Sí, está por Chueca.
—¿Has ido alguna vez?
—No.
—Y tu amiga.
—No sé...

Pacheco va y viene sin parar. Tiene ganas de salir a meterse un tiro pero después de la puya de Duarte...

—Basta de gilipolleces —dice acercándose y agarrándole por las trenzas—. ¿Has oído hablar de Ordallaba?

La otra le coge la muñeca, pero Pacheco no la suelta.

—Ay, ¿qué...?
—No me vaciles —dice tirando de la cabeza hacia atrás para mirarle a la cara—. Es un productor de cine. Le han encontrado hace unos días en un piso de Costa Rica acuchillado y con la polla en la boca... igual que tu amiga...

—¿Y eso qué tiene que ver conmigo?

Duarte se enciende un pitillo, resignado.

—Eso es lo que vamos a saber. ¿Le conocías?
—¡No!
—¿Conoces a alguien que le conociera?
Pacheco que tira de las trenzas y el travelo pone una mueca, ¡ay!
—O sea que quieres hacerme creer que no tienes ni idea de quién ha podido hacer eso.
—¡Que no, lo juro!
—¡Estás mintiendo! —le grita en la cara el Pacheco, la suelta, resopla por la boca y vuelve a la carga, apoyando las manos sobre el respaldo de la silla y acercando el careto a un palmo del travelo sin dejar de escupir al hablar—. ¿Sabes lo que pienso? Que sí que lo conoces y que el asesino... el que se ha cepillado a Ordallaba y a tu amiguita Claudia y que seguro que no va a parar ahora que le está cogiendo el gustillo... es una de tus amiguitas que estuvo el otro día comiéndole la tranca a Ordallaba en Costa Rica... y tú, bonita, sabes quién es y como eres lista nos lo vas a decir ahora mismo... —Golpea el respaldo de la silla y se incorpora bruscamente limpiándose con el dorso de la mano el sudor de la frente. Duarte le mira con cara de circunstancias.
—Que no sé nada... ya lo he dicho... —la llantina deja paso a un chorro de palabras confusas—: ella vivía a caballo entre Madrid y Londres... venía aquí de vez en cuando... me pagaba por la habitación... no mucho... yo no le preguntaba lo que hacía con su vida, ¡lo juro!... No sé nada... no sé nada...
—Vente, que vamos a tu casa —dice Duarte.
—¿Qué...?
—Has oído perfectamente. Levántate.
Se la llevan en coche hasta Gran Vía y, es aquí, Duarte pisa el freno y aparca sobre el ceda el paso de una bocacalle. Abre la puerta trasera para que el travesti salga y cruzan el ceda el paso pasando junto a una china que está vendiendo flores a los coches en el semáforo. Más allá hay un grupito de chavales bebiéndose un mini entre ellos a la puerta de un Burger King cerrado.

Ey, ¿podemos nosotros también?, se descojonan. Pero el travesti ni se vuelve y sigue andando sin soltar el bolso blanco que lleva bajo el brazo. El portal está un poco más allá, y mientras suben por la escalera de madera Duarte piensa que los viejos del barrio deben de llevar mal tanta loca. Aunque igual ni se ven.

—Ésta es —dice el travesti. En el tercero hay dos puertas. La de la derecha tiene un póster de un doberman con las fauces abiertas.

—Bueno, pues ábrenos.

Lo hace, y tantea hasta que una bombilla ilumina el pasillo. Los otros entran detrás. El piso es más normalito de lo que esperaban. El travelo se queda parado en el pasillo, no sabe qué hacer. Pacheco abre una primera puerta que da a una habitación desnuda aparte de un lavabo en una esquina y una cama prehistórica sin sábanas y vigilada por un crucifijo de madera al que alguien le ha pintado tetas con un pintalabios.

—¿Quién duerme aquí?

—Nadie. A veces traemos gente...

—Ajá.

Duarte abre la cómoda llena de ropa interior, mucha lencería en rojo y una caja de preservativos extrafuertes.

—Éste es el salón...

Entran. Encima de un tresillo rojo deshilachado cuelga un tapiz indio y pegada a la ventana hay una foto de Nina Hägen sacando la lengua. Varias colillas de porro en un cenicero. Un secador encima de una pila de revistas *GQ* y *Shangay*. Poco más.

—¿Y dónde dormís? —pregunta Pacheco asomándose a un trastero lleno de pilas de cajas de zapatos.

—En la otra habitación. Ésa... —el travesti apunta tímidamente.

Duarte enciende la luz y mira las dos camas. ¿Cuál es la suya? El travelo, desde el vano de la puerta, hace una señal de cabeza hacia la de la derecha, la que tiene el osito de peluche. Duarte rebusca en una de las mesillas y encuentra más condones, fotos de discoteca, un fajo de invitaciones para el Pirandello, una travelcard caducada, varias cuchillas de afeitar, un cortauñas, esposas, un pasaporte que ojea un momento.

—¿Es el suyo?
—Sí.

José Antonio Hortelano. Desde luego la foto con pelo corto no se parece nada al cuerpo que han encontrado en la Casa de Campo. El travesti rebusca en el bolso y saca un pitillo.

—¿No tendréis fuego?
—Sí. —Duarte se palpa el bolsillo—. No, lo he debido de dejar en la Brigada.
—Estoy en la cocina...

Pacheco ya está sacando del otro cajón un Ventolín, medicamentos varios.

—¿Ves algo tú?
—¿Qué? Ah, nada.
—Mira esto... —dice Duarte, que ha hincado una rodilla en el suelo y saca de debajo de una de las camas un vibrador verde cogiéndolo con asco.
—Era suyo... —murmura el travesti apareciendo en la puerta y dándole una calada nerviosa al cigarro—. Ya os he dicho que

11

¿NO ESTÁ EL MACHACANTE? OHHHHH, QUÉ PENA, ME HUBIERA ENCANTADO VERLE, CON LO BUENO QUE ESTÁ, CON SU CHUPA DE CUERO Y ESE PIERCING, EL POLLÓN QUE TIENE QUE TENER. PERO BORJA, VEO QUE NO TE HAS CAMBIADO, ¡QUÉ NIÑO MÁS MAAAAALO! No, tú no entraz, quédate ahí, bromea Borja que lleva casi media hora esperando a la puerta. Banda se ha vuelto, ¡CHICAAAAAAS! Y del Nissan todoterreno que se ha parado en mitad de la calle salen Luisita y compañía con las caras pintarrajeadas, pelucas, vestidos de lentejuelas, y de verdad que dan pena con tanta pose barata y esos gestos de locas de tercera regional. Los del Orión detrás ya han bajado las ventanillas para gritarles ¡MARICONAS, OS VAMOS A DAR POR EL CULO, GUARRAS!, y ja, ja, Pepona se toca las tetas de algodón y les saca la lengua mientras el coche les adelanta con un último claxonazo. La zorra de Amalia, que se ha venido con ellos y que lleva la cara llena de coloretes y coletas a lo Heidi, se descojona y todos se dan abracitos y se sobetean entre ellos y cacarean como gallinas montando escándalo a la puerta del Sonko hasta que Borja les dice que se metan ya, coño, y mientras se acercan a la barra de Armando aprovecha para meterse en la oficina y de la bolsa de El Corte Inglés que hay sobre la mesa empieza a sacar las medias de redecilla, los tacones de aguja y el vestido de terciopelo color burdeos que le ha traído María. ¿Quién ez?, gruñe volviéndose al oír que alguien llama flojito a la puerta. Soy yo, María. ¡Entra! Se ha maquillado y lleva el pelo brillante recién salido de la peluquería y se ha puesto una camiseta de licra con estampado de leopardo muy escotada que no acaba de apañarla porque ya he dicho que no tiene nada de tetas. Al final han venido todos vestidos, dice. Ya he vizto. Mira, mejor azí, a ver zi iba a venir yo zolo y ezo no me mola nada. A ver. Ayúdame con ezto. Se quita la camiseta y enseña un cuerpo delgaducho con cuatro pelos en el estómago, y María le mira y piensa en que hace tiempo que Borja no se acuesta con ella y que no se cree para nada eso que le han dicho de que se ha enrollado con Sandra porque además la muy guarra se ha marchado con unos ingleses a Londres, y encima es tonta y ni siquiera tiene la Selectividad y... Cierra bien la puerta, dice Borja quitándose las zapatillas y agachándose para sacarse los calcetines. Borja, ponte las medias primero. ¿Laz mediaz? María se las tiende, y él se las calza como puede y luego se enfila el vestido. Joder qué incómodo, ¿no ez demaziado apretado? Que no, tonto, es un vestido tubo. Te va muy bien... Fuera sigue el alboroto festivo. Están como cabras, dice María mirando la foto de Gustavo en la pared. Joder, no voy a aguantar loz taconez mucho tiempo. A ver, rápido, ¿me pintaz? Sí, claro, y de la mochila de cuero que le regaló éste con su primer sueldo saca un estuche de maquillaje y le echa todo el pelo hacia atrás con el spray diciendo: Guapísimo. No me zonríaz azí, que me ponez nerviozo. Y date priza, que eztá a punto de terminar el dizco. Ya voy, María le extiende el fond de teint, le pone un poquito de sombra de ojos y luego pinta los labios rojo cereza, no va muy bien con el color del vestido pero... ¿Ya? Y sale de la oficina. ¡HOLA, CHICAAAAAAZ! ¡BORJIÑA, CARIÑIIIÍN! Luisita y Banda se le echan encima. OH, PERO QUÉ GUAPA ESTÁS, CHICA, ¿VERDAD, LUISITA? GUAPÍSIMA. MMMMMM, Y ESTAS PIERNAS. Quita eza mano. Ze mira pero no ze zoba. OH, BORJIÑA, NO TE PONGAS SERIOTA, ANDA. ¿PUEDO PONER UN DISCO? Borjiña asiente y Luisita se mete en la cabina y empieza a rebuscar entre los maxis. Banda y su novia Amalia se acercan con cuatro copas cada uno y las distribuyen mientras desde la barra Armando les mira con una media sonrisa sin dejar de jugar con su abridor. Suena un maxi de los All, y todas se vuelven histéricas. Luisita sale de la cabina y empieza a marcar acordes en una guitarra imaginaria, tan empalmado que se le cae la peluca. Banda a su lado parece una bruja en pleno rito vudú y a Amalia le da un ataque de risa y le tira un vaso de agua a su novio, que se vuelve y engancha su copa y empieza a perseguirla a través del local, y hala, Luisita tira su whisky contra el póster de los Beastie Boys. ¡HIJOPUTA, NO HAGAZ EZO!, grita Borja. Banda vuelve empapado y sin aliento y se apoya sobre el hombro desnudo de Luisita y le pasa la mano por el cuello y le da todo un besarrón lengua con lengua. AGGGGGG. QUÉ BUENA ESTÁS, LUISITA, COÑO. VENGA BORJIÑA DAME UN BESAZO, NO SEAS ESTRECHA. Banda le engancha por la cintura pero Borja se suelta entre risas. ESO, BORJA, NO SEAS ESTRECHA, se une Luisita sacando la lengua a lo Rolling Stone. MIRA CÓMO ME LO HAGO CON LUISITA. Otro morreo, y Pepona que se acerca. ¡EH, QUE YO TAMBIÉN QUIERO! Más guarreo entre Pepona y Banda, con sobeteo de cojones incluido. VENGA, BORJA. Tres loquitas presumidas le miran meneando las caderas y pasándose la lengua por el labio, el pintalabios corrido. Mira, tío, que no. No me parece graciozo, ni ziquiera provocativo. Delante de tu padre, Luiz, puez zí, ezo me parecería cachondeo. Pero azí... ¡BAHHHH! ¡ESTRECHA!, berrean las tres al unísono. Borjiña se acerca copa en mano a las chicas y, joder, se tuerce un tobillo. Me cago en la hoztia, murmura sentándose y quitándose el zapato para masajearse el tobillo. Guapísima, es el comentario de Amalia que le pasa una mano con las uñas larguísimas y pintadas de violeta por el pelo y luego le acaricia la nuca un momento de más y le guiña el ojo. Graciaz, nena. ¿Cuándo van a venir loz fanzinez? Los trae Diego más tarde. Y algo después más alboroto cuando aparece Diego en vaqueros y con una camisa color salmón y todas se abalanzan sobre él. En cuanto consigue quitárselas de encima, Diego se acerca a Borjiña, ya con la cara llena de pintalabios, la camisa salida y algunos botones desabrochados. Qué pasa, loca, dice mirando a Borjiña de arriba abajo y entrelazando pulgares con él. Qué paza, Diego. Qué tal, chaval, o sea que a ti también te ha dado la vena... Ya vez. A ver ezo... Borja ojea por encima uno de los fanzines INDEPENDENCE TOWN con una sección de comentarios sobre discos jardcoretas a cargo de Luisín y otra de pelis gore con la filmografía de Peter Jackson y una página dedicada a *Historiasdelmañas* que empieza: «Me levanto por la mañana, me aburro, me hago una paja, bebo un vaso de Solán de Cabras y me hago otra paja...». ¡DIEGO! Banda le engancha y empieza a comerle el lóbulo de la oreja y Diego se lo quita de encima descojonado. ¡Suéltame ya, hostias, que me haces cosquillas! ¿ESTE SÁBADO VAMOS A PODER IR CON TUS AMIGUITAS? DIME QUE SÍ, DIEGUITO, DIME QUE SÍ... Sí, hombre, sí. Todos al Bocaccio... ¡SÍÍÍÍÍÍÍ, AL BOCACCIO! Banda se va corriendo a algún lado y Diego se acerca a Amalia. Tú, lista, las fotos. ¿Qué fotos? Deja de hacerte la tonta y dámelas, anda... La Amalia no hace más que reírse sacudiendo las coletas y le da un sorbo a su copa y sigue riéndose como una putilla lista. Borja, que está ya mosqueado y cojea un poco al andar, les deja y se acerca a la cabina y después de cambiar la cinta se mete en la oficina para quitarse el vestido y los putos tacones y ya cambiado, vuelve a donde Diego le está apuntando a Amalia con el dedo en plan vasaver. ¿Qué ez lo de laz fotoz?, pregunta sentándose con ella en cuanto el otro se va a la barra. Nada, hijo, dice Amalia más putilla que nunca, las fotos del fin de semana en la sierra, a ver si te las enseño un día. BORJIÑA, TE HAS CAMBIADO, PUTA,

GUARRA. BAHHH. ¿PODEMOS ENTRAR UN MOMENTO A LA OFICINA?, pregunta Banda que se acerca reniflando. GRACIAS, CERDA. VAMOS, LUISITA. Borja se fija en María que ha visto a Luisín y a Banda meterse en la oficina y le está mirando diciendo que no con el dedo. Aun así se encoge de hombros y se va a la cabina sintiendo a sus espaldas la mirada asesina de su novia. Saca un disco de la funda y pretende escucharlo a través de los cascos y en cuanto ve que Amalia se ha acercado a María abre la puerta de la oficina y se encuentra con el culo peludo de Banda que tiene la falda enrollada a la cintura. ¡HAS DEJADO LA PUERTA ABIERTA, IMBÉCIL!, gime Luisín, dejando de chupársela. Banda vuelve la cabeza sonriendo y

IOUIUOIUOIUIOUIOUOIUIOUOIUIOUOIUO
UOIOUIOUIOUIOUOIUOUOIUIOUIUOUIOUIOUI
OUIOUIOUOIIOIOIOIOIOUUOIUIOUOUOIUO
UIOUUOUOUUOUOUIOI

Pero coño, ¿qué hora ez? Dioz... hijoputa... Borja se cubre la cabeza con la almohada pero ni con ésas. IOUIOUOIUOIUIOUIOUOIU. Si por lo menos el hijoputa tocara bien... IOIOIOIOIOIOIUOIUOIUOI. Ya no sabe dónde meterse... se encoge... empieza a gemir... se levanta y sale desesperado de su cuarto... va al salón... aparta la mesa... busca debajo del vídeo... entre los compacts... el vestido al lado de la cadena... Pero ¿qué haces, Borja?, pregunta Teresa que está a la mesa untándose una tostada con miel. ¡EZTOY BUZCANDO ALGO! ¡POR QUÉ NO ZE CALLARÁ EZE HIJODEPUTA! Qué exagerado eres, hijo, y límpiate la boca que todavía tienes pintalabios. ¡UNA POLLA EXAGERADO! ¡VOY A ZUBIR Y LE VOY A HACER TRAGARZE EL VIOLÍN! Borja, si haces tú más ruido que él, ¡por favor! CALLA, ¿¿¿HAZ VIZTO MI CARTERA...??? Teresa dice que no tapándose la boca mientras mastica, y Borja entra en la cocina hecho una furia y se pone a mirar por todos lados... dentro de los armarios... detrás de los botes de salsa boloñesa... en las cacerolas, hasta en las sucias del fregadero... IOUOIOIOIOUOIUII, EL PUTO VIOLINIZTA. Y él, en gayumbos y con su camiseta de los Bum! a cuatro patas rebuscando en las esquinas... ¡TEREZA!... Ya se ha ido, mierda... se tira literalmente de los pelos absolutamente pringosos, el gel del día anterior pasado por la almohada, y corre al baño y abre con mano temblona el armario y agarra la funda de las lentillas y NOOOOOOOOOOO, le da una pataleta histérica cuando se le cae una al suelo... tantea... la encuentra debajo de la alfombrilla llena de mierda... tiene que volverla a lavar antes de IOIOIIOIOIOOIIO ponérselas temblando delante del espejo... TRANQUILÍZATE, TÍO, TE EZTÁZEMPARANOIIOUIOUIOUIOUIOUIOUIOUIOUI UOUIOUIOIUIOUIOUI. Se precipita a su cuarto. ¿DÓNDE EZTÁ LA PUTA CARTERA? Empieza a apartar su colección de vinilos de hardcore americano y a sacarlos de sus fundas y tirarlos por los suelos. Rebusca en su estantería junto a los libros que robó de la biblioteca del liceo. Nada... Se muerde los labios, a punto de echarse a llorar de rabia. Siente la garganta seca y va a la cocina donde al abrir la puerta del frigorífico allí está la billetera de cuero despellejada al lado de un bote medio vacío de ketchup. Debe de haberse quedado allí durante la noche cuando a Diego le dio por hacer unos spagghetis que han terminado en el patio interior... Todavía no puede creérselo, OH DIOZ, farfulla mientras abre la billetera con mano de Parkinson... tira al suelo la tarjeta de Caja Madrid, la Visa, las invitaciones del Sonko, hasta que pilla la papela y vuelca encima del frigorífico el cuarto de gramo que queda... Hace un turulo con una de las invitaciones, y AHHH... IOIOIUIOUIOIOIOIOUOIUOIUOIUOIUOIUIO... se sienta un momento... le da un trago a un vaso de agua sintiendo cómo la coca le baja por la garganta... Eso está mejor, sí, mucho IOUIUOIUOIIOIOIOIOIOIOI– OIOIOIOIOIOIOIOOIIOIOOOIUOIUOIUOIUIOUOIUOI pero A EZE HIJODEPUTA HAY QUE MATARLE... Empieza a buscar entre los cubiertos que nadan en el fregadero hasta que encuentra el cuchillo de trinchar y lo apoya contra la yema del dedo... en su cuarto engancha los vaqueros que están tirados por los suelos. IOIOIOIOIOIUIOIOIUOI... se ata las adidas blancas, y ya está dispuesto a salir al descansillo, cuando IOOOIIOUIOUOIUOIU... silencio.

12

Duarte le da un par de veces a la máquina de tabaco hasta que suelta la cajetilla de Fortuna. Pensaba que habías dejado de fumar, dice Julia. Lo mismo pensaba yo, quitándole el envoltorio de plástico a la cajetilla y tendiéndosela a Julia, que coge uno. Hoy está muy quemado después de un fin de semana que entre la movida de la Casa de Campo y la mañana siguiente en el Anatómico Forense la verdad es que no ha descansado nada y se le está haciendo el día cuesta arriba. Rosa ya baja charlando animadamente con Posadas, de Estupefacientes, que se despide sonriendo al pie de las escaleras. La tía va impecable, como siempre, y ofrece la mejilla para que Duarte le dé un beso: ella nunca besa, sólo apoya la mejilla. Tiene ojos un poco bizcos y rasgos algo asimétricos que hacen que a ratos puede parecer muy guapa (piensa Duarte) y otros lo contrario.

—Mira, ésta es Julia. Lleva dos meses con nosotros y está echando una mano con el caso. Y, bueno, Rosa es compañera de promoción y gran amiga de mi esposa. Como te comenté, trabaja en el GATI, en la primera planta, y nos ayuda de vez en cuando.

—Cuando no lo puedo evitar. Bueno, vamos aquí al lado, que no tengo mucho tiempo —dice Rosa, y les acompaña calle abajo hasta la cafetería de la calle del Correo, a dos pasos de la Brigada, donde se sientan a una de las mesas y piden tres cafés al camarero que se acerca—. Y ahora concéntrate, que te toca trabajar... —abre el portafolios que trae y dispone los papeles meticulosamente.

—¿Por dónde empiezo?

—Tú léete esto.

Duarte ojea el artículo; luego se lo pasa a Julia.

—¿Nos lo cuentas?

—Jolín, qué vago que eres. A ver, he estado buscándote casos de travestidos asesinados o acuchillados durante los últimos tiempos, como me pediste. He encontrado seis denuncias a través de Urgencias. Nada por este camino. Pero me ha llamado la atención este otro caso... Fue uno de estos... difíciles, supongo que te acuerdas. El caso Sabino Romero.

—Más o menos. Le entró a Bolívar.

Julia devuelve el artículo. Rosa le sonríe y sigue con lo suyo, dirigiéndose a Duarte.

—Pero no se llegó a investigar. Te cuento. Desaparece el chico, y tres semanas después se encuentra el cuerpo semienterrado en un descampado cerca de la Emetreinta, vestido de mujer. Hay una primera autopsia, que determina que la muerte se produjo por un paro cardíaco... Esto deja abierta la posibilidad de que haya sido una historia de drogas. Pero ahora empieza lo gordo... Échale un vistazo a este artículo. Los padres afirman que Sabino estaba sano, que no tenía ningún contacto con las drogas, que los rumores en torno a sus tendencias sexuales son difamatorios y que el dictamen del forense no explica las causas del paro cardíaco... Qué café, Dios mío, esto parece agua sucia... —abriendo un sobre de azúcar y poniendo cuidado en no verter más de la mitad en su taza—. Bueno, pues las investigaciones prueban que el niño era una loca que cuando se quedaba a dormir en casa de sus «amigos» no dormía, que era un habitual de ciertos clubes y consumía drogas con frecuencia, y que el día que desapareció salía de una discoteca en Colón, el Bocaccio, porque se sentía mal después de lo que se había metido en el cuerpo, al parecer bastante. El paro cardíaco se debió seguramente a esto. Sin embargo, los padres, a pesar del mal trago, no se rinden y dicen que nunca se ha visto que una persona se autoentierre después de un paro cardíaco. El abogado junta fuerzas con la Cogam, el colectivo de gays y lesbianas, y juntos acusan a la policía de negligencia y homofobia y empiezan a dar la lata con unos arañazos sospechosos —Rosa levanta los dedos para entrecomillar esta última palabra— que probarían que Sabino sufrió violencia antes de autoenterrarse. Posibles cuchilladas, vamos. ¿Me sigues? —Y le da otro sorbo al café.

—Sí, pero no veo...

—Espera, Nacho, déjame terminar. El caso se cierra a pesar de todo. Y seis meses después aparece un preso de Soto del Real afirmando que antes de que le encarcelaran vio cómo golpeaban y asesinaban a Sabino tres personas.

—Un chivato.

—Mira...

Duarte coge una foto de periódico que le tiende Rosa en la que se ve a un tirillas bajando con las manos en los bolsillos por la escalera de los juzgados de Plaza de Castilla. Vaqueros pitillo y tenis blancos. El pelo corto que le hace una uve en la frente. Las cejas espesas, labios abultados. Los ojos entrecerrados con una expresión vacía...

—Éste es un yonki —dice pasándole la foto a Julia.

—Léete esto.

18 de febrero. EL TESTIGO DICE QUE LOS ASESINOS LE AMENAZAN... Juan José Benavente afirmó que durante los últimos meses ha recibido amenazas de los asesinos, según él, «cabezas rapadas, miembros de Bases Autónomas y del Partido Nacionalsocialista». Declaró que su madre y su hermana también han sido amenazadas y agredidas por estas personas: «Mi madre ha tenido que ser ingresada en un hospital tras la paliza»... Y que las personas que le amenazan mataron a su perro y con su sangre pintaron en la puerta de su casa: «Benavente, estás muerto»... La juez de instrucción Lidia Hernández le ha pedido que entregue esas supuestas cartas en que es amenazado y le ha citado para el próximo día 27. Benavente indicó ayer a los medios de comunicación: «La juez dice que estoy loco. Tiene prisa por cerrar el caso»... Su testimonio ha sido puesto en duda por la Policía... Benavente es conocido en círculos policiales y carcelarios como «Antoñita la fantástica» por su afición a inventarse historias de persecuciones y misterios.

—¿Y?
Duarte vuelve a mirar a Rosa que ahora sonríe, satisfecha.

—Al parecer él mismo habría propinado la paliza a su madre durante uno de sus permisos (estaba en tercer grado) para que le diera dinero para droga. Y lo del perro, vete tú a saber. Pero nuestra Antoñita no compareció el veintisiete dado que muere unos días antes de una sobredosis en las escaleras de su casa. Los padres de Sabino, que ya están que no pueden, dicen que aquí hay un complot para proteger a gente importante, que si hubiera voluntad de coger a los asesinos ya estarían en la cárcel, y todo esto con tanta prensa que un año después consiguen que la juez acuerde exhumar el cadáver y trasladarlo al Instituto Anatómico para que se practique una segunda autopsia. Aunque... espera. El auto indica que se acuerda la nueva autopsia «a pesar de que los nuevos datos aparecidos tras el archivo de la causa siguen sin aportar indicios de homicidio o asesinato» —dice leyendo una nota manuscrita—. Aquí lo ves...

12 de marzo. LA AUTOPSIA DE LA VERDAD. Los resultados sólo se conocerán tras analizar las muestras. Madrid.— El matrimonio Romero volvió a ver un año después el cadáver. Era como una cita pendiente, más allá del amor o del dolor, el fin de la triste espera... El reencuentro se produjo a primera hora de la mañana en una de las salas de autopsias del Instituto Anatómico Forense. Tomás y Asunción reidentificaron el cuerpo y comprobaron esperanzados cómo las buenas condiciones de conservación del cadáver, gracias a que fue embalsamado y protegido por una caja de cinc, permitirán al equipo de forenses aportar los datos que corroboren la teoría de que Sabino Romero fue asesinado... Los resultados de los análisis, realizados en el Instituto Nacional de Toxicología, no se conocerán hasta dentro de varios días o, incluso, semanas.

En la foto se ve a un empleado del cementerio agachado junto a una tumba abierta. Duarte se queda con otra del padre y el abogado andando por una acera. El abogado —unos sesenta años, nariz aguileña, pelo cano echado hacia atrás, gafas oscuras, gabán— pasa una mano por encima del hombro de su cliente: por su expresión le está diciendo palabras de ánimo. En cuanto al padre, es un cincuentón de pelo crespo que anda con las manos metidas en los bolsillos de un chaquetón y tiene la mirada fija en el suelo y la frente surcada de arrugas.

—El resultado, como te puedes imaginar, es...
—Nada —dice Julia.
Rosa la mira y asiente muy condescendiente.
—La juez anuncia que el dictamen de cinco folios de la Policía Científica indica que las heridas correspondían a cuchilladas anteriores a la muerte. Al abogado de la familia no le convence la explicación y afirma que los padres nunca habían visto esas famosas cicatrices antes.
—¿Y cómo acaba el tema?
—Dado que la segunda autopsia confirma los resultados de la primera, desde el punto de vista legal no puede establecerse la intervención de terceras personas en el fallecimiento. Los padres se quedan con sus dudas. Se quejan de que se han enterado de las conclusiones de la juez a través de los medios de comunicación. En fin, échale un vistazo a esta entrevista. Como ésta, hay decenas.
—¿Algo más? —pregunta Duarte después de ojear la entrevista.
—Bueno, he localizado a Bolívar, lleva dos años en Sevilla.

—¿Le has sacado algo?

—Dice que no le toquemos más las narices con ese caso, que todo lo que tiene que decir está en sus informes. Si quieres habla con Villanueva, que fue el secretario —dice Rosa, recogiendo los papeles—. Y ahora, me vais a tener que excusar.

—Espera, que te acompañamos —dice Duarte levantándose y dejando unas monedas en la mesa—. Julia, si te interesa, échale un vistazo a las declaraciones del expediente, a ver qué encuentras.

—De acuerdo. Si no te importa, Rosa, me gustaría pasar en algún momento esta tarde.

—Desde luego, pásate cuando quieras —dice Rosa, saliendo ya a la calle—. Nacho, ¿te parece si comemos la semana que viene?

—Vale, te llamo.

Después de dejar a Rosa y a Julia en la puerta de la Brigada, Duarte saca de la billetera la tarjeta de Fantasía y llama desde la propia plaza, apoyando un pie en la fuente y mirando las palomas que se abalanzan sobre las migas que les tira un viejecito en uno de los bancos.

—Sí... ¿hola?

—Hola, soy Duarte, de Homicidios —dice al reconocer la voz—, ¿se acuerda de mí?

—Buenos días, inspector.

—¿Podría verla?, querría hacerle un par de preguntas más.

—Desde luego, ¡ay! —(se le ha debido caer algo)—. Mire, salgo ahora mismo hacia mi casa y llego allí en media hora. Estaremos más tranquilos para hablar.

—De acuerdo, ¿dónde es?

Y como un cuarto de hora después Duarte aparca su coche en una de las perpendiculares a Arturo Soria a la altura de la Avenida de América. Para un momento a comprar el periódico en un kiosco y luego se mete en una cafetería en la misma calle donde se toma una caña y ojea las noticias. En portada sale el presidente de Izquierda Unida, que la ha vuelto a armar. Los gobiernos de los países europeos han tenido una cumbre en Bruselas y en Sociedad, otra vez una foto de la manifestación de Chueca: dos tíos descamisados dándose un pico y sujetando una bandera del arco iris. A ver si dejan ya de dar la lata con eso, leches. Mientras termina su caña, suena el móvil.

—Nacho, soy yo. A ver, varias cosas. Ha llamado tu madre que ha llegado bien, en Fuengirola parece verano todavía y está lleno de ingleses y con un poquito de suerte vuelve en Navidades...

—Bueno, como siempre —dice volviéndose hacia la pared donde hay una foto del equipo de futbito que esponsoriza la cafetería.

—Y lo otro, para la cena con los López el sábado ¿qué prefieres carne o pescado?

—Carne —suspira Duarte.

—Pues ahora mismo salgo, un beso, y no te olvides que esta noche vamos a la inaguración de lo de Manolín.

Duarte apaga el móvil, paga la caña, sale con el periódico bajo el brazo, lo deja en el coche al pasar y luego levanta la cabeza para mirar la fachada —catorce pisos por lo menos— y se coloca la chaqueta mientras llama por el videoportero. La puerta se abre con un chasquido y se enciende la luz del portal. Duarte se atusa el pelo delante de un espejo, esas entradas... Coge uno de los ascensores, y en el rellano del décimo respira hondo antes de llamar al timbre.

—Pase, inspector.

Moon lleva una blusa sin mangas que le deja los hombros morenos al aire y una faldita ajustada y abierta hasta el muslo que le cae hasta los tobillos. Avanza la cara envolviéndole con un perfume embriagador y cuando Duarte extiende la mano se la coge casi con sorna. Luego se hace a un lado para dejarle pasar a un recibidor enmoquetado con las paredes enteladas en tonos dorados.

—Por aquí —dice cerrando a sus espaldas.

El salón tiene las paredes estucadas en color salmón y muebles coquetones. Sobre una columna en la esquina hay un busto de mujer en alabastro.

—Siéntese. ¿Una cerveza?, ¿un whisky? ¿Le parece bien Chivas?

—Lo que haya.

Ella desaparece un momento.

—¿Le gusta? —dice a su vuelta viendo que Duarte se fija en el busto—. La expresión del rostro es fascinante... tan enigmático, ¿verdad? —Deja el güiski con hielo encima de un posavasos de plata y se sienta al otro extremo del sofá apoyando el brazo desnudo sobre el respaldo. La tía lleva las uñas pintadas de beige a juego con la falda y un par de pulseritas de oro que tintinean cada vez que mueve el brazo.

—¿Y bien? —la falda se le abre al cruzar las piernas.

Duarte se inclina para pillar el vaso.

—Supongo que ya sabe por qué he venido.

—No me atrevo a imaginar.

—Ha aparecido un travestido en la Casa de Campo, acuchillado de manera similar a cómo lo fue Ordallaba...

—Qué tragedia...

—Mire, voy a hablar claro con usted. Con este segundo asesinato, Sepúlveda queda en principio libre de sospechas. Pero yo tengo la sensación de que usted sabe algo más de lo que dice...

—¿Qué podría esconder yo? —Bárbara levanta las cejas en señal de sorpresa—. ¿Y qué puedo tener que ver con todo esto?

—Los dos muertos estaban relacionados con el mundo de la prostitución... —continúa Duarte tomando un trago y observándola un momento—. Pensé que usted podría...

La falda se cierra al incorporarse ella y Moon se dirige a la puertaventana que da a una terraza acristalada llena de plantas. Duarte también se incorpora siguiendo vaso en mano la estela de su perfume.

—No lo entiende, Duarte —dice volviéndose hacia él—. Estamos hablando de dos mundos muy distintos.

Yo trabajo con jóvenes inteligentes, guapas, educadas. Profesionales muy serias. No tenemos nada que ver con la calle. Nosotros ofrecemos un ambiente selecto y un servicio de lujo. No tenemos ningún contacto con el mundo degradante de la prostitución callejera, y mucho menos con travestidos. Lo siento, me hubiera gustado ayudarle.

Duarte termina su güisky de un trago y lo deja sobre la mesita y se dirige hacia la entrada pero se vuelve y se la queda mirando un momento. ¿No se despide, inspector?, ella se le acerca. Y debe de ser el perfume, ese puto perfume que se le ha metido en la cabeza y hace que en vez de la mejilla se tope con los labios y luego baje a ese cuello perfumado sintiendo la mano de ella en la nuca, su aliento en la oreja... Espera, murmura y le guía sin dejar de besarle a través de un pasillo hasta una habitación semioscura que huele a perfume, el puto perfume... Hace mucho tiempo que Duarte no toca a otra mujer que la suya y siente que la excitación puede con él y que tiene que follarse a esta tía como sea... La muy puta le empuja sobre la cama y el policía la mira hipnotizado mientras se inclina sobre él y le desabrocha los botones de la camisa, muy despacio, tomándose su tiempo. Intenta incorporarse pero ella le empuja otra vez y baja la cabeza para besarle el pecho y luego el vientre velludo. Duarte suelta un gemido sintiendo que le acarician y luego, Dios, esa boca, cierra los ojos mientras la muy zorra juega con él, le lleva al límite, le aguanta ahí. Luego se incorpora y, sin dejar de mirarle, se suelta el pelo, empieza a desvestirse. Duarte tantea entre las piernas y toca un pubis depilado pero ella le aparta la mano al tiempo que con la otra agarra el miembro, se lo restriega entre los labios vaginales y continúa así unos momentos hasta que por fin, poco a poco, va dejándolo entrar y Duarte abre los ojos para ver dos pezones oscuros y duritos y a ella moviéndose con la cabeza ladeada y ojos entrecerrados. Al sentirse dentro, murmura algo.

—¿Qué? —Bárbara se inclina para besarle el cuello.

—Creo que... —Duarte sintiendo la melena que le acaricia la cara— no voy a...

—Córrete...

Y lo hace, joder que si lo hace. Mientras recupera el aliento, la tía apoya un momento la cabeza sobre su pecho. Luego: ¿Qué es eso?, pregunta al ver que Duarte se incorpora y rebusca en su chaqueta.

—Nada, tengo que irme —dice apretando los botones del trasto—. ¿Puedo utilizar el baño?

—Claro. Está ahí.

Duarte recoge su ropa y la deja caer en el suelo del baño antes de meterse en la ducha. Mientras se viste, se fija en un bote de Shalimar encima del lavabo, y luego sale y se despide con torpeza de Bárbara, que se ha puesto una bata corta y está abriendo la ventana. Ya en la calle, se queda un momento parado con las dos manos sobre el techo del coche y, joder, murmura.

13

Conduzco con la calefacción a tope y escuchando una cinta de los Rage Against the Machine que no es lo mejor para calmarme pero acabo de tener una bronca telefónica con mi novia —que por cierto amenaza con venir dentro de nada— y me ha dicho un par de cosas que no me han gustado nada, así que le meto un bocinazo a un Mazda que va pisando huevos con tan mala hostia que me alucina que el yupi que se ha vuelto un par de veces para mirarme no haya salido todavía a romperme los faros. Al final consigo adelantarle, pisando el carril bus, y después de un atasco de narices dejo el coche en segunda fila y le digo a Jaime que por favor lo controle. Ya han llegado las Navidades y veo que el bar está a tope, lo que me alegro por el hijoputa de Borja. Me lo encuentro en la pecera charlando con uno de sus miles de primos, un enano orejudo que pasa pirulas en el bar. Qué paza, me dice como si nada. Qué tal, yo en cambio parco porque no nos hemos visto desde hace un par de semanas y para mí lo de Luisín y sus amigos ha sido un mosqueo muy gordo. Borja se pone los cascos para buscar una canción y cuando acaba la que está sonando y pincha la siguiente el primo orejones asiente empalmado. ¡Ésa, ésa! Y empieza a menear la cabeza con ojos entrecerrados como si le estuvieran chupando la polla mientras el corrito de amiguetes pastilleros corea el estribillo

KILOOOOLLDEGÜAITMENNNNKILOO-
OOOOLLLLLLLDEGÜAITMENNNNN

—Ahí tienes tu regalo —le digo al Borja dándole la bolsa de Madrid Sur por encima del panel: me ha llamado la María esta mañana para decirme que estaría bien que me pasara, que es su cumpleaños. No sé si son ya veinticinco o veintiséis.

—Graciaz, tío, ahora lo pongo —saca el vinilo y lo coloca en el estante con los demás.

—Borja, tenemos que hablar. ¿Podemos entrar en la oficina un momento?

—Ezpera, que pongo la ziguiente canción.

Hace como que no se da cuenta de lo malrollado que vengo y, venga, vamoz. Se mete en la oficina y se apoya sobre el respaldo de la silla. Yo ni me quito la chupa y lo suelto a bocajarro.

—Borja, no voy a meter más dinero en el bar. Mañana llamo a Gustavo y se lo digo.

—¡Qué me dicez! —el tío pone cara de alucine total.

—Escucha. Con lo que hemos metido hasta ahora tenemos casi la mitad del bar. No queremos más, tío.

Borja me mira acojonado, evaluando a toda hostia la situación.

—Las cosas no están saliendo como esperábamos. Gustavo me dice que seguimos con pérdidas. Y esto no es lo mío...

—Tío, no puedez. He dado mi palabra por ti. Le he dicho a Guztavo que eraz de confianza y ya he quedado con él. Joder, tío, falta el último pago. No puedez echarte atráz ahora, no me puedez dejar colgado.

—Escucha. Estoy pensando en pasar unos meses en Francia y necesito dinero.

—Haz dado tu palabra —se obceca el cabrón.

—Lo siento, me equivoqué al meterme en esto y necesito ese dinero.

—Lo habíamoz acordado ya. He dado mi palabra por ti... Ezte bar ez un proyecto de loz doz. Acuérdate, joder, todo lo que hemoz zoñado con ezto. Zi tú no eztáz, no tiene zentido. Y zin ti Guztavo me come, y lo zabez...

—¡No tiene por qué! —le interrumpo, empezando a ponerme nervioso—. Dile lo que sea sobre mí. Yo quedo mal, pero tú has cumplido.

Él baja la vista y me dirige una mirada tan lastimosa que empiezo a ablandarme.

—Escucha —intento recuperar el tono neutro con el que he empezado la conversación—, vamos a ver cómo lo podemos solucionar.

—¿Cómo?

—Bueno, puedo intentar meter una parte.

—¿Y el rezto? —con una sonrisita.

—Podemos pasar pirulas —es la primera cosa que me viene a la cabeza. Ya la sonrisa se hace cínica y me mosqueo—: Borja, tío. Compréndelo.

—Claro que lo comprendo.

El tío se levanta y tengo que agarrarle.

—¿Dónde vas?

—A pinchar.

—¿Y qué dices?

—¿Qué quierez que diga?

—¿Vale?

—No, no vale.

Sale de la oficina y yo me quedo unos segundos dudando antes de seguirle. Ya se ha puesto los cascos y, dándome la espalda, sigue pinchando para el grupito de gilipollas que ahora se empalman con los Bracket. Yo me agacho para pasar debajo de la mesa de mezclas y me abro paso entre la gente hasta llegar a la puerta donde me topo con María y siento el impulso de justificarme.

—Escucha, he hablado con Borja. Resulta que me ha surgido una oportunidad cojonuda para irme y bla bla bla.

—No, si te entiendo —dice encogiéndose de hombros como si se lo esperara—. Lo único es que se lo podías haber dicho otro día, no hoy que es su cumpleaños...

Me despido con un beso y más tarde, cuando llega

la hermana de Borja, la muy zorra le dice: Nada, que ese cabrón no pone su parte, nos ha hecho la gran putada.

Esa noche duermo fatal y a primera hora alargo la mano y enciendo la lamparilla que tengo al lado del colchón. ¡Tengo mis razones, joder! El bar no rinde y Gustavo nos está pero dando por el culo, vamos. Y sin embargo me siento mal... hemos estado juntos desde el principio y él ya ha metido su parte. Pero... hay tantos peros. Para empezar el Borja tiene un sueldo y así recupera lo suyo amén de las pelas que reparte entre el novio de su prima, su hermana y demás. Incluso Gustavo se saca su tajada con la «administración». El único que no saca un duro aquí soy yo y me estoy cansando ya de tanto recibir por culo. Pero ahora nos veo de globo en el Lunatik, hablando de «nuestro bar» empalmados y me da algo en el estómago...

Me incorporo para mirar el despertador: las nueve, joder. Toso, sintiendo que el polvo de la habitación me está quemando los bronquios, y agarro el Ventolín que anda rodando por la esquina y, flus flus, me siento un poco mejor. Levanto las persianas y un sol de invierno inunda la habitación que no ha cambiado mucho en las últimas semanas si no es por la pila de ropa sucia que sigue creciendo y donde rebusco hasta encontrar una sudadera que no apesta demasiado.

Desde la ventana veo los gorriones que beben en los charquitos de agua de la lona que cubre la piscina, algo que normalmente me mola pero hoy no. Puto cabrón, me tiene cogido por los cojones. Qué mierda soy. Joder. Rebusco entre los armarios de la cocina sabiendo muy bien que el bote de café está vacío desde hace un mes. Y empiezo a dar vueltas por el salón, todavía en calzones, y de repente le pego una patada a una de las bolsas de basura que se abre y desparrama toda la mierda por el suelo... Bien, tío listo...

Me ducho deprisa; me visto y salgo a la calle...

Es sábado y apenas hay tráfico. Me conozco el camino de memoria: lo he hecho mil veces en todos los estados —borracho, englobado, deprimido, cansado,

eufórico—: Arturo Soria hasta el Plaza, y ahí cruzo la Emetreinta por el puente hasta Avenida de América, Castellana y Colón, Bilbao, las mismas putas calles, los mismos edificios, los mismos árboles... No hago más que pillar los semáforos en rojo. En la Glorieta de San Bernardo hago la rotonda pasando delante de la parada de taxis, aparco cerca del supermercado y ando hasta el portal de éste. La portera —una señora de unos dos mil años que se pasa los días escuchando radio Olé y haciendo punto en la portería— me mira por encima de sus gafas y entorna los ojos sin decir nada. Yo atravieso el patio interior, subo la escalera y golpeo la puerta con los nudillos. Al cabo abre su hermana Teresa bostezando y cerrándose la bata sobre el pijama.
—¿Está Borja?
—Está durmiendo —me dice muy cortante.
—Tengo que hablar con él, despiértale por favor.
—Voy a ver. Pasa.
Así que paso al salón y oigo cómo la tía entra con mucho cuidado en la habitación y luego empiezan a susurrar los dos, y al poco Teresa vuelve a salir y cierra la puerta con el mismo cuidado.
—No quiere salir —dice meneando la cabeza.
—¿Le has dicho que es importante?
—Dice que no quiere verte.
—Mira, dile que vengo a dejarle esto... —Saco el cheque que traigo en el bolsillo y lo dejo encima de la mesa.
—Llévatelo. No creo que lo quiera. Mi hermano es todo orgullo.
—De todas formas lo dejo.
—No lo entiendes. No es una cuestión de dinero.
—Escucha...
Me quedo sin saber qué decir. Me ha entrado un bajón terrorífico. Miro el cheque y luego a ella.
—Haz lo que quieras, pero no lo va a coger. Tenías que haberlo pensado antes

lo siento, esto no estaba previsto en el plan —murmuro apalancándome en la barra—. Mierda de Noche Vieja. Han pasado los días y este hijodeputa no me ha llamado. No he vuelto a saber de él desde la movida, y tampoco he vuelto a pasar por el bar. Y hoy, sabiendo que todo el mundo está allí, me siento de muy mala hostia. Sophie ha cumplido con su amenaza y lleva un par de días sacándome a patadas de la cama, obligándome a pasar el aspirador y luego utilizándome de guía turístico. Hemos cenado en casa de mis padres donde me he atiborrado de vino y después de haberme atragantado con las puñeteras uvas como cada Noche Vieja y de haber brindado con champán por el año tan cojonudo que se avecina y de haber soportado que mis viejos trataran a Sophie como mi futura esposa preguntándole cada dos por tres cómo se decía tal y cual cosa en francés, hemos dejado a mi hermano en Plaza de Castilla donde le esperaba una panda de mocosos bailando bakalao en torno a un coche y ahora estamos por Huertas tomando unas copas con Pedro y mi hermana en un bar con música española y decoración egipcia.

—No, tío —dice Pedro, que va de traje y corbata y se toma con nosotros la primera copa antes de irse a una fiesta familiar—, no te está comiendo la cabeza, te está comiendo la vida —me sermonea, un poco pedete ya—. Mira, tío, la vida es como una bicicleta. O estás en los radios, o te caes y te aplastan. Y yo pienso estar en los radios, macho. Ahora que mi jefe empieza a tener confianza en mí y que se concreta lo de Pozuelo yo te digo que empiezo a saber dónde estoy. Pero tú, macho, no tienes nada claro dónde quieres estar. Este negocio, que no es negocio ni ná, por cierto, en el que te has metido es una mierda, así de claro... Un garito donde un camarero trata a los clientes como lo hace ese macarra que tenéis, no va a resultar nunca. Y, joder, tú vales para algo más que para estar desfasao y riéndote con esa cara de gilipollas que tenías cada vez que iba a verte... Hostias. Ponte a escribir en vez de...

Yo escucho, y a ratos le doy un sorbo a mi copa y echo un vistazo a Sophie, que está empezando a arrepentirse de haber venido, pero joder, se lo advertí.

—Mira, tío, tú sabes que yo soy tu amigo. Que yo siempre te voy a apoyar, tío. Me puedes pedir lo que quieras... Bueno, a lo mejor todo no... pero sabes lo que quiero decir...

—Ya.

—Venga, anima esa cara —dice dándome un puñetazo amistoso en el hombro.

Mi hermana, que está hecha una vampiresa, vestida de negro de arriba abajo, dice que quiere jugar al futbolín y que no sea pesado, que no les amargue la Noche Vieja. Yo me estoy acordando de la vez que le presenté a Gustavo y el muy gilipollas me soltó entre risas que no sabía que mi hermana estuviera tan buena. Como no estoy para nada, saca a Sophie y se ponen a jugar con dos mariquitas con gorritos de fiesta que con cada gol soplan en un silbato de esos con lengüeta. Suena una canción de Radio Futura. No me mola la música, no me mola el ambiente y no hago más que mirar a mi alrededor sin hacer demasiado caso de lo que me dice Pedro. Sophie y mi hermana chocan los cinco, ¡bien!, acaban de meter un gol. Ahora os vais a enterar, nenas. Vuelven a poner la bola en juego y otra vez bajan las cabezas. Hasta que pierden y se vienen a la barra a pedir.

—Pero qué cara pones, hijo, que es Noche Vieja, jolín, pásatelo un poco bien. —Mi hermana le da un sorbo a su chupito y Sophie pone cara de circunstancias.

—No quiero quedarme mucho tiempo.

—Bueno, pues no te quedes mucho, qué muermo, hay que ver. —Se pone a bailotear. Pedro dice que va a tener que irse y yo termino mi copa y pido otra, a ver si se me quita el mal sabor de boca, pero el whisky me recuerda que no tengo zarpa encima y que en el Sonko se están todos poniendo las botas ahora mismo.

—Pedro, acompáñame un momento.

Me lo llevo tirándole del traje hasta el teléfono de la esquina que acaba de quedar libre.

—Hola, ¿quién es, Armando? ¿Está Roberto? —pregunta Pedro. Luego me pasa el auricular y se despide con un gesto. Me lo quedo mirando mientras le da dos besos a las chicas. De fondo se oyen gritos, risas y una canción de Body Count, y al poco se pone Roberto. Yo sé por Pedro que el muy mamón se ha puesto de la parte de Borja.

—Escucha, Roberto, ¿me puedes hacer un favor? Píllame un par de gramos y me los sacas a la puerta sin que te vea Borja.

'—¿Por qué no vienes y lo pillas tú?'

—Porque no. Y oye, ponme las pelas...

'—Hoy no puedo.'

—Roberto, tío, no me hagas esto... —digo empezando a ponerme nervioso.

'—Tío, que no puedo. No tengo pelas.'

—Roberto, tío, acuérdate de quien te ha conseguido este curro. Apáñame, que te doy las pelas ahora mismito, joder. O dile a Josemi que te fíe...

'—Bueno, ¿dónde estás?'

—Te llamo en cinco minutos.

Vuelvo, ya más contento, a donde están Sophie y mi hermana charlando y les digo que igual pasamos un momento por el Sonko. La noche se ha alegrado. Con un poquito de ayuda podemos enmendar la fiesta y ya estoy pensando a dónde puedo llevar a Sophie, que vea un poco de noche. Al poco vuelvo a llamar y esta vez me coge Roberto desde la oficina.

'—Oye, que no he visto a Josemi pero no pasa nada, el Borja te tiene el perico preparado para cuando quieras. Y si no tienes pelas no importa, te lo fía. No tienes más que pasarte.'

—¿Se lo has dicho a éste?

'—Sí, claro.'

—Roberto, eres un gilipollas.

'—Mira, tío, yo el tema de la coca te lo he arreglado. No quiero que me metáis en vuestras movidas. Pásate, y ya está. Hostias.' —Y como un par de semanas más tarde quedo con González en una casa de Fuencarral. El hermano y el operario me reciben sin demasiado entusiasmo y empiezan a arreglar los enchufes de una habitación pasando olímpicamente de mi culo. La casa está completamente reformada y todavía huele a pintura y hace un frío de cojones porque han debido dejar las ventanas abiertas para que seque rápido, así que no me quito la chupa. La verdad, no estoy muy centrado últimamente y me cansa el enfrentamiento continuo con González. Quería traerme a Sophie, pero ha preferido tomarse un café tranquila en la cafetería de abajo.

—Venga, pasa por aquí —dice González, que acaba de llegar con unos bocadillos y me lleva a una habitación vacía aparte de la carpeta y un ordenador portátil en el suelo. El tío se sienta cruzado de piernas delante del aparato—. Ésta es la casa de un amigo, ya te habrá explicado Ramón. Nos la va a prestar para que la utilicemos como sede de la productora —enciende el portátil y pilla la carpeta—. ¿Qué tal las fiestas? ¿Qué tal tu bar?

—Bien.

—Bueno, pues el tratamiento no está demasiado bien... realmente me parece flojo... —levanta la vista y me mira, muy profesoral. Yo *odio* que me hablen en ese tono—. Creo que vas a tener que trabajarlo. Si queremos tener esa subvención tenemos que presentar un tratamiento realmente atractivo, piensa que hay que venderlo. Incluso tenemos pensado acompañarlo con un vídeo del equipo, no sé, tú y Borja delante de una máquina de escribir, cosas así... ¿Vale? —y le da un ñasco al bocata.

Yo digo que veré lo que puedo hacer y cojo la carpeta que me tiende González con el tratamiento *definitivo* que le envié por fax. Antes de salir, me asomo a donde están el hermano y el operario rebuscando en una caja de herramientas.

—Hasta luego.
—Hasta luego.
—Soy un hijodeputa —le digo a Sophie cuando entro en la cafetería. Ella, que sigue con la bufanda al cuello y se ha sentado en una esquina, levanta la vista de una especie de thriller sobre hormigas que está leyendo, a quién coño se le ocurre escribir una gilipollez así, y me siento a su lado dejando el tratamiento sobre la mesa—. Ponme una caña, por favor —le digo al camarero.
—Ça lui a pas plu?
—Este tío no tiene ni puta idea de nada, no hace más que joderme y cambiar detalles de mierda. Estoy hasta los huevos. Me está haciendo trabajar como un negro para una película de mierda. Je te jure, ça va être une merde. Putain. Ça ne peut être qu'une merde...
—Espera a ver.
—¿Que espere a qué?
—Je sais pas, c'est pas la peine de t'énerver...
Yo la miro, y es que me pone negro cuando pone esas caritas.
—Pues a tomar por culo —le doy un sorbo a la caña, todavía más mosqueado porque la tía mira a través del cristal que todavía tiene FELIZ NAVIDAD pintado con letras plateadas—. A tomar por culo. Que le jodan con su tratamiento, me toca la polla... Ya está, se ha acabado. ¿Qué pasa, qué suspiras, que no me crees? Pues vas a ver, a tomar por culo González. Que se joda.
Me siento ligero. Todas estas semanas hablando de González, jodiéndome la cabeza con González, peleando para salvar su puta historia. A tomar por culo, pienso, eufórico. A TOMAR POR EL PUTO CULO. Por la tarde, después de habernos reconciliado debajo de las sábanas, vamos a Ikea a comprar una mesa para el salón y baldas para el despacho, platos, tenedores, y hasta una tostadora. Y la verdad —aunque es un coñazo tener a una tía todo el día metida en casa, con todos los inconvenientes que uno se imagina: joder, me han desaparecido mis pelis porno y también un gramo de speed que me había encontrado entre las páginas de

un Chester Himes— estoy contento de haber conseguido olvidarme del bar durante un tiempo y empiezo a pensar que voy a poder dedicarme a la novela cuando al día siguiente, a punto ya de llevar a Sophie al aeropuerto, me encuentro con un mensaje de éste en el contestador. Total que dejo a Sophie a la entrada de la terminal internacional en Barajas y después de prometer que sí, que vendré pronto a verla, paso por un cajero a ver mi saldo y la noche misma paso por el bar.

—¡Hombre! —dice Armando al verme, con una sonrisita de lo más falsa y sin dejar de juguetear con el abridor—. Cuánto tiempo, ¿no?

Le digo que me ponga un whisky solo. Y me comenta que a Arantxa no le molaba eso de quedarse a barrer después de cerrar y que ya la reemplaza definitivamente la hermana de Borja. Saludo de lejos a una gente y me encuentro con Borja en la pecera, como siempre. Al verme, sonríe y se sale. Yo tengo la impresión de que esta escena se empieza a repetir demasiadas veces. Me pongo baboso y le digo que podía haberme llamado antes de cobrar el cheque, joder.

—Pero zi te llamé, ¿no oízte el menzaje? —Y me dice con una sonrisa cómplice que la verdad se alegró mogollón de que no estuviera.

—Ya.

—Entiéndeme. Aquel día me quedé planchado... Pero debí dejarte hacer. No eztáz convencido, puez no metaz tu dinero.

—Sí, claro. Y yo no tenía que haber ido nunca a tu casa, vamos. Te lo he dejado en bandeja.

—Pero no, joder, zi yo te lo agradezco. De verdad que zi no zalí fue porque eztaba con María, te lo juro...

—Mira, tío, no me cuentes historias. A partir de ahora no quiero saber nada de este puto bar. En cuanto puedas, me devuelves lo que he puesto y fuera.

—Pero tío, no digaz tonteríaz, zabez que ézte ez tu bar. Vente, que te enzeño loz dizcoz nuevoz...

—Antes de que se me olvide, lo del guión se acabó. Tuve movida con González.

14

Pacheco escupe otra cáscara sintiendo que la sal de las pipas le quema los labios resecos. Se ha sentado en un banco de espaldas al pórtico del Hospicio después de haberse paseado por los jardines de Pedro de Ribera ojeando a los yonkis que pululan por la zona y asedian a los críos a la salida del metro. Ha llamado por teléfono desde una cabina y ha colgado al oír su voz. Y como una hora después, a punto ya de dejarlo porque esta mañana a las once todavía estaba en el Lunatik y apenas ha dormido, ha visto llegar a una tía con el pelo cepillo y un jersey naranja lleno de parches de colores que le cae hasta las rodillas del vaquero con dobletes de rocker y unas Marteens rojas que o es la novia o yo soy un monje tibetano. En los últimos días Pacheco ha hecho averiguaciones y ha llamado a un colega de Homicidios en Valencia para cerciorarse de que Álex no ha pasado por casa de sus jefes. Y ahora queda esperar a que las bolleras terminen con su polvo, piensa mirando la hora otra vez —las cinco y veinte— y luego al corrillo de porreros sentados en sus motocicletas junto al portal, al otro lado de la calle. Bosteza pensando odio los domingos por la tarde. Se acaba las pipas y se estira para encestar la bolsa en una papelera, tres puntos, y justo en ese momento ve salir a la renacuaja, cruza la calle por entre los coches y, viendo que la amiga ya ha parado un taxi que sube por Fuencarral, aparta de un empujón a una parejita que para otro peseto y se mete enseñándole la placa al marroquí que se vuelve con cara de sorpresa y una colilla entre los labios.

—Policía Nacional. Haga el favor de seguir a ese taxi de ahí delante.

—¡Cabrón! —grita el tío en la acerca soltando un gapo que se queda pegado al parabrisas trasero.

—Di acuerdo, di acuerdo —murmura el conductor tirando la colilla por la ventana—. Tú pagarás trayecto, ¿no? ¿Qué pasa?, ¿ladrón?

—Algo así —dice Pacheco pasando la cabeza entre los asientos—. Tú sigue el coche.

Bravo Murillo hasta Plaza de Castilla, y de allí bajan por las callejuelas pegadas a Mateo Inurria. Éstos a estación, dice el moro asintiendo un par de veces con aire entendido. Pacheco mira el taxímetro, que ya va por las mil, y saca un billete y un par de monedas de cien. Momentos después entra tras ella y la ve parada delante del panel de salidas de la estación, y luego espera ojeando revistas en la tienda de prensa mientras la renacuaja, que se ha acercado a una de las barras de la estación, se zampa con ganas un bocata. En cuanto la ve que compra su billete, se precipita hacia la ventanilla.

—¿El billete de la señorita adónde es? —pregunta con mala hostia.

La cajera pestañea un par de veces sin entender.

—Soy policía —dice Pacheco pegando la placa contra la ventanilla—, haga el favor de decirme qué billete ha sacado la señorita hace un momento. Y dése prisa, coño.

—A El Espinar, eso es, El Espinar.

—Deme otro igual.

Agarra el billete y baja precipitadamente al andén donde la ve entrando en uno de los vagones detrás de una pareja de guiris mochileros. Pacheco se mete en el siguiente vagón y se tira media hora, sentado al lado de una señora que lee el *Diez Minutos*, y le da por recordar viajes de otra época... unas fallas que

Álex le invitó... le presentó a sus viejos, «un amigo»... la ciudad en fiestas... amaneciendo en una playa atestada de apartamentos... follando en el interior de un coche... muertos de risa al ver a través de la ventana empañada a una pareja de estrechos que hace mohínes de asco...

—Mierda —gruñe incorporándose. Casi se duerme.

La señora del *Diez Minutos* le mira de reojo. Pacheco se acerca al baño, y vuelve reniflando a su asiento. En cuanto el tren se para, espera hasta que ve salir a la bollera y echa a andar tras una punkorra con cresta que lleva al hombro, colgando de un dedo, una chamarra salpicada de tachuelas. La enana se vuelve para cruzar una mirada entendida con la punki y, después de atravesar el vestíbulo de la estación, sale a la carretera y se encamina a través de una colonia de chalets, pasando al lado de un criadero de caballos. Pacheco no ha traído gafas de sol y la luminosidad de la sierra le está jodiendo vivo. En diez minutos la renacuaja ha llegado a una urbanización de adosados rodeada por un espeso seto, y Pacheco la ve pulsar el segundo botón de la derecha, aspira un momento y cierra los ojos. No se siente capaz sin farla, así que saca la billetera y se pega contra la verja para ponerse un tiro. Luego tapa el ojo de la cámara del portero automático sintiendo que el corazón se le acelera, con ganas de llamar y no llamar, de verle y no verle.

—¿Quién es?

—Álex, abre —dice el policía apartando la mano. Con voz segura y áspera.

Hay un momento de silencio antes de que la puerta se abra. Pacheco la empuja y pasa delante de una piscina llena de hojas y va mirando los números de las puertas y de repente ahí está, en el vano: descalzo y en vaqueros, con una camiseta de mangas cortadas. Tan moreno como siempre, con esas patillas rizadas a lo Corto Maltés y una pelusilla rubia de tres días.

—¿Qué haces aquí?

—¿Puedo pasar?

El otro se vuelve hacia la lesbiana que le mira enfurruñada a sus espaldas.

—Anda, pasa —dice al cabo—. Voy arriba un momento, Carina.

Y le lleva escalera arriba hasta una habitación que apesta a tabaco. Álex cierra un armario de caña y dice siéntate donde puedas. Pacheco se sienta al borde de la cama y aparta con el pie unas Nike con los calcetines dentro. Álex pilla la botella de agua y el cenicero lleno de colillas de encima la silla y se sienta cruzando las piernas. Luego se enciende un Camel con una cerilla y mira la punta alumbrada de su cigarro esperando a que el otro hable.

—La de abajo qué es, ¿tu guardaespaldas? —pregunta Pacheco oyendo que abajo empieza a sonar algo de punk-rock.

—Algo así. Bueno, supongo que has venido como amigo. ¿O vienes como madero? —dice Álex poniendo énfasis en la última palabra.

—¿Qué prefieres?

—Los dos me son igual de antipáticos.

—Entonces empiezo como policía... —Pacheco se inclina hacia adelante y apoya los codos sobre las rodillas fijando la vista un momento en los pies morenos de Álex: nunca se había fijado en que los tuviera tan planos.

—No me imaginaba otra cosa —dice Álex con una calada larga—. ¿Qué quieres?

—Ordallaba, ¿te suena?

—¿Tendría que sonarme?

—Solías tenerle como cliente en El Armario. —Pacheco renifla—. Entre otros muchos.

—Tú tampoco te privabas de compañía, si no me acuerdo mal —dice Álex clavándole una mirada.

—Ja, ja.

—Vamos a dejarlo. ¿Qué quieres saber, Pacheco?

—Mira, Álex, esto es algo muy chungo... Y no me digas que no sabes nada de Ordallaba, no he venido a perder el tiempo.

—Pues no me creas, gilipollas.
Pacheco se incorpora y le agarra por la camiseta.
—¡Ése es mi Pachi! ¡Venga, pégame! ¡Soluciónalo todo a tu manera! Tío, ¿te has visto últimamente en el espejo? Estás acabado... —Álex quitándoselo de encima.
En eso se asoma la tortillera con cara de mala hostia.
—¿Pasa algo, Álex?
—No, no es nada, Carina —dice Álex enganchando una camiseta que hay en la cama y seca como puede el agua de la botella que Pacheco ha derribado al engancharle—. Ahora se va. Déjanos.
Y se vuelve hacia Pacheco, que ya se ha sentado y está más o menos tranqui.
—Mira, Álex, tú le veías fuera del Armario, y no soy el único que lo sabe. Hasta ahora lo he silenciado. Pero ha habido otro muerto. El tema se complica y la investigación se va a centrar en el ambiente...
—No te he pedido nada —Álex se inclina para apagar el pitillo en el cenicero.
—Por favor, Álex.
—Nuevo cambio de papeles. Ahora Pacheco el sentimental. Lo tengo muy visto. Eres un puto lunático, tío.
—Álex...
—¿Qué?
—¡Estoy de tu parte, cojones! Cuéntame qué pasó. Tú estabas con él, ¿verdad?
Álex engancha la cajetilla y manosea otro cigarro, sin encenderlo todavía, dando golpecitos con el filtro contra el dorso de la mano.
—Me lo imaginaba. Te entró miedo, por eso te abriste.
—¡Sí! Por eso... y por... Mierda, Pacheco. Me has jodido y... ya no aguantaba más —dice tirando el cigarrillo al suelo y levantándose. Pacheco le mira. Álex ahora prácticamente le da la espalda.
—Cuéntamelo. ¿Qué pasó esa tarde? Estuviste con él...

Álex asiente sin volverse.

—¿Hacia qué hora?

—Hacia las dos... solíamos quedar a esa hora —murmura intentando controlar la voz—. Me esperaba en su piso. Pagaba bien y yo necesitaba dinero —se vuelve para mirarle—. Estaba saliendo mucho, todo se iba muy rápido...

—¿Y qué pasó?

—No pasó nada. Me fui. Antes de las tres. Estoy seguro. Miré el reloj.

Es posible, piensa Pacheco. La autopsia situaba la hora de la muerte en torno a esa hora. Alguien podía estar esperando a que se fuera...

—¿Viste a alguien cuando salías?

—No, a nadie.

—¿Seguro?

—Que no, joder.

Se miran un momento. Álex aparta la vista. Me está mintiendo, piensa Pacheco.

—¿Nada más?

—Me volví a casa. Y al día siguiente vi las noticias... Ya llevaba tiempo pensando en irme, así que decidí desaparecer antes de que llegaran los problemas...

—A Joselu no le gustaba mucho que vieras a clientes a sus espaldas.

—¿Quién te ha dicho eso?

—El propio Joselu. Entre otras cosas...

—Ya. Y seguro que el muy hijoputa no te ha dicho que me pagaba el doble para que le tuviera al tanto de cuando quedaba con ese cerdo.

—Pues no, cuéntamelo tú.

—...

—¿O sea que Joselu estaba al tanto de cuándo y dónde quedabas con Ordallaba? —continúa Pacheco.

—Mira, Pacheco —dice Álex, que se ha dado cuenta de que se ha ido de la lengua—, yo no quiero más problemas. Ni con Joselu, ni con nadie. No sé nada. Te juro que no tengo nada que ver con eso. Tú lo sabes... yo soy incapaz de... —el tío se queda en blanco, traga saliva. Pacheco siente un impulso repentino y se levanta y le acaricia la mejilla. Álex cierra los ojos; le coge la mano, la abre, se la besa—. No, Pacheco. No puede ser.

Pacheco no acierta a decir nada. Da media vuelta y sale por la puerta sin despedirse. Abajo, la tía que está viendo un vídeo de Van Damme con la música a tope y las botas encima de una butaca le mira de reojo.

—Adiós —dice.

El madero no responde, casi ni la oye. Y, cuando la puerta se cierra a sus espaldas, se queda parado, mirando los montes pelados de esa parte de Guadarrama. Por un momento tiene la sensación de que podría volver a ser, de que la puerta se abre y Álex sale tras él... Pero la puerta sigue cerrada y, después de aspirar el aire de la sierra, se vuelve a la estación con paso lento y cansado.

Como una hora después llega a Chueca. Ya ha caído la noche y la plaza se va animando. Pacheco entra en un par de bares buscando a Roni, que suele estar por aquí a estas horas, y se topa con uno de los camareros del Lunatik en medio de un grupito de amigos.

—Ey, qué pasa, Pacheco —le saluda—. Tómate algo con nosotros.

—Estoy buscando a Roni, ¿le has visto?

—Uy, el Roni, se fue a casa hace un par de horas. Ha estado pinchando hasta las tantas y luego hemos salido, no creo que esté para muchos trotes... —y guiña el ojo.

—¿Iba solo?

—Creo que sí.

Pacheco se despide y momentos después se acerca hasta el portal de Roni, sube por la escalera y llama a la puerta con los nudillos.

15

...*hoy eztoy contento... menos mal que podías conducir anoche, Josemi. Qué cabrón, cuando pienso el globo que llevabas... ez que no viene María... será porque tú no ibas ciego, no te jode, que a la salida del Plaza no hacías más que potar... no veáiz lo poco que me apetecía irme con ella ayer... no nos hemos matado de milagro. De puto milagro... pero, tíoz, para algo eztán los taxiz... Josemi me dijo que él iba bien... nooo... dijiste que conducías mejor puesto que sobrio... lo que quería decir... y yendo hacia su casa el muy perro no hacía más que mirarse por el retrovisor y comerme la cabeza con que si ya no tenía pelos en la nariz y las hormigas se le iban a comer vivo el cerebro y ¡bum!, nos hostiamos contra la pared del túnel... ¿teminaz con ezo o no, Jozemi?... que sólo me rocé... y menos mal que el AX rebotó contra la pared. Ocho mil pelas que me ha costado el repuesto de espejo... he dicho que me rocé...* y enrollo maniáticamente un billete mientras Josemi curra esa segunda loncha de farlopa brasileña bien doradita que lleva cinco minutos machacando y distribuyendo de izquierda a derecha y de derecha a izquierda, equilibrando los montoncitos encima de la guía telefónica... Borja se mete la suya, me pasa la guía... mitad por un caño, mitad por otro... entre la farla y las pirulas me tiembla todo el cuerpo... Josemi me coge el turulo, se mete lo suyo y empieza a ponerse meloso con que hay mogollón de cosas de las que no puede hablar con sus colegas y conmigo y Borja sí...

nosotros asentimos con sonrisa empática, Borja enseñando esos dientes tan apiñados... ahora mismo es que somos los mejores amigos del mundo, vamos... *claro que igual ellos piensan lo mismo, sólo que no lo dicen. Joder, nunca se me había ocurrido, qué rayadura, colega... ¿y Lucía?... calla, que ahora tengo que ver a la negra y no me mola nada. Yo no sé qué tengo, pero atraigo siempre a las tías más rayadas. Ésta me viene con que su novio la fostia y su padre la violaba. Lo que digo, las más rayadas...* Roberto se asoma y dice que nos están buscando unas que han visto un yonki en el baño. ...*¡QUÉ!... ¿UN YONKI?...* nos levantamos todos a una y salimos follados de la cabina. Borja se acerca a la barra y le dice a Iñaki que se venga que hay un yonki en el baño mientras Josemi se lo comenta a Kiko, que también lo alucina, *¿UN YONKI...? ¡AQUÍ!...* y todos atravesamos el bar y bajamos al baño donde Armando está llamando a la puerta del tigre de los tíos. *¡Sal ya, colega!...* Borja le aparta y golpea la puerta con mucha mala hostia. *¡ABRE DE UNA PUTA VEZ, QUE HEMOS LLAMADO A LA BOFIA, MAMÓN!...* Kiko también se baja farfullando... se abre la puerta y aparece un pibe con pisamierdas, todo amarillo y con algo de vómito en la chupa vaquera deshilachada... *¡HIJODEPUTA!...* Kiko se abalanza y le pega una patada con saña.... *YONKI DE MIERDA, A TU PUTA CASA...* el Borja también le patea... yo, ya de paso, pues también... Armando grita que nos controlemos y aparta a Kiko que es que ya no para... *¡ASKEROSO!, ¡GUARRO! ¡YONKARRA DE MIERDA!...* al final Armando se lo lleva a la calle al hombre y nosotros subimos otra vez y nos topamos con Jaime, que entra muy agobiado a decirnos que lo siento, es que he ido a tomar un bocata... *ya hablaremoz de ezto mañana, ya...* y volvemos a la cabina... saco una pirula y se la meto a Roberto en la boca... me dice que no, que le ponga un tirillo... se la doy a Borja y entro... saco mi zarpa y curro dos lonchas sin dejar de tragar saliva y de rumiar sintiendo que me pica la nariz y la garganta y los oídos... en la pecera: *'lo que te decía, Roberto, tío, lo que te paza a ti ez que no tienez* *un guzto definido, te guzta la múzica de manera dezordenada, no te puede guztar toda la múzica, tienez que definirte...* levanto el compacto de REM que ha traído el gilipollas de Gustavo y busco un turulo de los doscientos que hay por la mesa... de todos los colores... tarjetas... invitaciones... un billete de dos mil... mi cabeza es un torbellino... lo estoy flipando tanto que me empiezo a descojonar yo sólo... ja ja ja... güau, tío, acabo de tener una idea genial para ganar dinero... no sé cómo coño no se me ha ocurrido antes... *'ya viene esta pesada. Seguro que me pide los Pixies...'... '¿puedes poner una canción de los Pixies?'... 'que sí, coño.' '¿me lo prometes?...' 'esta y la de las Marteens son peores que los Chili. Se te quedan aquí mirando: ponme este grupo, ponme ese otro. Igual se lo acabo de poner hace cinco minutos y ni se han enterado. Se lo dices, y encima te miran como si les estuvieras tomando el pelo. Hazles una seña, que se cosquen...'* me meto una puntilla rápido y quedo hipnotizado con las fotos de la pared... a Gustavo le han rayajeado la cabeza en todas... me siento bien, la pelota ahogada en un zumbido... joder, los millones que vamos a ganar... la coca me baja por la garganta... le doy un toque a Roberto para que entre y le digo que se me acaba de ocurrir una idea cojonuda... *sólo hay que contactar con Nike y un tatuador. Al que se quiera tatuar el símbolo de Nike le endiñamos cincuenta mil pelas y a Nike les cobramos cien mil por tatuaje y nos quedamos con cincuenta, ¿qué te parece?...* Roberto dice de puta madre y pínchame la canción... *un cambio fácil, termina y empieza con acoples...* salgo a la pecera y me quedo delante de los platos, controlando el local... está abarrotado... veo borroso... NIKE, tío, millones que nos vamos a hacer... playas llenas de cuerpos tatuados... brazos, espaldas, culos... a Benetton seguro que le interesa... BENETTON, NIKE, COCA-COLA... y futbolistas... a ésos lo que pidan si se descamisan después del partido... nadadores, tío... y baloncestistas... Michael Jordan, por ejemplo... ése billones... la mitad para nosotros por la idea... la puerta se abre en el justo momento en que acaba la canción...

Play, subo el volumen del tema que entra y los acoples de guitarra se funden camuflando el cambio de ritmo... *¿cómo lo ves?... no te preocupes, que a estas horas están todos puestísimos y no importan los cambios... quiero decir mi idea... ¿qué idea?... los tatuajes, hostias... ah, sí. Bien. Sin una puntilla aquí no hay quién aguante, estoy hasta las pelotas y me estáis pagando una miseria... Nike te pagaría mucho más... cojones, que cada tarde me pongo de mala hostia sólo de pensar en las horas que tengo que estar metido en la cabinita con el Borjita al lado, entrando y saliendo...* a mí me parece que es que sólo la idea vale dinero, tío... *lo peor es que luego llego a casa y en la cama sigo pinchando en mi cabeza sin poder desconectar: quito un disco, lo meto en su funda, busco entre los del estante, otro, lo pongo en el plato, me pongo los cascos, busco el corte, me quito los cascos, espero a que termine la canción, lanzo la siguiente...* te entiendo, tú seguro que serías de la primera serie... *tienes razón, me mantengo delgado, algo bueno tenía que tener, ya me ves, ¿no?, hecho un tirillas, ocho kilos en nada, toca, toca, durito, chaval... lo que te digo, perfecto para Nike, macho... ¡hostias, la canción!... a ver, el pincha, ¿qué ha pazado? ¿qué coño ha pazado?,* Borja que se acerca fingiendo cabreo... Roberto se encoge de hombros. Y el otro: *que no vuelva a pazar, ¿eh?, que no te pagamoz para que chapuceez... ahora que lo mencionas... ezpera, que eztoy con ezta gente...* qué cabrón, ya se ha escabullido. *Me tenéis que subir el sueldo, que para lo que cobran los pinchas de la zona estoy infravalorado. Igual al principio me faltaban horas, pero ahora, me sobran, leches, y toda esta gente viene porque les mola la música que les pongo...* háblalo con Borja... *llevo meses diciéndolo y empieza a no compensarme, estoy hasta el nabo...* te entiendo... *al Gustavo ese lo que tenéis que hacer es comprarle su parte del bar y que se vaya, que no pinta nada, no veo por qué coño tiene que venir ese pibe a dar la vara... ¿sabes cuánto llevo metido en esto?... pero tú te has forrado con esas gilipolleces que escribes...* acaba de entrar Píter con dos tías... una rubia pecosa con carita de ángel que lleva una chaqueta de cuero setentera y pantalones ajustados... y la otra morenaza con minifalda y botas de putorra... Píter está hablando con el angelito... que contesta meneando la cabeza y asintiendo sin ganas... *la morena es mejor cuerpo, hazme caso a mí que controlo esto de la alimentación...* me salgo... Píter, ¿te importa venirte un momento? Mira, tío, acaban de entrar los socios, creo que estaría bien que fueras a hablar con ellos un momento, que no pase como el otro día... me mira, un poco mosca, pero se va a hablar con Ignacio y Juan Carlos que me saludan desde la segunda barra... me presento... Leticia, se llama ella... le digo que si quiere invitaciones que me las pida a mí, que soy el dueño, y hablo y blobloblo y de repente me doy cuenta de que no estamos solos... *ésta es Estela... hola, qué tal...* tiene acento andaluz... charlo un poco con ella... y en cuanto vuelve Píter me voy hacia el ventanuco y le pido a Virginia dos copas... me vuelvo y oigo a Raúl... en un banco a mis espaldas... *¿tú te crees? Sólo porque les paso de vez en cuando algo de costo a los Chili, se descojonan todos de mí. Raúl el dealer, me dicen. Ellos. ¡Ellos que son la depravación misma!...* se acerca Susana... hola... mirándome de abajo arriba, con la cabeza ladeada, sin sonreír... las tetas apuntando debajo de la camiseta de Barricada... *¿me sacas una copa?... Virginia, ponle una copa a esta chica....* sólo verla me baja el buen rollo... la Leticia está hablando con Estela y a ratos me mira mientras le digo a Susana lo siento, tengo que hacer una llamada... me vuelvo a abrir paso hasta la cabina esquivando a Píter que se me acerca... le doy a Roberto su copa... le da un trago y vierte el resto de la coca-cola... *la primera que bebo desde que estoy a dieta. A zumo de tomate y agua mineral. Cuatro semanas. Ocho kilos...* paso a la oficina... de repente el bajón... me siento y cojo unas tijeras que hay encima de la mesa entre las carpetas del Borja y empiezo a jugar con ellas... pillo el teléfono... *que no esté, que no esté...* me tiemblan mogollón las manos... me equivoco un par de veces... primer timbrazo... '*ah, c'est toi, t'as vu l'heure qu'il est?*'... empiezo a lanzar las tijeras contra la mesa... se clavan en la madera... las cojo de nuevo... '*tu réponds ou quoi? Qu'est-ce qu'il y a encore!*'... vuelvo a lanzar las tijeras...

que no vengo mañana... '*QUOI!*'... las tijeras se clavan... *he perdido el billete...* '*t'as perdu le billet? Qu'est-ce que tu racontes?*'... intenta tranquilizarse... '*qu'est-ce que c'est que cette nouvelle histoire?* '... *he perdido el billete, eso es todo...* '*ne me fais pas ça. Qu'est ce qu'il t'arrive? Pourquoi tu me parles comme ça?*'... *écoute, mejor hablamos mañana...* '*t'es où?*'... *au bar...* '*évidemment, ça m'aurait étonné. T'as pris quoi?*'... *nada...* '*tu parles, merde, pourquoi...*' *no digo nada... no soporto que llore, es una cosa que no soporto... cojo la tijera y la clavo otra vez... te llamo mañana... y cuelgo... unos momentos en silencio... y la puerta se abre...* ¡QUÉ HACEZ, GILIPOLLAZ!... Borja *se abalanza sobre las tijeras...* ¡NO ZABEZ QUE EZO DA MALA ZUERTE!... *salgo fuera otra vez y... cojones, Tino, ¡cuánto tiempo!... ahí está, con su marinera y sus pintas de eterno estudiante... nos abrazamos... me río y gesticulo como un mamonazo... me lo llevo por el brazo a la barra... ¿qué quieres beber?... no sé, lo que haya... Iñaki, ponle un jotabé con coca-cola aquí al amigo. Mejor pon dos. ¿Cuándo has vuelto, tío?... esta tarde. Gracias, Iñaki... no le des las gracias, es un mamonazo... Tino se ríe, le da un traguito a su copa... cuánto tiempo, no lo puedes ni saber. No he salido en meses. Eso sí, he currado... ¿y por qué te has ido?, si aquí estamos todos...,* vaciando la mitad de mi copa de un trago... *necesitaba huir... ¿de qué, tío?... un poco de todo, no conseguía centrarme, no avanzaba con la tesis, y la Karen me llamaba tres veces por día, me agobié... ¿te la follaste?,* mirando a una de las dos guarritas de Borja que acaba de entrar... *bueno, una vez, un polvo majo. Pero de eso a...* yo no le escucho ya y le doy un abrazo empático, muy pasao... *Tino, tío, me alegro de que hayas vuelto, te echaba de menos...* me vuelvo hacia Iñaki, que está sirviendo por el ventanuco del fondo... *¡Iñaki, pon otro güiski anda!... ¿tú qué tal, cómo llevas la novela?... tirando. ¿leíste lo que te envié?... a mí me parece bien, tío... pero es que no acabo de verlo claro... que sí, tío, que tienes que innovar. No te puedes quedar siempre en lo mismo. Esto,* hace un gesto a su alrededor, *ya lo has hecho. Tu tono existencial está desfasado. Potencia tu otro registro. Hazte* *superficial, posmoderno... y con un poquito de toros y flamenco, ya está, triunfo en el mundo entero, venga, no me jodas... estoy convencido de que tienes cualidades para la ficción. ¿Has avanzado?... estaba con un guión... sigue, macho, que yo estoy enganchado. Me encanta tu madero, poniéndose y dándole a todo el mundo de hostias. Maricón y duro sin complejos. Muy Ellroy, muy bestia... supongo que son mis doctor Jeckyll y Mr Hide...,* me río... *en cuanto puedas me das más páginas... sí, déjame unos días* —TINO, ESTOY PARADO—. *La avancé un poco en navidades, pero ahora estoy menos seguro* —NO ESCRIBO, ESTOY PARADO—... *qué seguridad quieres, si estás escribiendo, que es lo que importa... supongo que hay un momento en que tienes que pararte y preguntarte por qué haces las cosas... no, eso es mejor no preguntárselo. Es el absurdo, tío, la angustia...* alguien me toca el hombro... Estela, que quiere una invitación... se la presento a Tino... *jo, me encantan los andaluces...* yo aprovecho para irme al baño... a la vuelta me topo con Borja... *Tino que ya noz ha vuelto, ¿eh? Mira con quien ze lo eztá montando...* me conozco el rollo y no me extraña la cara de alucinada que pone la tía... Tino sigue con su discurso sobre la noche hispana... la vía de escape de un país donde todo Cristo vive con sus viejos... el gran bluff que se vende a los extranjeros... una forma de prostitución nacional como otra cualquiera... *no jodas, tú lo sabes,* me dice, *que aquí la gente no tiene cultura emocional... menos mal, porque si no nos iríamos al carajo... en serio, qué tipo de país es éste... no sé, dímelo tú... abre cualquier periódico, lo alucinante es que no hayan salido cientos de novelas negras con tanta mierda que ha habido. Esto es tercermundismo puro, la España negra de siempre, cinismo, incultura, doble moral y hedonismo postochentero... tío, no te pongas trascendente... y vendemos al exterior alegría, caña y olé, gracias a los listillos como Almodóvar que siguen explotando unas señas de identidad archicaducas...* Tino... *y todo cambia para que podamos seguir chupando las mismas pollas de siempre...* Estela se ríe... Tino, quieto, que me estás agobiando... *después de tanto arte institucional y subvencionado, la kultura jubenil es lo único auténtico que está ocurriendo... Tino, toma...* le doy una invitación a éste para que vaya a pedir una copa... necesito un respiro... la loba se ríe... *¿te apetece tomar una copa en otro sitio?...* miro por encima de su hombro hacia donde Píter sigue comiéndole la oreja a mi angelito... me acerco a decirle a Roberto que me pase la chupa... y cuando pasamos al lado de Tino le pregunto si se viene a tomar una copa con nosotros... dice que hoy no, que se queda un poco más... echamos a andar calle abajo... nos metemos en el Big-Bam-Bum... lleno de banderas jamaicanas y hojas de maría... *este sitio está siempre hasta arriba*, mientras nos hacemos hueco entre la gente para pillar copa... Estela me comenta que no le gustaría nada a su novio un periférico con el que lleva ya años... *le gustan lo sitio como Arshi y se mosquea cuando no me arreglo pa salí...* tomamos la copa... me encuentro con sus morros... su lengua... pregunto de qué conoce a la rubia... *de cuando venía al bar en el que yo trabajaba. No sé, no pusimo a hablá y no caímo bien. Salimo junta y essa cossa, a lá dó no gusta lo cóctele y esso pero no somo muy amiga... es maja... lo é. Lo que passa é que caa vez salgo meno con ella porque siempre me monta lío... ¿y eso?.. en cuanto bebe se le va la olla y se enrolla con el primeo que passa. Ya van varia vece que me lo hace. El otro día fuimo a una exposició y se enrolló con el fotógrafo, que era feo como un pie. Lo peó é que no tiene criterio, sabe, lo hace con cualquiera, hace una semana estábamo en una discoteca y meno mal que me fijé en que había desaparesío porque la encontré despatarráa sobre el capó de un coshe con un gordo asqueroso que le subía la falda y le metía mano en mitá de la calle. Y al día siguiente ni se acordaba... pues parecía coladita por Píter... qué va*, Estela se ríe. *Le ha debío de poné lo cuerno como mil vese...* de repente: *me siento mal... me toco el estómago... creo que he bebido mucho, mejor me voy a casa...* no está muy contenta pero bueno... salimos fuera, paramos un taxi... la despido con un último morreo... ella se escribe en la mano un teléfono falso... y vuelvo al Sonko... el Roberto está ya pinchando a los Ministry... han llegado los cucarachos, con sus capas y sus pelos de colores... dos espantapájaros que bailan con espasmos robóticos... Armando empieza a poner los taburetes patas arriba encima de la barra... de repente, flas, las luces se encienden... qué deprimente... ¡es demasiado tarde!, pienso... pero no... al fondo Píter está poniéndose la chupa y se despide de Borja mientras ella con los codos sobre el panel habla con Roberto... y me dice sonriendo que se va... dos besos casi en la boca y *estáte en la puerta dentro de diez minutos*... la veo hablando con Píter mientras salen... no está muy contento el tío, se encoge de hombros... Iñaki ya está cerrando... Armando y la hermana de Borja barren... miro la hora... minutos más tarde me asomo... la veo apoyada contra un coche con las manos dentro de los bolsillos del pantalón... me despido de Roberto... a Borja le digo que hoy no voy al Friend's... los cucarachos se han sentado en el portal de enfrente, siniestros como una premonición... Iñaki ya echa el cierre y se rasca la cabeza y al verme sonríe en un plan que no me gusta nada... Susana está un poco más allá, de espaldas, esperándole... pasa un coche con la ventanilla bajada y jungle a tope... seguimos por una callejuela... gente que sale de los bares y empieza a pensar en las discotecas... nos cruzamos con un amigo de Píter... en el Bombazo hay gente... *¿copa a medias?*... la pido... le doy un sorbo... se la paso... bebe sin dejar de mirarme... le doy un morreo seco... la voy a llevar a casa y le voy a meter un rabo... sólo de pensarlo me estoy poniendo bruto y tengo que volverme haciendo como si busco a alguien con la mirada para recolocarme disimuladamente la tranca... luego le digo que voy un momento al baño y espero delante de una panda de gentuza... hay una cola que pa qué... y después de ponerme un tiro, vuelvo excitadísimo y veo que el cabrón del camarero ya está inclinado sobre la barra y comiéndole la oreja... ahora le da un pico el muy... cacho zorra, ¡cómo se ríe!... me la quedo mirando un momento... doy media vuelta y salgo del bar...

16

Lunes por la mañana y la Brigada está a tope. Pacheco, que acaba de desayunar con Roni en una cafetería de Chueca y se ha subido andando por Alcalá, se topa con Serrano saliendo del edificio y dándole un último sorbo a la lata de Pepsi que se ha bebido por el camino le pregunta oye tú, has visto a Duarte. Todavía no, debe de estar a punto de llegar. Mira, ahí le tienes, dice el otro apuntando a Duarte, que baja apresuradamente por la calle Paz delante del Teatro Albéniz. Pacheco tira la lata y le sale al paso.

—¿Qué pasa, no subes? —pregunta Duarte.

—Tengo que ir a hablar con el dueño de la sauna —dice Pacheco—. Me gustaría que me acompañases, creo que tengo algo.

—¿Te importa subir un momentito? Le he pedido a Julia que llame a las compañías de seguros y los talleres. A ver si tiene algo.

—Prefiero esperarte aquí.

—Son cinco minutos.

Poco después están ya los dos metidos en el Málaga del Grupo. Pacheco le indica a Duarte que aparque encima del bordillo de la callejuela, detrás de un Renault 12 prehistórico, y suben a pata hacia la plaza. Es en esta calle, el número veinticinco, dice Pacheco al torcer la esquina. A la puerta del edificio en cuestión hay un marica con el pelo teñido de naranja y una camisa hawaiana esperando en un coche con el maletero abierto y un mulato macizo que lleva los brazos completamente tatuados y un radiocasete bajo el brazo se aparta para dejar pasar a los dos policías que suben por una escalerita estrecha y de terrazo hasta el segundo piso donde una bolsa de deportes mantiene la puerta abierta. No se molestan en llamar, y al entrar ven a Joselu asomado al balcón, de espaldas a ellos.

—Tú, listo.

—Hostias, pero ¿qué haces tú aquí? —el otro volviéndose.

—No me habías dicho que te ibas de viaje —comenta Pacheco mirando la Samsonite en mitad de la habitación.

—Ay, no me molestes ahora mismo, Pacheco...

Joselu intenta pasar, pero el policía le empuja y casi le estampa contra una reproducción de las Marilyn Monroe de Warhol en la pared.

—¡Pero qué haces...! —protesta Joselu llevándose la mano a la cabeza—. ¡Arnold!

Duarte se asoma al balcón y viendo que los dos maricas se dirigen hacia el portal atraviesa la habitación, mete la bolsa de deportes y echa el cerrojo mientras Pacheco se lía a bofetadas con Joselu.

—¡QUE TE HE DICHO QUE NO SÉ NADA!

—¡He visto a Álex y me lo ha contado todo, hijoputa!

—¡PERO ¿DE QUÉ ME ESTÁS HABLANDO?! ¡SUÉLTAME, CABRÓN!

Los maricas ya aporrean la puerta y Pacheco, que ha enganchado a Joselu por el pelo, se lo lleva hasta el baño y le hostia la cabeza contra el armario-espejo, que se resquebraja. Joselu solloza sin ninguna dignidad y se protege la cara como puede hasta que, Pfavor..., Pacheco le empuja fuera otra vez y Joselu tropieza y cae al suelo. Duarte aprovecha para descorrer el cerrojo y enseñarles la placa a los dos de fuera.

—Duarte, del Grupo de Homicidios. ¿Queréis algo, niños?

—No pasa nada... —gime Joselu desde el suelo.

—Ya habéis oído al amigo. Ahora estaros un momento tranquilitos mientras hablamos con él —dice Duarte, y ya va a cerrar cuando el negro mete el pie.
—¿Joselu...?
—¡No pasa nada! ¡Volved dentro de un rato!
—¿Seguro? —el de la hawaiana frunce el ceño poniéndose de puntillas para mirar por encima del hombro de Duarte—. Cerdos, que sois unos cerdos.
—Mira quién fue a hablar, y ahora si me haces el favor...
—¡Joselu, estamos fuera!
—Muy bien —dice Duarte, y cierra la puerta.
En esto aparece un gato blanco en el balcón, se cuela entre los geranios, y se restriega ronroneando contra las piernas de Joselu, que se ha sentado en la silla que le ha acercado Duarte. Guapito, guapito..., le acaricia debajo de la barbilla. Duarte le pasa un Kleenex señalando los cortes de la cara y luego mira a Pacheco, que sigue muy tenso delante del gordo.
—¿Por qué te has metido en esto?
—Que por qué... que por qué, Pacheco... —Joselu le mira con rabia mal contenida y aparta el gato que maulla y vuelve—. Porque era mucho dinero, ¿qué te creías?... dame agua...
—Claro.
Duarte se va a la cocina, coge el vaso que hay junto al fregadero bocabajo y lo llena. Luego abre la nevera y encuentra unas lonchas de jamón york envueltas en papel albal. Le da el vaso a Joselu y mientras éste bebe le enseña la loncha al gato, ven aquí, y se lo lleva hacia la cocina donde se la tira al suelo. No olisquees tanto, joder..., y cierra la puerta.
—Joselu... —sigue Pacheco.
—¿Quieres que lo repita cuarenta veces?
—¿Quién te pagó?
—Un pasao con coleta que me había venido un día a la sauna...
—¿Cuándo fue eso?
—Como a principios de año, a mediados de marzo.

167

Entró preguntando directamente por mí. Dijo que quería hablar conmigo a solas, que quería proponerme un trato «que podía interesarme». Yo le dije que bueno, le hice pasar a la oficina...
—¿Cómo se llamaba?
—No me lo dijo.
—¿Cómo era?
—Alto, metro ochenta y cinco, flacucho, iba con gafas de sol, andaba un pelín encorvado y tenía el cutis fatal aunque lo disimulaba con algo de barbita. Iba con vaqueros y una camisa, muy normalito. El tío no me inspiraba confianza, ni siquiera se quitó las gafas. ¿Y qué negocio es ése TAN importante?, le digo. Yo pensé que quería un par de chicos para algo, una *soirée* privada o por el estilo. Él sonrió. Se trata de uno de tus clientes... Yo enseguida me di cuenta de por dónde iban los tiros. Le dije que mis clientes eran sagrados. Quieto, quietoo, me dice el gilipollas. Tú no tienes que hacer nada, sólo hacerte el tonto y puedes ganar mucha pasta. Pon tú el precio —Joselu se toca el labio, que se hincha por momentos—. Hijodeputa que eres, Pachi...
—¿Cuánto le pediste?
—Cinco millones.
—Quieres decir quince.
—No, joder, le dije que diez. Y él dijo que ningún problema. Así de fácil. Todo lo que tenía que hacer era dejarle entrar en la sala de masajes donde él se prepararía un armario. ¿De quién se trata?, pregunto. Me dice que Ordallaba. Yo, claro, llamé a Paco para que lo echara. El tío tenía un morro que se lo pisaba. Yo nunca he hecho algo así en mi vida, yo respeto la intimidad de mis clientes...
—No te tentó el dinero.
—No, Pacheco. Pero antes de irse me escribió un número sobre una tarjeta de El Armario por si cambiaba de idea... y la guardé...
—¿La tienes?
—Apunté el teléfono en mi agenda, era un móvil.
—Búscala.

—Dijo que se llamaba Jorge, es todo lo que sé.
'—¡¿TODO BIEN, JOSELU?!'
—¡Todo bien, gracias, Paco!
—Búscala —repite Pacheco.
Joselu señala la bolsa de deportes. Duarte se la acerca y Joselu saca de la bolsa una agenda con tapas negras.
—En la jota. Éste es.
—¿No tienes la tarjeta original? —pregunta Duarte cogiendo la agenda.
—No, la tiré.
Joselu le da un sorbo al agua evitando tocar la comisura herida. Duarte apunta el número con un bolígrafo en su libreta.
—Sigue —dice Pacheco.
—Luego pasó lo de Álex... me enteré de que se estaba viendo con el Ordallaba fuera del local y aquello no me gustó nada... fue cuando pensé que dentro de El Armario yo era responsable pero que si se podía hacer en otro sitio, en un hotel, digamos, no corría ningún riesgo, y se me ocurrió que todo era cuestión de convencer a Álex. Él no tenía que saber nada, claro... y el dinero, evidentemente, me venía muy bien, como a todos...
—O sea que le llamaste. ¿Cuándo?
—Debió de ser como a principios de junio. Le llamé un domingo.
—¿En qué quedasteis?
—Le dije que quería verle. Quedamos al día siguiente en el Hard Rock de Colón. El tío era un chuloputas, desagradable y mal educado... Le dije que tenía una idea, pero que veinte. Él dijo que fuéramos por partes, a ver qué le estaba proponiendo. Yo le expliqué que uno de mis chicos veía regularmente al Ordallaba y que yo sabía dónde y cuándo. Me dijo dónde, y yo que eso y la complicidad del chico era lo que costaba dinero. Me miró sonriendo, el tema dependía de muchos factores técnicos, pero si la cosa se podía hacer, teniendo en cuenta las complicaciones me ofrecía quince. Re-

gateamos. Yo dejé bien claro que los factores técnicos eran problema suyo y que por menos de veinte no había trato, y además había que darle por lo menos cinco al chico. Al final se encogió de hombros. ¿Trato hecho? Sí, trato hecho.

—¿Cómo te dio el dinero?

—Le pedí la mitad por delante. ¡Okey!, me dijo. Era un hortera.

—¿Para quién trabajaba?

—Intenté sonsacárselo, pero nada. No tengo ni la menor idea.

—¿Cómo te pagó?

—Quedamos en la sauna un par de días después. Vino con una funda de vídeo. Me fijé que tenía una pegatina de Telecinco, por cierto. Le hice pasar al despacho, y allí abrió la funda y dentro traía los billetes envueltos en papel de periódico. Nuevecitos. Los comprobé, que no fueran falsos. Y luego hablé con Álex.

—¿Cómo le vendiste la moto?

—Le empecé a tantear... la nena estaba nerviosa, le dije que estaba al tanto de lo del Ordallaba... le dije que se jugaba el empleo... Al principio lo negó. Luego fingió que estaba arrepentido, juró que no se volvería a repetir, y aproveché para sacarle dónde se veían... Me dijo que en un piso de Costa Rica, generalmente al medio día... por la noche el Ordallaba era un buen papi de familia, claro... Le puse a caldo un rato y luego dije que bueno, estaba dispuesto a olvidar la putadita si me hacía un favor del que además iba a salir bien parado... ¿Cuál?, me dice... le digo que son un par de milloncejos. A Álex se le pusieron los ojos como platos. Le dije que me tenía que tener al tanto de cuándo volvía a ver a su cerda. No quería que supiera demasiado. De todas maneras es un buen chaval, no preguntó nada. A él le daba igual, era una cuestión de pelas y punto...

—¿Después?

—Me puse en contacto con el cámara, le di la información y me olvidé del tema. Hasta septiembre, que me llamó y me explicó que ya lo tenía todo preparado y que tenía que ser antes de finales de mes. Álex sólo tenía que descorrer los visillos y preocuparse de que Ordallaba estuviera bien visible.

—¿Y luego?

—Luego me enteré de lo del Ordallaba. Me entró pánico, nunca pensé que se tratase de matar a este hombre. Intenté hablar con Álex, que no había vuelto a aparecer por El Armario. No contestaba nadie y el portero me dijo que se había marchado... Y luego aparecisteis vosotros...

—¿No has vuelto a ver al cámara?

—Ni siquiera lo intenté... Mira, lo último que quiero es verme implicado en un asesinato. Iba a irme durante un tiempo, que después de todo no he tenido vacaciones este año. Y ahora, si me dejáis... —se levanta torpemente.

—Lo siento, Joselu...

—Voy a Marbella, a casa de la familia de Paco. Si le dejáis entrar, os da las señas.

—No me has escuchado, Joselu.

Duarte abre la puerta.

—Uy, pero qué te han hecho estos bestias... —Paco entra y se inclina sobre Joselu tocándole la mejilla.

—Paco, dales la dirección de tu hermana.

—Joselu, lo mejor es que le digas a tus amigos que suban tus cosas otra vez. Te quedas en Madrid —dice Pacheco—. Y te aconsejo que no intentes escabullirte.

—Bueno —dice Duarte mientras bajan por la escalera—, ahora me vas a contar qué coño pasa aquí. ¿Quién es ese Álex?

—Primero llama a la Brigada.

Duarte saca el móvil y se meten en un bar de la zona donde pillan mesa en la esquina y Pacheco le suelta la movida: Álex, una vieja historia que, cuando casi le había olvidado, se lo encuentra metido en esto. Etcétera. Duarte va asintiendo. Y luego, mientras esperan la llamada de Julia y Pacheco se pone a jugar al pinball, se acerca a la barra y charla con el dueño del bar, que le cuenta cómo ha cambiado el barrio en los últimos años poniendo mucho cuidado en decir gays en vez de maricas y sin dejar de limpiar la barra con un trapo.

—Bueno, uno hubiera preferido otra cosa, ya se imagina, pero siempre es mejor que lo que había antes. No sé si se acuerda, es que daba miedo pasar por la plaza, tan llena que estaba de drogadictos y morraya a cualquier hora...

—Un momento —Duarte saca el móvil del bolsillo interior de la chaqueta. El dueño se acerca a un cliente que entra con un caniche enano. Y Pacheco deja perder la bola.

'—Hola, Duarte. Ya te tengo lo que me pediste.'

—Julia, eres un encanto.

'—El dueño del móvil se llama Rodrigo Fernández Gonzalo, tiene treinta y dos años, soltero, nacido en Madrid. Es un cámara *free-lance*. Sin antecedentes. Bueno, lo único lo detuvieron a principios de los ochenta durante una redada en el Rock Ola, tenía quince gramos de hachís encima y dos gramos de coca.'

Duarte lo está flipando. Rodrigo. *Un cámara que se ocupa de los aspectos técnicos... somos socios desde hace más o menos cuatro años. Le conocí en la época en la que yo hacía porno... Él ponía la técnica... y yo la carne.*

—Dame la dirección.

'—Vive por Moncloa. La calle...'

—Hazme un favor, Julia, comprueba en el dossier sobre Caballo Salvaje, a ver si su nombre aparece por algún lado... —Apaga el móvil y se dirige a la barra para pagar—. ¡Hostias...!

—Ay, pero ten cuidao —el otro cogiendo al chucho en brazos y acariciándole la pata—, bonito, no pasa nada, que te ha pisado este grandullón...

De vuelta en el coche, Duarte callejea nervioso hasta salir por Hortaleza a Gran Vía. Todo recto llegan a Moncloa, y allí sacan el callejero. El edificio que buscan está al lado de un Seven Eleven. No hay portero y llaman a varios pisos hasta que alguien abre. Dentro, no se cruzan con nadie, y en el primero paran delante de la puerta.

—Parece que ha habido alguien antes que nosotros —dice Duarte viendo que está forzada.
—Dentro no se oye ningún ruido.
La empujan con cuidado y pasan. El salón está patas arriba. Alguien ha rajado los cojines del sofá y ha desatornillado la parte trasera de la tele. Todas las cintas de vídeo, que deben de ser como doscientas —mucho porno, películas de acción— están abiertas por los suelos. Un vientecillo hace temblar las cortinitas y alguna que otra pluma de los cojines. En una esquina hay una instalación de marihuana. Y la habitación no está mejor. Alguien ha deshecho las sábanas, el armario está abierto y hay cajones tirados por el suelo entre cómics de Mortadelo y Filemon...

Pacheco se asoma al balcón, donde hay un par de macetas llenas de colillas, y controla la calle.
—¿Qué hacemos? —pregunta volviéndose hacia Duarte.
—Tú mira el suelo, no vaya a haber alguna tabla suelta...

Y durante diez minutos comprueban las tablas, una a una, dando golpecitos con los nudillos. Pero aquí no hay nada, resopla Pacheco.
—Espérate, joder. Vamos a la cocina.

Duarte abre la puerta de una nevera oxidada y con anuncios y notas («Llamar a B a las 18.45», dice una) sujetos con imanes y —¡mierda!— un botellín de Mahou se cae al suelo y se rompe en pedazos.
—¡Cago en todo! —murmura: se ha manchado el pantalón.
—Seguro que los que han estado aquí ya han encontrado lo que querían —dice Pacheco sacando un par de sartenes ennegrecidas del horno.

Duarte vuelve al salón y después de quedarse un momento pensando mira la salida de la calefacción, encima de la puerta. Píllame una silla, anda. Pacheco se la acerca y se sube para agarrar la rejilla. No está bien atornillada y en cuanto tira de ella cede.

17

ponte ahí con ellos, dice el productor... me empuja hacia los actores... las cámaras y los focos les persiguen... ellos sonríen, radiantes... *joder, no te había reconocido con esas greñas*, dice Jaume, uno de los protagonistas... *hombre*, me da la mano y, flash, flash, ya nos han cazado... en cuanto puedo me escabullo... he perdido a Roberto y a Tino... saludo a algún conocido y culebreo hasta encontrar a estos sentados ya... nos han tocado asientos hacia el final... corto una pirula con los dientes y le meto un cacho en la boca a Tino y otro a Roberto... *no me jodas*, Roberto me da un codazo, *tenemos al Lobatón al lado*... ahí está, el bigotudo presentador de tele... me río... estoy de los nervios... y empieza la peli... la gente aplaude cuando ve los títulos de crédito... tengo la impresión paranoika de escuchar algunos silbidos entre los bultos de delante cuando aparece mi nombre... ruido de tráfico y de calle... una panorámica de Madrid al atardecer... parece un cuadro de Antonio López... los mensajes de radio policiales se funden con la música... aparece una cervecería... un chaval algo cazurrillo con esa patética camiseta a rayas que le han puesto anda de espaldas a la cámara... y entra en el bar... las imágenes se suceden... diálogos que conozco de memoria... estoy tan nervioso que me parece que ha durado veinte minutos... *a mí no me ha parecido mal*, dice Roberto al salir... *a mí tampoco, se ve que sabe lo que hace. Los pequeños detalles, las marchas en el coche... ¡Pero Tino!... ya, vale, su sensibilidad no tiene nada que ver con la tuya. Y el concierto es patético. Pero el resto...* salimos entre los primeros... la Gran Vía está iluminada como si fuera de día... pillamos el coche... aparcamos cerca del Hard Rock de Colón y otra vez la marabunta... el Jaume, apoyado en la barra, me saluda de nuevo... me dice que van a tocar los Australian Blonde, y Terrorvision... whiskis... copas... que asko de sitio, con tanta guitarra de estrella del rock, y todas esas teles retransmitiendo la MTV... Tino apunta una foto dedicada de los Beastie Boys... veo entre la gente a Leticia y Estela en una de las barras... *ahora vuelvo, voy al baño...* me topo con el director... *¿qué te ha parecido?... bien, al final le diste la vuelta al personaje como querías...* sonrisa de vuelta... el cuarto de baño, la braguela abierta, mirando el muro, borracho... me como otro cacho de pirula... necesito un tiro... y fuera otra vez... ¿quién coño es esta tía?... *hola, ¿sabes quién soy?... no... soy muy amiga de Eva, que fue novia tuya durante una época, ¿te acuerdas?... claro, ¿qué tal está?... tan gordita como siempre, ya es enfermera y se ha ido a África a cuidar negritos... ah, sí, qué bien... y qué tal, ¿qué te ha parecido la pelí?...* vuelta a la barra... Borja acaba de llegar y charla con Roberto y Tino, superenzarpado... Leticia y Estela se acercan... pintarrajeadas las dos... a Leticia le queda fatal el pelo corto... está muy borde conmigo... y Estela sigue mosqueada... suben los Terrorvision al escenario... el cantante es un payaso hambriento que no deja de mirar a Estela y Leticia... las dos encantadas, claro... *nosotros fuimos de los primeros que les pusimos,* comenta Roberto controlando el escenario con aire entendido... *de moda doz mezez, luego no ze acordará de elloz ni zu madre,* asiente Borja... yo miro a todos lados... ganas de salir y ponerme un tiro... todo llega... estamos fuera, subiendo por Génova... saludamos a Jaime... entramos al Sonko... tiros en la oficina... uno y otro y otro... y llega el Kaiser, mochila al hombro... buscando a Kiko... detrás Tino con Leticia y Estela... *hola... hola... hola...* Tino hablando con Estela... *es guapísima la tía...* más tiros... Blanco... con Borja en un baño... *me pongo el último y oz dejo...* Blanco... me estoy morreando con una tía que no conozco de nada en el Plaza... salimos y el camarero me agarra por la chupa... *listo, te has olvidado de pagar la última copa...* Blanco... ¿la misma tía?... ¿el Friends?... me encuentro con Tino y Estela... Tino me pregunta si le dejo mi piso, que no tiene ni coche ni casa... *deja las llaves debajo de la esterilla...* Blanco... *Gerard, no tendrás nada por ahí, ¿medio gramito?...* se acerca a su novio... susurros... movimiento... me dice al oído... *¡cinco el medio!...* Blanco... de nuevo en el coche... me llevo a la tía hasta el Xxx en la carretera de Barcelona... ¿y del Xxx a dónde? ¿A dónde se va desde aquí?... bailo en la oscuridad con ganas de abrazarme a todo el mundo, de subirme encima del altavoz... tres o cuatro pirulas en el bolsillo... la tía me sonríe... Blanco... en un sillón metiéndole mano, sobando una teta... miro al suelo de la pista... lleno de hormigas, miles de hormigas reluciendo en la oscuridad... me empiezan a subir por el cuerpo, ahhh... tengo que salir de aquí... Blanco... necesito putas... me decido por una negra que se acerca meneando cadera... *¿quieres algo guapo?...*, digo que cuánto... Blanco... *yo me llamo Naomi, guapetón, sube por ahí delante y aparca ahí mismo...* me abre la bragueta... empieza a tocarme... estoy borracho... me desenrolla el condón a lo largo de la polla... me estoy excitando, y ella empieza a acelerar el ritmo... Blanco... quiero más, hurgo entre sus piernas... *espera quieto...* se sube la falda... entre las ligas un pollón enorme, negro, atrapado en la braga... Blanco... *Cuidado, tranquilo...* me acaricia la cabeza mientras sigo comiéndoselo... Blanco... me bajo los pantalones y me pego contra el asiento... se ríe... *tan rápido, cariño, déjame que no me fío...* se pone un condón... se ensaliva el dedo... Blanco... siento mareos, el puto alcohol... no voy a aguantar... jadeo y me vuelvo... la agarro por el cuello... le doy un morreo, ah... siento cómo entra... hasta el fondo... me quito el puto condón... empiezo a masturbarme... tengo ganas de... tengo ganas de... ahhhhhh...

tengo ganas de AHHHHHHHHHHHH... pero no puedo... no puedo... se sale... me agarra... *córrete de una puta vez*... Blanco... en el coche por la autopista... el pecho entumecido... el bajón de pirulas es de una lucidez absoluta... me entra el Asko... ganas de dar un volantazo... veo el mundo a través de un filtro gris... Blanco... a cuatro patas buscando debajo de la esterilla... Blanco... abro la puerta de mi habitación... los dos bocabajo... me siento... aparto el edredón... están en pelotas... paso un dedo por la espalda de la tía... hasta el tatuaje de una rosa en la nalga... ¡¡¡LEVANTAOS, HOSTIAS!!! ¡¡¡QUIERO FOLLAR!!!... Tino se restriega los ojos... dice que qué me pasa... la tía ni se mueve... Blanco... levanto la tapa del váter... un condón usado... meo... ¡mierda!, la taza... me agacho y la limpio con papel de váter... Blanco... bajo las persianas del salón... no quiero que sea de día todavía... un último tiro sobre la mesa... me siento entre los cojines y pongo la tele... no entiendo lo que dicen... me saco la polla y empiezo a machacármela... pero sigo sin correrme... lo tengo que conseguir... machaco y machaco y machaco y machaco... voy a arrancármela... Y NO PUEDO... NO PUEDO... ¡¡¡NO PUEDO!!!... Blanco... en la cocina... saco una cerveza... *ah, hola*... Tino que aparece en calzones... *¿quieres una birra?*... uff, ahora mismo no... coge papel de cocina... se suena... *joder, chaval, esto a mí me destroza la nariz*... yo la tengo más despejada que nunca y me está rayando que se suene tanto... *¿qué tal la noche?*... le miro... tanto sonarse con el kleenex me está sacando de quicio... saco un cacho de pirula... *yo no, gracias*... Blanco... y ahora los tres sentados en el sofá delante de la tele... llaman a la puerta... Telepizza... corto la Cuatro Quesos... jamamos viendo *Harry el Sucio*... Tino descojonado... se va al baño... yo me vuelvo... la tía está chupándose los dedos... agarro su mano... se los chupo yo y se ríe... *ay, que me hace cosquilla*... le susurro al oído... la empiezo a babear el cuello... dice *quita quita* no muy convencida... llevo su mano a mi braguata... nos morreamos... sé que le gusto... me acaricia el cuello... se acomoda en los cojines... yo bajo la mano... y ella se vuelve... *no, seguid, seguid, yo me voy a echar una siesta...* Tino sonríe y se va a la habitación... la tía me mira y mete vientre... hurgo entre los pelajos... le desabrocho los pantalones... recuesta la cabeza... le quito los pantalones... agarra un cojín y se tapa la cara... aparto las piernas... la empiezo a meter el dedo... está chorreando... ni se ha lavado la muy guarra... pero tengo la polla demasiado irritada... es una tortura... la tía me está atrapando entre sus muslos cruzando las piernas detrás de mi espalda... Dios, qué tortura... *más profundo*... no puedo, hostias... esto es un infierno... salgo y me voy hacia la puerta puteado... *¿passa algo?*... me sigue... *¿seguro?*... *¡que dejes de seguirme, coño!*.. ay, pero *qué antipático ere, hijo...* mejor, vente, digo abriendo la puerta de la habitación... *no, con lo dó no, ¿eh?*... suena el teléfono y vuelvo al salón... *no, nada, aquí con Tino. Vale, nos vemos más tarde...* la tía se ha agachado buscando sus bragas... qué cuerpazo tiene la puta... *me voy a duchar...* Blanco... salimos del coche y llamamos al telefonillo... no hay nadie en casa de Borja... le vemos bajar por la calle... está nervioso... tiene en la mano un cuaderno de Gramaire du Français y otro de ejercicios... *me eztá volviendo loco ezta niña. Ezperadme un zegundo, que dejo loz libroz y vamoz al Zexuz...* Blanco... en Pozuelo... una discoteca gigante... las paredes de cristal... muy modernilla... fría... diez veces mayor que el Sonko... Sebas ha metido cuatro o cinco kilos.... a Borja le mola esta hora... venimos algunos días antes de abrir... el local está lleno de niñitas... nos apalancamos a una mesa... *miradlaz. Zi ez que zólo eztar aquí me pone como una beztia. No me jodáiz, ninguna treintañera zabe moverze azí,* comiéndose con la vista todos esos culitos prietos... *lo que máz me alucina ez la vitalidad que tienen. Ez que míralaz. No me digaz que no te pone, Tino...* hombre, una cierta experiencia... yo siento la polla dolorida... estamos demacrados... Blanco... Sebas se nos acerca con el gramo que nos ha conseguido... *ven aquí, primo, déjame tocarte eza tripa. Ahí donde le veiz, dezcamizado no tiene un* *ápice de graza y da unaz hoztiaz que te cagaz. Yo le he vizto en una bronca aquí en el Zexuz pegarze con zeiz tíoz y ponerlez a caldo... menos coña, tú. He hablado con Quim. No puedo creerme que hayáis desperdiciado una oportunidad así. Hay gente en mi escuela que mataría por poder... Sebas, tío... En fin, mejor dejarlo, ¿queréis algo?...* Borja termina su copa de un trago... *pon un jotabé...* Sebas coge los tubos vacíos y va a la barra... vuelve... *Zebas, ¿tú te haz comido a alguna?... ¿yo? A la que quiera, macho, aquí soy el dueño...* se ríe... *últimamente lo que pasa es como que me da palo tanto salir y acabar todos los días en el Fun. Por cierto, el otro día vi a Gustavo... baj... me entraron ganas de acercarme y hostiarle. Cuando pienso que se ha comprado un BMW con el dinero que habéis metido en ese... no zigaz, que me malrollaz... vale.* Me callo... y mira a las niñas con aire insatisfecho... *lo que me apetece es una pava para ir al cine los domingos y esas cosas. Tú has hecho bien pillándote a María. Cuando empezaste con ella, todos mis colegas lo flipaban. Tu primo, con lo cabrón que es, no va a durar ni un día. Y mira por dónde... oye, que noz tenemoz que ir, que hay que abrir...* Blanco... en la oficina... Borja se ha metido un tiro y está empalmado... *hay cozaz que nadie hace pero ¿por qué? Porque la gente no ze atreve, comprendo que ez muy zicodélico pero qué cojonez hay máz lógico que una inzpección de zanidad. Uno de eztoz díaz tiene que caer, y el bar no cumple con laz normaz mínimaz. Ez muy fácil, tú te traez a uno de loz actorez que conocez, podemoz pagarle hazta cien mil, o farla zi prefiere. Y luego le decimoz al tonto de Guztavo que nozotroz noz encargamoz de pagar la multa contra laz accionez que le quedan. Y cuando el bar zea nueztro, le contaremoz la anécdota a todo Madrid, para que ze dezcojonen en zu cara, le habremoz dado por el culo pero bien... ¡sí, sí, sí!...* Blanco... Tino ya se va a casa, está cansado, tiene que meterse mañana con la tesis... nosotros seguimos entusiasmándonos entre copa y tirote... empieza a llegar la gente... va a ser una noche movidita... Blanco... ya son las diez de la mañana... el Racha... bajos de Orense... sentados en una esquina mirando la gentuza que baila en la oscuridad... no puedo apartar los ojos de la bola de espejos que cuelga encima de la pista... ¡qué flipe!... tengo una mano en el bolsillo... intento cortar la pirula con las uñas... me da miedo que me vean hacerlo con los dientes... miedo de que me vuelquen esos malotes de la esquina... los que llevan diez minutos mirando... hago como si me rasco la mejilla y me la meto rápido en la boca... le doy un toque a Borja... le meto su cacho en la mano... Dios, qué amargo el sabor de estas putas pirulas... ¡y qué sed!... le doy un traguito a mi copa... está vacía... tendré que pillar otra... pero no me apetece moverme... hay que ver los ojos de la basca... los caretos que traen... Blanco... cuando salimos al sol lo último que nos apetece es volver a casa... terminamos yendo al bar... ya es un ritual... nos ponemos nuestra música y más copas... el bar está lleno de mierda en espera de que venga la Concha... siempre nos reímos con las notas que se cruzan ella y Armando... «Conchi, hoy por fabor limpie bien los baños»... «Armando, los e limpiado»... y charlamos... *tío, a mí loz nobenta me alucinan. Pienza en ezoz niñoz paztilleroz que ze meten en un after a laz diez de la mañana, se ponen hazta el culo y a laz diez de la noche eztán en cama. La agrezividad de loz grupoz. La eztética. ¡Ze jubiló la puta zenzibilidad ochentera! Ya jodieron zuficientez cancionez con produccionez de mierda. La jodida caja eza hinchada de loz Zimple Mindz. ¿Zabez lo que zon loz ochenta? Guztavo ez ochentaz. Guztavo y todo lo que reprezenta. Pachá, Ibiza, U2, ahora la múzica dance, «no confundir con el bakalao»,* imita... asiento, no me apetece hablar, tengo un moscardón en la cabeza... *tío, con Luizín, el mamón de Luizín, podíamoz haber hecho el mejor dizco de loz nobenta, te lo juro. Mucho mejor que todoz eztoz Auztralian Blonde, Pziliconflez y demáz, que zon unoz patanez al lado de Luizín... los Inquilino... ezo ez cazo aparte. Te juro que zi hubiéramoz hecho lo de Zan Francizco hubiera zido algo hiztórico. Zi cuando volví de Roma aquí no conocía nadie el Maximum Rock&Roll, te lo juro. No zalían de loz cuatro cláxicoz punkiz. Mira loz Cornflakez, uno de los primeroz grupoz hardcore, zu primer dizco eztá dedicado a mí porque lez enzeñé mogollón. El cabrón de Luizín, cada vez que lo pienzo. Tuvo que zer algo zicozomático porque noz habíamos enzarpado mogollón de vecez y nunca le había dado ezo, joder. Y lo mal que lo pazé, laz maletaz ya hechaz, con zu madre gritándome que era un drogadicto y qué le había hecho a zu hijo. Zi lo tenía todo arreglado ya, ¡todo! Laz habitacionez, el guitarra de loz Zamiam que ya había dicho que eztaba de acuerdo. Incluzo el bajizta de loz Green Day, antez de que fueran conocidoz, claro, ¿zabez lo que zignifica ezo? Y loz eztudioz. Un kilo que me coztó la broma, y ¿para qué? Para que ezte cabrón ochentero noz joda. Tiene que cedernoz el bar, ez ley de vida, un ezpécimen decadente no puede ganarnoz. Zomoz loz nobenta...* otro trago y saca del bolsillo una pirula... la corta con los dientes... Blanco... *¿Tú haz vizto cómo come?*, gesticula, imitando. *¡Con anzia! ¡Como una boa! ¡Comer delante de él ez lo máz anguztiozo que me ha pazado en la vida!*... Blanco... miro la hora y pienso que he quedado para comer con mis viejos antes de irme mañana a Galicia a unas conferencias... tengo que llamarles... decirles que no puedo, que me siento mal... *voy un momento a la oficina*... Blanco... por fin encontramos a Gerard en un garito de Chueca... le hemos pillado algo para seguir de pie y nos quedamos a tomar una copa con él y sus dos colegas... tanto House me está poniendo nervioso... Borja dice que tiene que irse... ha quedado con María... *tío, no me dejes ahora*, digo completamente angustiado... *zi no voy, me mata. Vente con nozotroz, hemoz quedado para ir al cine*... al final me quedo... Blanco... Gerard está poniendo a parir a Luisín y a sus amigos... Blanco... me levanto con la nariz reseca y llena de costras... la almohada salpicada de sangre... estiro el brazo para coger la botella de agua... me incorporo... voy al baño... me entran arcadas... me cuesta vomitar... bilis... me escuece la nariz, joder... levanto las persianas... tengo que hacer maletas... rápido... me voy de viaje hoy mismo... pestañeo varias veces para acostumbrarse a la luz... las sábanas están askerosas... lo de Tino o yo qué sé... Blanco... me voy duchando... rápido... ¿qué hora es?... las diez, me muero de ganas de dormir pero si no no llego... a la habitación otra vez... los vaqueros de ayer, da igual... rápido... me pongo los primeros calzoncillos limpios que encuentro... me siento en la cama... huelo un calcetín... no encuentro su pareja... un agujero, pero quién coño se va a fijar... otro de otro color que no canta demasiado... Blanco... la maleta ya la tengo hecha, sólo me queda el taxi... no me apetece irme... ¿por qué dije que sí?... a mí no me gusta dar charlas... no has debido salir, gilipollas, te han sentado mal los tiros... la zarpa de Gerard... rápido... me lavo los dientes y me miro un momento al espejo... tengo acidez de estómago... me queman las entrañas... ¡y qué pinta tan askerosa!... ¡DRING!... ¡DRING!... el puto telefonillo... *ahora mismo bajo*... paso un momento por el despacho... rápido... ojeo los libros en las baldas... cuál me llevo... Celine... coño, la billetera... encima de la mesa... el ascensor... fuera, el taxi espera en segunda fila... meto la bolsa en el maletero... le digo que a salidas nacionales... rápido... miro por la ventanilla... me gustaría conocer mejor el barrio y pasearme pero no tengo tiempo, cojones... Blanco... el tequi me deja en Barajas... una pantalla de televisión con las salidas... voy a los mostradores... rápido... Iberia... justo a tiempo... *¿El billete, por favor?*... me quedo en blanco... sudores... ¡¡¡MIS NOTAS PARA LA CONFERENCIA!!! ¡¡¡ME LAS HE DEJADO EN CASA!!! ¡¡¡GILIPOLLAS!!! *El billete por favor*... agarro la bolsa, *lo siento, me he olvidado algo, vuelvo en seguida*... me zampo un sándwich de jamón en una cafetería... mi estómago parece que aguanta... me tranquilizo mirando a la gente... por el hilo musical suenan los Recuerdos de la Alhambra, la coca-cola me ayuda... la puta acidez... me dedico a fichar gente... mucho hombre de negocios y alguna tía que no está mal... enfrente ese catalán con su hijo... le enseña el *Diari Sport*... cómo molan los aeropuertos... todo el mundo se va y yo me quedo... tengo que hablar con mi hermana... que les llame... y que les diga que estoy enfermo, joder...

18

—¿Dónde coño estará ahora esta mujer? —dice Duarte colgando su chaqueta del respaldo de una silla del comedor—. Espera, que bajo el toldo o no vamos a ver nada. —Le da a la manivela y el toldo a rayas oscurece progresivamente la habitación—. ¿Quieres beber algo? Quedan unas Coronitas...
—Bueno.
Duarte vuelve de la cocina con las dos cervezas y se acerca al contestador donde parpadea una lucecita verde.
 '*—Hola, Paloma, soy Manolín, no vas a creerte lo que me ha ocurri...*'
Bip. Lo apaga.
—Venga, vamos a poner eso —dándole un trago a la birra. Y ya está agachándose cuando, coño..., el móvil otra vez. Va a la chaqueta—. Ah, eres tú, ¿dónde coño andas?... Que sí, que sí, que ya me lo has dicho... ¡Ni hablar! Que no ocho mil, ¿me oyes? No tengo yo una raqueta de ésas y no veo por qué... Vale, vale... Estoy en casa con Pacheco viendo una cosa... Mira, dile a esa cría lo que quieras, yo no puedo ahora... Y no te olvides que tiene dentista a las seis... que sí, un beso, chao... joder...
Pacheco ya se ha quitado el jersey que le ha robado a Roni esta mañana y se ha sentado en el sofá. Duarte pone el vídeo y empieza a buscar la imagen. Después

de las bandas de colores aparece el plano medio de una terraza y en la derecha, abajo, la fecha y la hora: 14.12. La imagen tiembla un poco pero se ve bastante bien. No hay sonido. El cámara está jugando con el zoom entre los ficus, acercándose y alejándose de las dos persianas que ocupan el largo de la terraza. Alguien levanta las persianas, aparta los visillos, abre la puerta corredera, y sale Ordallaba a la terraza. Se le ve perfectamente. En vaqueros, con una camisa remangada hasta los codos y una botella de plástico en la mano con la que ahora riega las plantas.

—Lo han filmado desde el edificio de enfrente. Un piso más arriba. Quizá dos pero no más.

El zoom se ha acercado y busca un primer plano de Ordallaba. El hombre sigue con las plantas y menea la cabeza sonriendo como si hubiera tenido un pensamiento que le hiciera mucha gracia. Luego se da media vuelta y entra. A través de los visillos se ve su silueta afanándose en el estudio. De repente va hacia el fondo. Ha debido de abrir la puerta y ahora ha entrado alguien más en la habitación.

—¿Es Álex?
—Ni idea.

Pasan unos momentos. La cámara cubre ahora los dos ventanales. Otra vez movimiento y el Ordallaba vuelve a la puerta.

—Coño, otro más...

Ordallaba se dirige hacia la barra americana, al fondo de la habitación, mientras el recién llegado descorre los visillos...

—¿Es ése? —pregunta Duarte volviéndose hacia su compañero, que está inclinado hacia delante, muy tenso.

Álex —en vaqueros, con una camiseta roja ceñida y una visera negra— sale a la terraza y otra vez el zoom: se enciende un pitillo evitando mirar hacia la cámara.

—Sabe que le están filmando —dice Duarte—. ¿Quién coño será el otro...?

El otro sigue inmóvil, de pie en mitad de la habitación. La cámara enfoca el espacio que han descubierto los visillos, que es lo bastante grande para que con otro zoom se vea casi la totalidad del sofá negro, y de repente enfoca bruscamente a la persona que sale —Ordallaba otra vez— con dos vasos de champán. Le tiende uno a Álex, riéndose con familiaridad y poniéndole una mano en el hombro. El Álex se esconde detrás de la visera. Vuelven a entrar, y ahora los tres se van hacia la derecha, donde los sillones, y las siluetas de Ordallaba y Álex se juntan, pueden estar sobándose. Luego Ordallaba se levanta y parece que tiende la mano al otro y se lo lleva al sofá. El cámara amplía el zoom a lo bestia, interesado exclusivamente en Ordallaba, que se ha sentado al borde del sofá y empieza a desabrochar los vaqueros al tío, a quien se ve de perfil, del pecho hasta las rodillas. Primer plano de Ordallaba bajando un slip a rayas y abalanzándose sobre el rabo.

—Echa atrás, quiero verle mejor —dice Pacheco.

Duarte rebobina un momento y le da a la pausa, pero no hay manera. Sólo se le ve de cuello abajo. Es un tío delgado, moreno, imberbe.

—Yo diría uno setenta ¿no? Es bastante pequeño.

Duarte quita la pausa y el zoom vuelve al primer plano de Ordallaba que está lamiendo el miembro y ahora se lo mete todo, levantando la vista.

—Todo un profesional —murmura Pacheco reniflando.

—¡Coño!

El chico ha hecho un movimiento brusco y ha lanzado un rodillazo que le engancha la barbilla a Ordallaba. El plano se amplía y se ve al tío de espaldas que se sube un momento los pantalones antes de abalanzarse sobre el productor en el suelo. Duarte se acerca a la tele.

—Tiene una navaja en la izquierda.

Al fondo se ve a Álex corriendo hacia la puerta... se corta todo. Negro. Y quedan un momento callados. Luego:

—Venga, vamos. Hay que cursar una orden de detención y quiero ver fichas de chaperos que respondan a esas características.

Y oscurece cuando después de haber pasado por Pontejos y por Plaza de Castilla llegan al famoso chalet en Arturo Soria. Buenas tardes, si no son ustedes habituales tengo que explicarles las normas..., dice el gorila trajeado de la puerta. Pacheco, que es casi tan grande como él, le pone la placa delante de las narices. Policía, quite de en medio. Y en el tiempo que el machaka echa atrás la cabeza para mirar la placa, Duarte ya le ha apartado para pasar y Pacheco entra tras él. ¡Ey! El machaka les sigue indeciso mientras apresuran el paso a través de un jardín bien cuidado e iluminado por unos focos colocados estratégicamente donde al borde de una piscina circular hay dos chicas sentadas en unos sillones de mimbre y algo ligeras de ropa para la hora que es y un poco más allá otra baila con un cliente un *slow* muy apretado al son de *Still loving you* de Scorpions. Las dos chicas se les quedan mirando mientras se dirigen a grandes zancos hacia la puerta corredera entreabierta. Dentro del bar, ven a Sepúlveda andando con las manos enlazadas detrás de la espalda, y un coletudo con un niki morado y pantalones rajados que está sentado en una esquina hace amago de irse pero se vuelve a sentar.

—¿Les importa si pasamos?

—Desde luego que no, inspector Duarte —dice Bárbara apareciendo en ese momento en una puerta junto a la barra: detrás de ella se ve un recibidor con paredes de espejo—. No pasa nada, Gonzalo —le indica al machaka, que entra tras ellos interrogando a su jefa con la mirada.

El machaka asiente y vuelve a salir. Duarte mira a Sepúlveda, que se ha parado en mitad de la habitación. El tío sigue con los botines del Rastro y la camisa por fuera del pantalón.

—Buenas tardes, no esperaba encontrármelo aquí.

—Yo tampoco.

—Éste es el inspector Pacheco, del grupo de Homicidios. El señor Sepúlveda, la señorita Moon y...

—Juan, nuestro camarero —se apresura a decir Bárbara y el del niki asiente y le da un sorbo al whisky doble que reposa en la mesilla de cristal delante suyo—. Encantada —añade Bárbara dirigiéndose a la barra con una sonrisa—. Siento que hayáis venido un lunes, no es un día muy animado... ¿Queréis tomar algo? Juan...

—No, gracias —Duarte se vuelve hacia Sepúlveda—. Me alegro de verle, porque acabamos de enterarnos de ciertos negocios que creo que le incumben...

—¿Ah, sí?, qué curioso.

—Sí, fíjese por dónde —sigue, sin dejarse avasallar por el tono corrosivo de Sepúlveda—, acabamos de visitar la casa de un conocido de ustedes, Rodrigo del Fresno, que si no me equivoco trabaja para su productora...

—Trabajaba.

Pacheco, viendo que las dos del jardín les miran, cierra la puerta corredera y corre las cortinas.

—Hace por lo menos un mes que no lo hemos visto —matiza Bárbara suavizando el tono cortante del viejo.

—«Qué curioso», justamente hace un mes. ¿Antes o después del veinticuatro de septiembre?

—Yo creo que antes —Sepúlveda, muy tranquilo.

—¿Mucho antes?

—No me acuerdo. Bárbara, ¿cuándo fue el último rodaje en que participó éste?

Bárbara se acerca a una mesita, coge su bolso y saca su agenda. Vamos a ver... creo que puede ser el doce. Y vuelve a mirarles con la misma sonrisa complaciente al tiempo que deja la agenda en su sitio y se arregla el pañuelo Hermes que lleva al cuello.

—¿Está segura?

—Segurísima —contesta Bárbara mirando a Duarte.

—Yo... —empieza el joven.

—Usted quédese donde está —ordena Duarte extendiendo el brazo en su dirección. El otro se encoge de hombros y se deja caer en el sillón. Y en eso suena un timbre, y al poco se abre la puerta junto a la barra y el machaka asoma la jeta.

—Han llegado los señores...

—Gonzalo, por favor, sal a la terraza y diles a las chicas que se los lleven arriba, que estoy ocupada —le interrumpe Bárbara. Fuera se oyen risas y alguien calla a Jimmy Cliff y sus *many rivers to cross*. Momentos después las chicas bromean en el recibidor con los clientes.

—Le hacemos gracia, ¿eh? —observa Duarte viendo que el viejo sonríe en plan irónico.

—Muchísima. —Sepúlveda levanta la cabeza para mirarle con insolencia.

—¿Ah, sí? Pues no le va a hacer tanta gracia cuando le acusen del asesinato de Francisco Ordallaba.

—...

—Veo que eso no le quita el sueño —continúa Duarte irritado—. Pues debería. Acabamos de encontrar en el domicilio de esta persona que trabajaba hace un mes para usted un vídeo que filma los últimos momentos de Ordallaba. ¿Le sigue haciendo gracia?

—Mucha —suelta Sepúlveda acercándose a la barra y dándole un trago corto a un vaso de whisky—. ¿Dónde dice que ha encontrado ese vídeo?

—En casa del tal Del Fresno —interviene Pacheco, que se ha acercado. Y señala la rejilla del conducto de aire acondicionado.

—Ya...

—¿No lo habrá estado buscando usted, por casualidad?

—¿Yo? ¿Por qué cree usted que puedo estar interesado en ese vídeo?

Otra vez el timbre, y otra vez el machaka.

—Señora...

—Si me disculpan un momento...

Duarte asiente y Bárbara sale sin mirarles.

—Entonces, lo estaba buscando —insiste Duarte.

Sepúlveda hace que no con la cabeza.

—Y no sabe dónde está este Del Fresno, me imagino.

—Bueno, puede estar en el Amazonas, en Ruanda, quizá en la Antártida, quién sabe...

—Es curioso cómo le gusta viajar a la gente —comenta Duarte mirando al joven de la esquina que se está acariciando un labio hinchado como si le hubieran golpeado no hace mucho.

Ahí entra otra vez la Bárbara Moon.

—Entonces, ninguno de ustedes tiene nada que contarnos —continúa Duarte mirando a uno y luego al otro.

—...

—Miren, les voy a explicar la situación. El dueño de la sauna El Armario ha declarado haber recibido diez millones de pesetas del desaparecido Del Fresno para ayudarle a filmar la muerte de Ordallaba. Eso y el dossier sobre sus negocios con Caballo Salvaje que se encontró en el despacho de la víctima son pruebas más que suficientes para hacerle firmar una orden de detención al juez de instrucción de este caso...

—Yo no he matado a nadie.

—No usted. El chico que contrató.

—Tampoco.

—Ustedes verán lo que hacen. Están en una posición muy delicada. Y no sé si se están dando cuenta de los riesgos que implica obstruir la investigación de un asesinato. Se están jugando unos cuantos años de cárcel.

—Mira, Txetxu —Bárbara le dirige una mirada impaciente a Sepúlveda—, me parece que ya es hora de aclarar todo este asunto...

—Aclarálo tú, si quieres... —gruñe el viejo que aparta con una mano la cortina y se queda mirando el jardín iluminado.

Duarte mira a Bárbara, que a su vez mira al del labio hinchado.

—Creo que es mejor que pasemos todos a la oficina. Vente con nosotros tú también, Rodrigo.

Momentos después Duarte sube la intensidad de la lámpara halógena que Bárbara ha encendido al entrar en la oficina y pregunta quién empieza.

—Me cago en la puta... —murmura Del Fresno, que

se ha apoyado contra la mesa, tocándose el labio hinchado con una mueca exagerada. Bárbara, a su lado, permanece cruzada de brazos y piernas. Y el viejo se ha sentado en el sillón de la esquina y a ratos mueve los dedos sobre su rodilla, como si tocara un piano, cinco-cuatro-tres-dos, cinco-cuatro-tres-dos...

—¿Y bien? —dice Duarte, que ahora apoya las manos en la cadera, la chaqueta abierta, muy mosqueado.

Pacheco se ha echado a un lado y está ojeando el lomo de los vídeos en la estanterías: *Presa fácil, Tetas fuera, Lolita de amor, Desayuno con porras*. Fuera, alguien vuelve a llamar al timbre.

—El machaka y el Plácido, joder... me los encontré revolviendo mi keli y me vine aquí a pedir explicaciones, hostias... eso es todo...

—Algo más habrá —dice Sepúlveda dirigiéndole una mirada desdeñosa.

—Pues dímelo tú, porque yo no lo entiendo. Nunca había dicho que no te fuera a dar el vídeo, hostias. Te dije que te lo daba pero en cuanto me pagaras. Joder, no era como para ponerse así. —Y se vuelve hacia Duarte para explicar—: El Sepul que quería que le diera un vídeo sin pagarme, y eso no es legal, ¿no, tronco?

—Una rata hasta el final —murmura Sepúlveda.

—¿Qué hostias dices, cabronazo? —salta Del Fresno volviéndose—. A ver si te mueres de una vez y dejas de joder la marrana...

—Basta ya, Rodrigo —interviene Bárbara, gélida.

—Bueno —Duarte asiente un par de veces con satisfacción viendo que el careo funciona—. Así que este señor te debe dinero...

Un inicio de carcajada deforma la cara de Sepúlveda y Bárbara le dirige una mirada a Del Fresno, que se lo piensa.

—Bueno, ya que estamos en esto, podríamos intentar arreglarlo por las buenas... —dice sonriendo con ojillos de pícaro—. Joder, si aquí todos somos amigos y yo sólo le he pedido unas pelillas al Sepul...

—Eso se llama chantaje —precisa Sepúlveda, nada dispuesto a entrar en el juego.

—Bueno, chantaje, chantaje, eso son palabras muy fuertes, Sepul, tú me debes pelas y yo te las pido, es la cosa más natural del mundo...

—No precisas las condiciones.

—Bueno, eso ya es agua pasada, joder...

—No sé si estos señores estarán de acuerdo.

—Pues me parece que están ustedes olvidando un detalle —esto Duarte—. No estamos hablando de dinero sino de asesinato. Sabemos que ustedes organizaron el encuentro de Ordallaba con un masajista de El Armario y otra persona que van a decirme ahora mismo quién...

—El otro no, amigo —se adelanta Del Fresno negando con el dedo.

—¿Cómo que el otro no?

—Lo que oyes —muy sincero—, que el otro no estaba en el programa. Yo tenía comprado al de siempre, y aparece este mamón... ¡un puto sicópata!, yo creía que ésos sólo aparecían en las películas. Vamos, que a poco no me muero de la taquicardia, me cagüental...

—¿En qué piso estabas? —pregunta Pacheco.

Los otros se vuelven hacia él, es la primera vez que interviene.

—En el octavo de la casa de enfrente —contesta Del Fresno.

—¿Cómo conseguiste entrar?

—Muy fácil. Un millón por un par de tardes fuera con el pretexto de un rodaje.

—¿Y la cámara...? —Pacheco no le quita el ojo de encima.

—Ah, la cámara. Una Sony DCR-PC10E, una handycam pequeñita maravillosa, una preciosidad que el Gordo y su puta madre me han estropeado, joder. Tiene un zoom impresionante. Puedes filmar a una pareja besándose a doscientos metros y es como si estuvieras a un palmo de sus narices.

—¿Qué pasó después?

—¿Que qué pasó?, ¿y tú qué crees?, que me las piré como pude...
—¿No te vio nadie?
—No.
—¿Y el portero?
—Estaría comiendo a esas horas, yo qué sé...
—Y llamaste a la policía desde una cabina...
—¿Yo?, ¿a la bofia? Qué va, me pasé la tarde dando vueltas en keli, joder... Y luego el Sepul que no quiere pagarme y que encima me envía al Placi y al otro para destrozarme la casa... ¡con todo lo que me he mojado por él! Yo, que llevo todos estos años trabajando como un negro para ganar cuatro perras mientras él se forra con mis películas, que son la hostia, ¡si hasta me ha felicitado Mario Salieri, joder!... Y el cabrón que termina haciéndome filmar un puto asesinato...
—No es lo que parece —dice Sepúlveda.
—¿Y qué es lo que parece?
—No es lo que parece —repite, y queda un momento con la mirada perdida en su propio reflejo en el ventanal—. Yo sabía que Ordallaba preparaba ese dossier. Me iba a hundir, y yo... —le tiembla la voz—, quise evitarlo, eso es todo... Intenté neutralizarlo con este vídeo, es cierto, pero no tengo nada que ver con ese... con ese animal que entró en el último momento... Juro que no tengo ni idea de quién ha podido ser...
—Eso lo averiguaremos —dice Duarte—. Por el momento, señores, les voy a tener que rogar a los tres que me acompañen a la Brigada a firmar sus declaraciones. Y a ti —se vuelve hacia Del Fresno— te va a tocar pasarte la tarde viendo fichas, a ver si eres buen fisonomista.

19

Salgo del coche enfrente del antiguo But y ¿qué me pasa?, no lo entiendo, otra vez tengo bajones y eso que desde que me dio el yuyu una noche no me he vuelto a comer una pastilla, aunque es verdad que los días que cerramos no consigo quedarme en casa y acabo yendo un ratito al Bombazo a ver a Josemi y casi siempre me topo con Borja allí y se lía la noche. Debe de ser la primavera que me descentra, estoy con alergias por el puto polen y sobrevivo a base de Ventolín y de gotas para la nariz. No consigo leer, no tengo apetito y soy incapaz de quedarme sentado viendo la tele. Y menos escribir. Lo único que me calma es la música. Pero la muy zorra de la negra ha venido tres veces y el propietario me ha enviado una carta diciendo que si sigue recibiendo protestas de los vecinos va a tener que pedirme muy encarecidamente que me digne a abandonar la vivienda. Con lo cual, entre una cosa y otra me agobia estar en casa y no puedo esperar a que llegue la noche. Así pasan los días y si no fuera porque mi cuenta corriente está tocando fondo ni habría pensado en llamar a este hombre. En fin, aquí estoy pasando delante de las puertas cerradas de Pachá y unas callejuelas más allá me cruzo con un borracho barbudo que no deja de farfullar y que cada vez que pasa alguien levanta el tetrabrick de Don Simón y berrea: ¡BEBED Y EL DIABLO SE ENCARGARÁ DEL RESTO! Las dos abuelitas de-

lante de mí aceleran el paso y yo miro los números de la calle, y un par de portales más allá llamo al telefonillo.
'—¿Sí?'
—Soy yo, abre.
'—Sube, es el cuarto.'
En el rellano del cuarto me paro un momento recuperando el aliento, empujo la puerta, que está abierta, y entro en un piso reformado donde han tirado todos los tabiques para hacer una pieza enorme, de ciento cincuenta metros cuadrados, con una escalera de metal que caracolea hasta la mezzanina. Suena una canción de NOFX y al fondo me encuentro a Ramón que hoy va con una camiseta de Canal Plus y lleva barbita de tres días regando las plantas en una terraza cubierta.
—Siéntate, anda —dice estrechándome la mano. Yo pillo una silla y al poco vuelve con dos latas de cocacola—. Bueno, tú dirás —se sienta cruzando las piernas y mirándome con atención.
—Nada, mira, lo de González...
—Ya está olvidado, no te preocupes. Estas cosas son así. Yo no sé qué es lo que harás en adelante, pero González es un buen tío, y no es mal director. Iba de muy buena fe, ya os lo dije el primer día. Yo, si te digo la verdad, sentí desde el principio que aquello no encajaba. Pero aunque hubiéramos acabado a hostias, igual hubiéramos hecho una buena película. Quién sabe. Con una distribución a nivel de pequeñas salas, podíamos haber conseguido un éxito a lo Clerks. No era una mala apuesta desde el punto de vista de producción. Pero lo que está destinado a fracasar... Eso sí, no fue muy bonita la manera que tuviste de terminarlo todo, ese telefonazo tan cortante...
—Sí —admito—. No lo hice con las mejores...
—Sobre todo cuando ya habíamos enviado el guión a Canal Plus, Televisión Española y nos habían dejado la casa en Barquillo para la productora...
—Eso era un poco a lo que venía —le corto: no he venido aquí a que me dé la brasa, joder—, ¿sabes al-

guien que pudiera encajar con el estilo de guiones que yo escribo?

Él me mira durante un momento y le da un sorbo a su lata.

—Mira, ahora que las cosas han acabado, te puedo decir que hubo a mucha gente a la que no gustó el guión. No sé, inténtalo tú, como Paul Auster, te buscas un director y te lo haces...

—Claro.

Ramón empieza a impacientarse y yo me levanto y digo que mejor me voy y que cuando quiera se pase a tomar una copa por el bar, que estamos aquí al lado. El tío me acompaña a la puerta y ya estoy bajando por la escalera cuando se asoma por el hueco de la escalera:

—¡Ah, y me comentó Quim a ver si podías devolverle el jersey amarillo que te llevaste a la salida de la famosa reunión, que es de su mujer!

Yo digo que sí y me bajo pensando a quién coño le habré regalado el puñetero jersey. En la calle ya resoplo, miro el reloj, me meto en un bar de tapas de ahí cerca para matar el tiempo con una caña, y en cuanto llega la hora de abrir el Sonko Armando me encuentra esperando en la puerta. Le digo que me ponga una copa y me apalanco en uno de los taburetes. Al poco alguien me dice hola y me vuelvo para ver a Gerard que hoy va con una camiseta blanca de Charro y unos vaqueros negros, muy pulcro, como siempre.

—Ey, qué pasa.

—¿Te ha dicho Borja que vengas? —pregunta Armando mirándole raro al ver que el otro se mete en la barra.

—Sí, claro.

Y mientras Armando cuenta las tarjetas veo que Gerard empieza a controlar todo y me imagino lo que está pensando: la barra está hecha una mierda, hay botellas a ras de suelo, y el día que nos toque inspección nos va a caer una multa del cojón. Momentos después aparece la Gorda, que se queda parada un momento antes de abalanzarse hacia la barra hecha una furia.

—¡TÚ, ¿QUIÉN ERES?!
—Yo, Gerard.
—¿Y QUÉ HACES AQUÍ?
—Me ha dicho Borja que viniera hoy.

Yo me empiezo a descojonar y Armando se acerca a poner paz.

—¡PUES TE HA DICHO MAL! ¡FUERA! ¡ÉSTE ES EL BAR DE GUSTAVO! —dice Virginia sin mirarme. Y se mete en la barra.

—Virginia, tía... —empieza Armando.
—Y TÚ, DEJA DE JUGAR A TODAS LAS BANDAS. HE LLAMADO A GUSTAVO Y ME HA DICHO QUE VENGA, QUE HOY TRABAJO YO. LLÁMALE, SI QUIERES.

Acaba de acercarse un chaval y Virginia se lanza a atenderle. Yo me encojo de hombros, así que Gerard sale fuera y se sienta en una banqueta a esperar hasta que Borja aparece un cuarto de hora después, todo engominado.

—¿Qué hacez aquí? Coño —me dice—, ¿qué hace ezta tía ahí?
—Yo no sé, tío, el bar es tuyo.
—QUE HOY TRABAJO —aclara Virginia.
—Armando, ¿qué te había dicho?
—ESCUCHA, BORJA —Virginia se encara con Borja—, GUSTAVO HA DICHO QUE HOY TRABAJO YO.
—Aquí el que manda zoy yo —dice Borja tan serio que da risa—. Virginia, hoy no vaz a cobrar ni un duro. Yo que tú me iba.
—Yo no me voy.
—Gerard, métete —dice Borja. Ya para entonces Virginia ha empezado a derretirse—. Virginia. Zi te quedaz te vamoz a putear mucho. Ez mejor que te vayaz.
—Pero Borja —suplica la gorda—. Yo necesito este dinero y lo sabes. Tengo que ayudar con dinero en casa. De verdad...

—Virginia, vete, por favor.
—¡DE ÉSTA TE VAS A ACORDAR! —chilla agarrando su cazadora.

Cuando llega Jaime nos encuentra a mí y a Borja sentados a la barra delante de una copa y se acerca a comernos la oreja con que no nos vamos a creer lo que le ha ocurrido y que hostia, yendo con los cucarachos se han cruzado con unos skins, tres o cuatro colgaos que les han empezado a seguir insultándoles con que son una deshonra para la raza blanca. Jaime les ha intentado explicar que aunque van vestidos diferentes pueden estar de acuerdo en muchos temas. Y los skins que al final ya le gritaban que dejara de comerles la cabeza, que se fuera de una puta vez.

—Y mientras nos vamos veo que otro sale de un Ford Fiesta con un machete... ¡Os lo juro, un bicho así de medio metro!, díselo tú, Natalia. —Natalia asiente, aburrida.

—Jaime, te prezento a Gerard, va a trabajar con nozotroz en adelante.

—Ah, hola, Gerard —Jaime le tiende la mano por encima de la barra—. ¿Pasa algo, que os veo un poco apagados?

—Qué va —me río y le doy un sorbo a la copa viendo cómo Borja me dirige una mirada asesina.

—Jaime, tengo que hablar contigo. ¿Te importa que pazemoz un momento a la oficina?

A Jaime esto le sienta como el culo.

—Espérame aquí, Natalia.

—Vente tú también, que ezto también ez coza tuya —me dice éste.

Así que, me levanto encogiéndome de hombros, y en cuanto entramos en la oficina cierro la puerta. Venga, soltadlo ya, dice Jaime. Borja apoya las manos sobre las caderas, muy serio. Yo entretanto me pongo un tirito y me hago un turulo con los impresos del Ministerio de Cultura que ha traído Sebas la semana pasada diciendo que sería genial que consiguiéramos escribir otro guión, que él está dispuesto a montar una productora, que se ha informado y ha conseguido los papeles para que les echemos un vistazo.

—Mira, Jaime —empieza Borja—. Lo ziento pero hay que reducir perzonal. Yo te mantendría pero Guztavo no quiere y no puedo hacer nada.

—Ya —dice Jaime, de pie y con los brazos cruzados.

—Hoy ez el último día que trabajaz.

—Vale, tranquilo, Borja. No pasa nada. Mira, ya estaba un poco cansado. Te juro que en Telefónica, donde curro, me comen menos la cabeza. Prefiero que nos llevemos bien a que por un puto bar tengamos que joderlo todo.

—Lo ziento, Jaime.

—¿Me quedo hoy, por lo menos?

—Último día.

—¿Quieres un tiro, Jaime?

—No, gracias.

Y sale. Yo me como mi tiro y en seguida me da el rollo empático y salgo a charlar con el tío y él y con su novia y le digo que de todas maneras se pase cuando quiera, que tendrá todas las copas del mundo y que traiga a sus amigos, que me caen de puta madre. Jaime va asintiendo y al cabo de un rato viendo que este BMW verde metalizado se para en segunda fila dice me cago en la puta, el que faltaba. Como se cantee hoy, le parto la cara, os juro que le parto la cara. Es que me pone negro. Al principio pensaba que era el típico pijo gilipollas. Luego me he dado cuenta de que de tonto no tiene un pelo, o mejor sí, es un tonto listo. Como me lo encuentre un día y me toque los huevos, lo descuartizo, vamos. Yo me meto rápido hacia el fondo y desde allí veo cómo el Gustavo, que trae una carpeta bajo el brazo, se acerca a la barra a saludar a Armando y a su novia y luego se va hacia Borja y María. Que esté María le corta un poco y por un momento gasta conversación y sonrisitas mientras Borja me busca con la mirada y me hace seña de que me acerque, qué coñazo.

Gustavo es el primero en pasar a la oficina y se que-

da un momento mirando sus fotos mutiladas en la pared.
—Bueno, aquí hay que hacer algo —dice.
—A ver, a ver, Guztavo, ya he hablado con Jaime. ¿Qué ez lo que paza ahora?
—¿Que qué es lo que pasa...? —Gustavo no puede creerlo. Cierra el puño y golpea la puerta con mucha mala hostia.
—Ezcucha Gustavo. La puerta no tiene ninguna culpa. Ézaz no zon formaz. Vamoz a hablar como perzonaz civilizadaz y...
—Lo siento. ¡Lo siento, lo siento, LO SIEEENTO...!
—Gustavo... —digo.
—Escucha —continúa el hombre, controlándose—. Os lo dije el mes pasado y lo dije el anterior y el anterior también. Si no había beneficios íbamos a cambiar de política. Hace siete puñeteros meses que me estás vacilando.
—Pero Guztavo...
—¡Habíamos quedado en que despedíamos al portero Y AL PINCHA! ¡Son gastos prescindibles!
—Hemoz dezpedido a Virginia...
—¡Nooo, a Virginia no!, ¡lo dice el contrato!
Otra vez cierra el puño. En una de éstas le aplasta la nariz al Borja, ya verás.
—Guztavo, ezcúchame, no eztáz ziendo lógico...
—¡Esto se ha acabado! ¡Se ha acabado! ¡Porque el que pone el dinero cuando hay pérdidas...!
—Erez tú, ya lo zabemos.
—Bueno, pues entonces —dice Gustavo sacando un papel de su carpeta—. Lo que vamos a hacer es, ahora que habéis pagado, firmar el contrato para regularizarlo todo de una vez.
—Ezo, Gustavo, no lo vamoz a firmar.
—¿Cómo que no?
—Puez que ezo no ez un contrato ni ez nada. Hemoz hecho un trato bazado en la confianza.
—Borja, Borja, Borja... —Gustavo abanica el aire con su contrato—. Esto ya lo hemos hablado y ya has

dicho que sí. Has leído el contrato, lo hemos discutido...
—Ezcucha Guztavo...
—¿Cómo que escuche? ¿Tú has leído el contrato?
—Pero ez que éza no ez la cueztión.
—¿Cómo que no?
—Guztavo...
—¿Tú también has leído el contrato, verdad? ¡Pues si lo habéis leído y habéis dicho que sí, LO FIRMÁIS!
Hala, nuevo hostión a la puerta.
—¿Quierez que firmemoz un contrato? ¿Quierez que lo firmemoz? —Borja se va calentando—. Muy bien. Vamoz a firmar un contrato, pero un contrato de verdad, no eza mierda. Cédenoz el jodido bar.
—Borja, ¿tú cuando te llamé y te di el contrato...?
—No, no, no me cuentez tuz hiztoriaz.
—El contrato...
—Que no hay contrato, Guztavo. No lo vamoz a firmar.
Gustavo nos mira y de repente se tranquiliza.
—Está bien. Pero tened cuidado.
—¿Ezo qué ez? ¿Una amenaza tío?
—Mira, Borja. Este fin de semana le dices a Roberto que venga dos horas, y la semana que viene le despides.
—Muy bien, ¿y por qué no recortamoz tu zueldo, por ejemplo?
Gustavo, que ya ha abierto la puerta, se para y lo piensa un momento.
—Está bien —concede—. Pero también recortamos el tuyo. Recorte de gastos en todo... —Y da un portazo.
—Ez impozible. Ezte hijodeputa —dice Borja, que se ha puesto pálido.
—Mira, yo no pinto nada aquí...
—¿Bromeaz o qué? Eztoy yo zolo y me da de hoztiaz directamente. Y tío, podíaz ayudar un poco maz en vez de quedarte callado como una puta.
Yo me lo quedo mirando, y él menea la cabeza y engancha su parka de encima de la mesa diciendo te

importa quedarte hoy, que voy a irme con María. Ezte cabrón me ha malrollado. Claro, claro, y abro ya la puerta.

El resto de la noche es un coñazo y después de pasarme casi todo el tiempo metido en la pecera con Roberto nos apalancamos con la última copa en la barra donde Teresa ha empezado a discutir con Armando: Que te he dicho que no los voy a lavar, que ya he hecho todo lo que tenía que hacer, y desde luego más de lo que hubieran hecho Arantxa o Virginia. Armando se limita a encogerse de hombros y señala la colección de vasos que Iñaki ha estado recogiendo a última hora y que están todavía encima de la barra.

—Venga, a recoger como todos —murmuro, cansado.

—Escucha, Teresa, te toca lavarlos —dice Armando—. Yo no se lo puedo decir a Gerard, que está barriendo abajo.

—Que no, que yo ya he terminado. A mí Borja me paga por currar hasta las cuatro.

—Tienes que lavarlos.

—Venga ya, a trabajar, coño, que son diez vasos —remacha Iñaki golpeando la barra con cara de pocos amigos.

—Que no —gime Teresa buscando algún apoyo con la mirada pero hoy no queda nadie más—, que para eso teníais que haberlos recogido antes...

—Escucha, no los he recogido antes porque me he metido en tu barra a ayudarte, ¿te enteras?, porque con lo lenta que vas, no me meto y no terminamos nunca. Y no puedo estar dentro y fuera al mismo tiempo...

—Venga, Teresa. Que si no lo haces tú, lo tendrá que hacer Gerard.

Teresa se vuelve hacia mí y yo digo, recógelos, hostias.

—¡Venga, cojones! —suelta Iñaki.

—Venga, Teresa, que no has barrido —el Armando ya está contando las invitaciones de la noche.

—Que no, que esto es injusto —protesta Teresa, que está ya a punto de soltar el moco.

—Jodida pija —suelta Iñaki, y empieza a meter los vasos en el fregadero—. Vete ya, anda.

Teresa nos mira una última vez a Roberto y a mí, y en cuanto coge su chupa y se pira nos empezamos a descojonar todos hasta que Gerard aparece por la escalera, fregona en mano, preguntando que qué pasa. Le decimos que nada, y el tío, que no sonríe ni patrás, dice que si ya no le necesitamos se pira.

—Nos vemos.

—Hasta mañana —dice Armando.

—Bueno, ahora tertulia, ¿te quedas? —me pregunta Iñaki.

—Pues sí —digo.

A Roberto, que está especialmente inspirado, le da por las imitaciones. Cuando hace el Gustavo pone cara de mala hostia y agarra un papel imaginario con las dos manos —¡CONTRATO! ¡CONTRATO!— abriendo mucho los ojos y golpeando la barra. Luego de Borja, empieza a hacer aspavientos hablando super rápido y ceceando. Y cuando llega a mí se encoge de hombros —bueno, a mí me da igual, ¿un tirito?— y ahí soy yo el que me parto la polla.

—Menudos —dice Iñaki cuando paramos, yo ya con lágrimas en los ojos.

—Así se ha ido el bar al carajo —Armando—. Mirad, este bar es gafe, lo dice to el mundo. Nadie sabe por qué: está en una zona cojonuda y es grande pero... —Los otros le miramos y asentimos, muy serios—. ¿De todas maneras ya ver a to quisqui fumando porros y te das cuenta de que no somos nada serios. Lo primero que se hace en un bar si quieres que funcione bien es cortar eso...

Roberto saca un peta ya rulado del interior de su paquete de tabaco y lo enciendo sin dejar de asentir.

—Mientras nos paguen... —filosofa Iñaki.

—Eso digo yo. Borja me quiere quitar de encargado, sabes, pues que me quite y ponga al marica. A mí me da igual, mientras me paguen...

—Calla, no toques el tema.
—Pasa eso, ¿no, Roberto?
—Espera, coño —dice dándole una calada terrorífica antes de pasárselo a Iñaki.
—Escucha —me dice Armando—, yo sé dónde conseguir las bebidas mucho más baratas, sabes, y hasta se lo dije a Gustavo. Pero el tío es tan cabezota que se empeña en que no, que nuestras bodegas son las más baratas de Madrid. Y para qué hablar de sueldo. Yo todavía flipo cuando pienso que al principio Gustavo se llevaba trescientas, ¡así a ver quién saca beneficios!
—Es escandaloso que siga cobrando doscientas sin hacer nada —comenta Roberto.
—Bah, pasad, pasad... —tercia Iñaki.
—Hombre, hay que admitir que Borja ha hecho cosas —Armando se pone pelota—. Por ejemplo, quitarles sus botellas a los socios, que venían a pillarse la cogorza madre y a invitar a todos sus amigos, colega.
—Pues los amigos de Borja hacen lo mismo... —dice Iñaki
—Pero por lo menos curra. Está aquí todos los días —insiste Armando cogiendo el peta que le pasa el otro—. Y ha traído más gente de la que nunca ha habido. Antes, si me acuerdo yo un sábado a la una se quedaba esto vacío, colega. Tan pronto se te llenaba como te quedabas solo. Igual venía un grupo de veinte, tomaba su ronda de copas y a la media hora se abrían.
—Sí, pero los perillitas que se apalancan al fondo se tiran cuatro horas con una cerveza... —dice Roberto, las manos caídas sobre las rodillas.
—Mola, mola —comenta Iñaki con sonrisa boba y ojillos requetefumaos.
—Yo ya no puedo más, me voy —digo: esto levantándome con un esfuerzo.
—Venga, hasta luego. Nos vemos mañana.
—Hasta luego.
Me pongo la chupa y salgo a la calle que está desierta a esas horas. No me siento demasiado bien y me tambaleo unos metros hasta que me entran las arcadas

y echo la raba en el primer portal. Todavía las estoy echando cuando Roberto se me acerca preguntando estás bien. Sí, joder. Menudo pedo, chaval, comenta mirando el regalito que he dejado en el suelo. Ven, que te acerco a tu coche.

20

Duarte sale de un taxi que le deja en Pontejos y se apresura hasta la puerta de la Brigada donde Rosa le espera, muy tiesa en su gabardina color mostaza y con los brazos cruzados.

—Lo siento —dice inclinándose para darle dos besos—, vengo de Plaza Castilla. He estado persiguiendo a Valiente por los juzgados, ¿dónde vamos?

—Me parece que a estas horas va a ser casi imposible coger mesa en ningún sitio decente —dice Rosa, un poco molesta—. Habrá que ir a la cafetería.

Duarte se encoge de hombros y andan calle abajo hasta la cafetería donde cogen una mesa, junto a la ventana, y Rosa pliega con cuidado su gabardina dejándola en la silla de al lado.

—Bueno, qué les pongo —el camarero de siempre, el bigotudo, colocando el mantelito de papel, platos y cubiertos—. Hoy tengo paella, una merlucita muy rica, me la acaban de traer...

—Yo una ensalada sin aliñar, por favor.

—Muy bien —asiente el camarero—. ¿Y usted?

—A mí tráeme una chuleta con patatas...

—¿Algo de beber?

—Un botellín de agua, gracias.

—Cerveza.

—Muy bien, caballero.

—Lo siento, Rosa, de verdad. He tenido la mañana

complicada. He estado con Julia, que me puede haber localizado el Audi en un taller cerca de la Avenida de San Luis...

—Aquí tiene, una cervecita bien fresca para el caballero.

—Gracias. Lo habíamos descartado porque nos dijeron por teléfono que el golpe lo habían dado maniobrando en el propio taller. Un empleado. Pero ahora resulta... —Duarte termina media cerveza de un trago— que Julia se ha fijado en que uno de los chicos a los que se tomó declaración para el caso Sabino Romero, uno de los que hablaron con él en la discoteca la noche de su muerte, trabajaba en este mismo taller. Campuzano, no sé si te acuerdas.

—El que es hijo de policía.

—El otro, el de su barrio. Todavía no sabemos si sigue trabajando ahí. Puede ser una coincidencia. O no. En todo caso voy esta tarde con Pacheco. En cuanto abran —dice dando otro sorbo a su cerveza—. Joder, es que menuda semanita llevo. No he parado. He vuelto todos los días tarde y prácticamente no he visto a la niña. Estoy deseando que llegue el fin de semana...

—La ensaladita de la señora... Y el chuletón para el caballero. Que aproveche.

—Me alegro de que las cosas avancen —Rosa que mira no muy convencida su ensalada. Se lleva una rodaja de tomate a la boca y mastica con precaución.

—Sí, ha sido una semana productiva —asiente Duarte, que por su parte no le hace ascos a la chuleta—, tenemos ya muchas cosas. Sabemos que Sepúlveda le tendió una trampa a Ordallaba. Pero si lo que declaró es cierto, y nosotros creemos que sí, no había contado en absoluto con este chaval. El dueño de El Armario jura que envió a un solo masajista y por el vídeo es difícil decir si este masajista conocía o no al otro. Total, que no tenemos ni idea de quién puede ser este chaval ni de por qué ha aparecido ahí.

—Pues no tenéis más que preguntárselo al masajista... —sugiere Rosa dejando los cubiertos apoyados en el borde de su plato.

—Sí, bueno —Duarte se limpia la boca con la servilleta de papel—, es complicado. Resulta que ha desaparecido. Estaba en El Espinar, pero cuando llegaron los agentes ya se las había pirado. Valiente me ha firmado una orden de Busca y Captura, y estamos moviendo a confidentes, pero esto todavía puede tardar unos días, igual hasta semanas... —y resopla.

—A mí, por lo que me habéis contado, no veo otra cosa que homofobia pura.

—Puede ser. Pero el caso de Ordallaba me parece más complejo. Este chico tenía algo personal contra él...

—¿Un actor?

—Mira, la asistente de Ordallaba, una tal Marchand, nos ha facilitado las fotos de todos los actores jóvenes que han colaborado con la productora durante los últimos tres años. Estuvimos otra vez con el cámara ayer hasta las tantas. Pero coño, por muy pesado que se ponga Ramírez, este tío no ha visto más que nosotros. Tengo a Navarro haciendo lo mismo con actores de Sepúlveda, pero me da a mí que tampoco va a salir nada por ahí.

—¿Y qué dice la familia?

—Yo he hablado con la viuda. No tenía ni idea de la vida que llevaba su marido. Y además no coordina, está todo el día con tranquilizantes. Y el hijo hace dos años que vive en Nueva York o Miami, no me acuerdo. Se llevaba muy bien con el padre y siempre ha tenido todo el dinero del mundo a su alcance y no tiene ningún contacto con el ambiente gay. O sea, que hasta que no aparezca el amigo masajista, este Audi es lo único que tenemos y es cuando menos mosqueante, ¿no te parece?

Rosa se limita a encogerse de hombros.

—¿Estaba todo de su agrado? —pregunta el camarero.

—Sí, claro, muy bueno —sonríe Duarte.

—Si quieren alguna cosa más... ¿un postrecito casero?

—Gracias —dice Rosa ajustándose las gafas—. ¿Tienes tiempo para un café?

—Bueno, la verdad es que voy justito de tiempo. Quiero hablar con Ramírez. Oye, tráeme la cuenta, hazme el favor —al camarero.

Poco después Pacheco y Duarte pillan un coche K y pasan un momento por los futbolines de General Perón donde Pacheco se pone a hablar con un chavalín con mochila Reebok al hombro que está jugando a una de las maquinolas. Mientras espera, Duarte se echa un pitillo y ojea la declaración de Campuzano que le ha preparado Julia. ¿Algo?, pregunta cuando vuelve Pacheco. Nada de interés, no. ¿Adónde vamos ahora? Duarte saca el callejero y dice tira hacia Pinar de Chamartín. En nada ya están en Arturo Soria. Al final de la calle aparecen las torres del Pinar y aparcan en el cruce con la Avenida de San Luis, donde la sucursal de Caja Madrid. El taller está encajado entre la entrada de un garaje y una peluquería en Carruega, y ya allí se les acerca un cincuentón en mono rojo.

—Buenas, somos de la policía. Inspectores Pacheco y Duarte. Queremos hablar con el propietario del taller...

—Soy yo, ¿hay algún problema...? —pregunta el hombre, desconfiado.

—No se preocupe, sólo queremos hacerle unas preguntas. Le importa si pasamos un momento a la oficina.

El hombre se encoge de hombros y les lleva a la oficina.

—Pues ustedes dirán...

—Tenemos entendido que han reparado hace quince días un Audi 100 blanco con un golpe en la puerta trasera del flanco derecho.

—Mire, yo ya me he explicado con Suárez. Estas cosas pasan, no veo muy bien qué problema puede haber. Si además se lo hemos dejado como nuevo.

—No hay ningún problema —asegura Duarte—. Sencillamente, estamos buscando un coche de esas características y con un golpe similar que puede estar implicado en un caso que investigamos. ¿Sabe cómo se dio ese golpe?

—Me parece que os estáis equivocando. El golpe se lo dio un empleado mío.

—¿Qué empleado?

—Pues fue Campuzano. Se dio con esa esquina, a la entrada. Ya veis que tenemos una entrada estrechita, ha sido mala suerte.

Pacheco se vuelve para mirar la esquina en cuestión a través del cristal de la mampara.

—¿Entonces el coche no tenía un golpe anterior?

—No.

—¿Vio usted el golpe?

—No, fue a primera hora, yo todavía no había llegado.

—¿El dueño del Audi quién era?

—Suárez, un señor mayor que vive en esta misma calle. Lleva años trayéndome el coche.

—Le importa si hablamos un momento con su empleado.

El hombre les mira con recelo antes de asentir. Los dos policías le siguen a través del taller hasta un mecánico que está de espaldas a ellos inclinado sobre el motor de un Clío rojo.

—Daniel, aquí hay dos policías que quieren hablar contigo.

—¿Sí? —dice el chaval incorporándose y volviéndose hacia ellos: es moreno, los ojos azabache, y un flequillo de rockero le cae sobre la frente—. ¿Qué quieren? —pregunta a la defensiva y limpiándose las manos en un trapo mugriento que saca del bolsillo del mono.

—Le importa dejarnos solos un momento —dice Duarte.

El hombre asiente y se dirige a una señora gordísima que está saliendo en esos momentos de un Citroën BX.

—¿Sí? —dice Campuzano.

—Parece que tuviste un golpe el otro día.

211

—Sí, con el Audi, ¿y qué?
—¿Dónde te lo diste?
—Me rocé con aquella esquina —señala.
—¿Seguro que te lo diste ahí?
—Echadle un vistazo a la esquina. Todavía queda la pintura del golpe.
—¿Tienes llaves del taller?
—Igual que los demás, sí.
—¿No te habrás dado una vueltecita con este coche?
—Pero de qué vais...
—¿Seguro?, ¿no te habrás paseado últimamente por la Casa de Campo?
—¿Para qué?
—No sé, tú cuéntame. ¿Dónde estabas la noche antes de que te dieras el golpe?
—Estaba por ahí, tomándome unas copas.
—¿Con quién?
—Con amigos.
—¿Dónde?
—Por Huertas.
—Lo tienes muy fresco. Y de esos amigos, ¿alguno está metido en el ambiente?, ¿alguno «entiende»?
—Tengo pocos amigos y ninguno es maricón.
—¿Y Sabino Romero?
—¿Qué tiene que ver una cosa con la otra? —salta Campuzano poniéndose tenso—. Esta historia es muy vieja... ¿qué coño tiene que ver esto con el Audi de Suárez?
—¿De qué conocías a Sabino?
Campuzano les mira; luego suspira.
—Del barrio —contesta a regañadientes.
—Por lo que tengo entendido, también te la encontrabas a menudo en el Bocaccio, ahí en Colón.
—Sí, joder, era una loca, se pasaba la vida ahí metida. Hostias, si hubiera sabido toda la mierda que iba a levantar esta historia...
—O sea que la conocías bien.
—Ya he dicho que no, sólo del barrio.
—¿Te la follabas? —pregunta Pacheco.

—Pero qué dices, a mí no me gustan las locas.
—¿Estabas puesto la noche que la mataron?
Campuzano chasquea la lengua mirando a su jefe, que se ha metido con la gorda en la oficina y a ratos les controla algo mosca a través de la mampara.
—Puedes hablar, consumir no es ningún crimen.
—Me había comido medio gramo de speed a medias con un colega —dice bajando la voz—, ¿vale?
—Buena memoria, es lo que dices en tu declaración. ¿Y os enrollasteis?
Ya con esto Campuzano suelta un bufido y dice que no, leches.
—Ella se ponía muy pesada. Quería que bailara con ella, pero ya he dicho que yo paso de locas... A ratos se iba pero volvía. Y al final nos empezó a disparar con una pistolita de agua y ya me cansé... la mandé a tomar por culo y nos fuimos.
—¿Luego tú te volviste a casa?
—¿Después del Bocaccio? Fuimos al Friend's, y luego pa casa, sí.
—¿Tú y tus amigos?
—Sí, yo y mis amigos.
—Rodolfo y José Antonio. ¿Sigues viéndoles?
—A José Antonio hace tiempo que no le veo, y a Rodolfo sería difícil, está en el cementerio.
—Sin gracias.
—No es una gracia. Tuvo un accidente de moto hace cosa de un año. Se mató. ¿Algo más? Porque no tengo toda la mañana, tengo que currar.
—¿No te cruzarías con ella al volver al barrio por casualidad?
—No. Y joder, esto ya lo he contado mil veces.
—Pues lo cuentas otra vez. ¿Tienes amigos cabezas rapadas?
El chico se señala el mechón rockero con una mueca.
—¿Parezco yo un eskín o qué?
—¿Dónde vives?
—Ahora nos hemos cambiado, mi abuela y yo, estamos en Alcobendas.

—¿Por alguna razón?
—Ninguna, pregúntale a ella. ¿Puedo irme?
—Una última cosa. ¿Cuánto cobras aquí?
—¿Yo?, ciento treinta, ¿por qué?
—Eres un chico guapo, ¿nunca te han propuesto hacer cine?
—¿A mí? —el tío levanta las cejas alucinado.
—Déjalo, ¿te suena un local que se llama El Armario?
—De nada.
—Está bien, puedes irte.
Campuzano vuelve al Clío y los dos policías se acercan al jefe del taller, que ahora está solo en la oficina.
—¿Algún problema?
—Por nuestra parte, no, supongo que usted tampoco lo tiene con Campuzano. Por lo que tenemos entendido, hace más de tres años que trabaja aquí.
—Sí, bueno. Es un chaval serio, hace bien su trabajo.
—Es posible que tengamos que volver. Gracias por su colaboración.
Fuera se meten en la cervecería de la esquina y mientras piden una caña Duarte enciende el móvil.
—Tú te crees —dice viendo que hay tres mensajes de Paloma—. Su cumpleaños va a ser dentro de dos semanas y hace ya diez días que no para con su fiesta. Por cierto, estás invitado. Y no le regales un perfume, que ya le he comprado yo uno —tecleando ya—. Julia, soy Duarte... Acabamos de hablar con él y no me ha gustado nada... No, la coartada es perfecta... Sí, hemos pensado en ir a ver al otro... No, ése está muerto, el hijo de Redondo... De acuerdo, espero tu llamada. —Apaga el móvil, que vuelve a sonar minutos después—. ¿Sí?... Sí, Julia, dime... O sea que no está... me cago en la leche... Bueno, pues localízame al amigo travesti de Sabino, a ver. Sí, dime —apunta en un papel. Y se vuelve hacia Pacheco—: El hijo del policía está en la sierra con su novia o algo así, dice su abuela. Mañana baja para ir al gimnasio. Julia nos ha encontrado la dirección del mejor amigo (o amiga, no sé cómo llamarles) de Sabino. ¿Vamos?

—¿Adónde?

—Hay que coger la Emetreinta sur, pasado el Calderón.

Media hora después paran en una callejuela tranquila cerca de la Plaza de Toledo, delante de una tienda de informática, y tienen que llamar como ocho veces al telefonillo antes de sí, sí, ya estooooy.

—¿Miguel Ampuero?

'—¿Quién es?'

—Policía, abra.

'—¿La policía?, pero ¿qué habré hecho esta vez, amorcitos?'

—Haga el favor de abrir, es sobre el caso Sabino Romero.

'—Ah, eso... Subid.'

—¡Cucú! ¡El tercero! —canta una cabeza por el hueco de las escaleras.

En el tercero encuentran la puerta entreabierta. ¡Entrad, entrad! Y ven a la loca envuelta en una toalla y rebuscando en cuclillas entre un montón de ropa en el suelo.

—Ay, lo siento, chicos, es que me habéis pillado en un momento, ya me veis, me voy a una fiesta y acabo de levantarme y no sé pero no sé qué ponerme. He vaciado mis armarios pero nada, ¡ay! ¿Se os ocurre algo?

Pacheco ojea los pósters de Kiss, Mónica Naranjo y Madonna en las paredes y está ya a punto de sentarse encima de una caja cuando ¡Noooo!, que ahí está mi pamela. Ven, siéntate aquí, la otra le lleva hasta una silla. Uy qué brazos, amor, estás macizo ¿eh?

Duarte olisquea discretamente.

—Ah, sí, el porrito de María, pero no me vais a montar un cirio por eso, ¿no? Yo es que sin un buen porrito por la mañana no despego... No os importa, un momentito. —Y desaparece tras un biombo. Al poco vuela la toalla por encima—. ¡Esto no! ¡Y esto tampoco! ¡No tengo nada de ropa! Bueno, contadme qué es lo que queréis... —asomándose—. Y tú, cariño, pásame ese vestido, el blanco, anda.

Pacheco se lo da y la loca se esconde tras el biombo.
—Miguel, queremos hablar de Sabino.
—Miguel, no, amorcillos. Sonia, que me ha costado un pastón esto —se asoma para enseñar las dos tetas con las manos—. O si no... —Y aprisiona los labios entre el pulgar y el índice, como si les pusiera un candado.
—Sonia, ¿qué nos cuenta?
—¿No hace mucho de aquello? Si es que yo casi ni me acuerdo, ¿cuándo fue?
—Hace dos años...
—Ay este encaje. ¿Y?
—Usted, Sonia, estaba con Sabino la noche en la que murió.
—Sí, y otras muchas amigas. Nos estábamos divirtiendo mucho. —Se asoma otra vez para mirarles con picardía—. A ver, he engordado y de blanco ya no me encuentro. Ese de ahí, el que tienes a tus pies, si no te importa, el rojo...
Duarte le acerca el vestido y pregunta:
—¿Dónde estuvieron?
—Uy, por todas partes.
—¿Y la última vez que la vio?
—Cuando se fue ya estábamos en el Bocaccio.
—¿Hay algo que recuerde en especial?
—En especial, en especial... eso es un poco atrevido, guapitos...
—Menos coña marinera, o celebras la fiesta en comisaría.
—Pffff, todos iguales. No tenéis ningún humor... Pues lo que le dije a la policía en su momento, que pues sí, íbamos bastante puestillas, Sabi se había tomado de todo y hacía un buen rato que se le iba la pelota y pif, pif, la muy guarra... —dice asomándose y formando una pistola con los dedos— disparaba a todo el mundo con su pistolita de agua y gritaba: ¡mariquitas! ¡mariquitas! Hasta que el otro le dio la bofetada. Qué niña era esta Sabi.
—¿Qué otro?
—Ay, sí, ¿cómo se llamaba? —Se queda parada un

momento llevándose el dedo a los labios en plan teatral—. ¡El Mecánico, eso es! —Y desaparece otra vez—. Uy, este rojo parece que va mucho mejor, ¿qué os parece? —dice saliendo de nuevo—. Y con la pamela, genial, ¿no?

—¿Qué mecánico?

La Sonia, ahora, da un par de vueltas mariposeando sobre sí misma y termina sacando morritos delante de un espejo resquebrajado que hay apoyado contra la pared en un rincón de la habitación.

—¿Qué mecánico? —repite Pacheco.

—Uno de su barrio, que solía venir al Bocaccio y que estaba bue-ní-si-mo. Sabi perdía los vientos por él. Y apostó con nosotras a que esta noche se lo follaba. Qué risa la Sabi cuando se ponía, nos dijo que si lo hacía no pensaba lavarse el agujero en tres días. ¡Pero qué bestia era esta Sabi!... Opp, estos zapatos...

—¿Y qué pasó?

—Pues lo que decía, Sabi lo intentó... la estábamos mirando todas y es que no había manera... ¡era tan estrecho!... Y eso que era muy guapa ella, y hala, a bailar a su alrededor y a mirarle una y otra vez y a molestarle, y al final él se cabreó y salió de la pista de baile...

—Has dicho que la abofeteó.

—Bueno, la empujó... Una mala bestia, de todas maneras...

—¿Y después?

—Se quedó muy deprimida, la pobre. Ya, ¿qué tal?

—Fantástica. ¿Y luego?

—Luego se fue a casa, le había entrado el bajón, creo que no le habían sentado bien las pastillitas. ¡Era de un vicio esta Sabi! —soltando una risita—. Y ya no la volvimos a ver, ay qué pena.

—¿Eso es todo?

—¿Cómo que eso es todo?, ¿no querréis que vaya como una pordiosera? Guapo, tú no entiendes la diferencia entre lo vulgar y lo sexy.

—Quiero decir que si eso es todo lo que pasó —precisa Duarte con un deje de impaciencia.

—Ah, sí, dijo que cogía un taxi y que se iba a casa. Lo que me molestó, porque iba a quedarse a dormir conmigo, ahora que lo pienso... seguramente ya pasaba de mi culo la muy cerda, y eso fue todo. Se murió la pobrecita. Bueno, chicos, creo que me voy a tener que ir, si no os importa. Cerrad la puerta cuando salgáis. Aunque si me queréis esperar esta noche... —dice guiñándoles un ojo antes de desaparecer.

Pacheco se incorpora y Duarte mira a su alrededor. Dios, qué desastre. Se enciende un pitillo mientras fuera los tacones de la Sonia picotean la escalera. Al irse, resbala por la escalera y, cuidado, Pacheco le agarra del brazo.

—¿Cómo cojones habrá conseguido bajar a toda hostia con esos tacones sin matarse? —comenta Duarte mirando los escalones desgastados y manoseándose el tobillo con gesto dolorido—. Me cago en la puta, espero que no me haya hecho un esguince...

21

—Pasad —digo abriendo la puerta y apartando una de las bolsas de basura.

—Graciaz tío —Borja se quita unas Ray-Ban anticuadas—, tener pizcina ez lo único que echo en falta en el centro, te lo juro.

Y entran los dos con las zapatillas en la mano. Borja descamisado y con la toalla azul marino echada al hombro, y María con una camiseta de Mickey Mouse que se ha puesto nada más salir del agua y que le llega hasta las rodillas. La verdad es que en bañador está mejor de lo que me imaginaba. Estamos ya en junio y llevamos una semana con un calor casi de agosto que no baja de los treinta. Las persianas del salón están a medio bajar y lo primero que hago es encender el ventilador que compré ayer en una tienda aquí al lado. ¿Una birrita?, pongo la radio. Borja dice que bueno y se acomoda entre los cojines. María qué un vaso de agua, gracias. Es la primera vez que viene y está un poco cortada. Cuando vuelvo con las birras y el agua Borja ya se está poniendo la camiseta y María se ha cogido una silla y se sienta cruzada de piernas.

—Joder, zienta bien tomar un poco el zol...

Éste se ha quemado, como yo. Los dos hemos pillado una cangrejada de cojones. María en cambio está negra. Otro día, si quieres, puedes venirte a mi piscina, me dice como por obligación. Yo digo que gracias, no demasiado halagado. Borja le da un trago a su birra y, hoztiaz, qué zuzto, suelta con un respingo.

—Podíaz bajar un poco el timbre del teléfono... ¿No lo cogez?

—Deja, que se ponga el contestador.

'—Hola, éste es el siete seis siete ocho cinco seis ocho, si quiere dejar un mensaje espere a que suene la señal.'

'—Hola' —dice una voz conocida—. 'Aquí Gustavo. Veo que no estás en casa... como de costumbre. Bueno. Tengo que hablar contigo inmediatamente porque esto no puede seguir así. Voy a retomar las riendas del bar antes de que nos vayamos todos a pique. Pero tú no te preocupes que yo me voy a encargar de todo...'

Borja se ha puesto lívido y yo me acerco a coger el teléfono.

—Hola, Gustavo.

'—Ah, hola, joder, pensaba que no estabas...'

—¿Qué pasa?

'—Pues nada, que tenemos seiscientas mil pesetas de pérdidas, sólo eso, y que tu amiguito Borja...'

—Pues mira, justamente está aquí. Espera, que te lo paso.

Y le doy el auricular a Borja, que me dirige una mirada patética.

—Zí, Guztavo, mira vamoz a hablarlo... no te pongaz nerviozo... Ezpera... Creo que no ez el mejor momento... Pero qué me eztás contando, Guztavo, cómo que estoy dezpedido... Ezcucha, Guztavo. Yo voy a ir ezta tarde al bar como ziempre... ¿Qué paza, me eztáz amenazando otra vez? Guztavo, te hemoz comprado máz del cincuenta por ciento del bar. Ademáz, tenemoz un pacto, ¡y olvida eze puto contrato! Ezcucha, Gustavo, yo ezta tarde... Tío, tú ez que erez un mafiozo... Guztavo, ¿qué cojonez quierez....?

Pero Gustavo ha colgado y Borja todavía con la cara descompuesta y el auricular en la mano me pregunta qué me ha contado. Yo estoy flipándolo en colores.

—Zí, pero no ez del todo azí —se defiende. Él ha actuado buena fe, no me ha contado nada para no asustarme. Y efectivamente tenemos esas pérdidas, pero falta contar con no sé qué, y una parte son pérdidas antiguas de Gustavo. A todo esto, María deja su vaso en el suelo y murmura que se va al baño a cambiarse sin que Borja ni la mire—. Ez verdad que hemoz comprado caro, pero loz primeroz mezes hemoz llegado a tener beneficioz. Ahora hemoz bajado, pero el bar tiene ya un nombre y una clientela fiel... A largo plazo funcionará... ziempre que el hiztérico de Guztavo no lo eztropee todo antez. ¡Zi ez que noz eztá liando! Ezaz cuatrocientas mil a mí me dijo laz debía a no zé qué bodega o cueva, pero... que era un error y él ze encargaba, y ahora claro rezulta que no ez un error...

—O sea que ahora debemos seiscientas mil —resumo. Y al otro lo único que se le ocurre es mirar al suelo y decir que todo ha empezado con no sé qué tijeras. No te jode.

Yo me acerco al balcón y subo las persianas. María, que ya se ha puesto los vaqueros y ha metido su bañador en la mochila, recoge el vaso del suelo y se sienta al lado de Borja en el sofá, suspirando. La tía está harta de que si se ha hecho tanto de caja o ha habido tantas tarjetas, de que si Píter no ha traído a nadie y está quemado y hay que renovarle, que si Iñaki se porta mal con Teresa que se equivoca cada dos por tres con los precios... Lo entiendo, yo también estoy hasta las pelotas: ya son demasiados meses hablando sin parar del bar, del bar, del puto bar...

—Joder, no puedo aguantar máz tenerle encima de la chepa —se lamenta éste—. Yo penzaba que comprándole el cincuenta por ciento noz iba a dejar, pero ez que ahora veo que no, que nunca voy a conzeguir quitármelo de encima. Y azí yo no puedo trabajar...

—Tranquilízate, Borja —dice María poniéndole la mano en el hombro. Ahí está, la Gran Mujer detrás del Gran Hombre.

—Dízelo, María, coño, que le íbamoz a decir lo de laz pérdidaz. Joder. Vozotroz zabéiz que zi me dejan llevar el bar a mi manera al final zale bien. Ya hemoz hecho lo máz difícil. Pero qué ze puede hacer cuando ni ziquiera quiere que tengamoz portero y hay que quitar a Roberto... Por Dioz, zi la gente eztá encantada con el pincha... ez lo máz importante en un local...

—Os juro que si lo tuviera aquí lo estrangulaba —María cogiéndole la mano en plan melodramático—. No comprendo cómo alguien de buena familia y con unos padres tan inteligentes pueda ser tan mala persona.

Yo prefiero callarme y nos quedamos yo mirando la cartelera del Ciudad Lineal en la acera de enfrente, María mirando a Borja, y Borja mirándose los náuticos desgastados.

—María, ¿no zabráz dónde eztá tu hermano ahora mizmo? —dice Borja al cabo, levantando la cabeza.

Así que media hora antes de que el Sonko abra entramos en la oficina. Borja enciende la luz, pone la música, y todos nos sentamos a la barra de abajo a esperar con cara de mala hostia. Sebas se golpea la palma con un puño. Kiko le explica a su amigo el malote que Gustavo es un pijo gilipollas que nos ha vendido el bar sin vendérnoslo y que hoy vamos a matarle. Guille todavía no se entera de por qué está aquí y sólo falta el Loco. Como un cuarto de hora después llega Armando con un par de cintas en la mano que se mete bien rapidito en el bolsillo de la chupa vaquera.

—Armando —dice Borja saliéndole al paso—, ponlez a eztoz todaz laz copaz que quieran. Y a cualquiera que ze acerque a la barra igual. Hoy hay barra libre.

Armando se queda flipado pero no dice nada. Van a ser más de cien mil pelas de pérdidas, quizás doscientas, pero qué más da ya.

—Pedid lo que queráis, que es gratis —les digo a los Chili, que son los primeros que llegan, todos con sus camisas a cuadros.

—Gracias, tío —alucinan—, qué cojonudo.

En algún momento la luz roja se enciende encima del estante de las botellas —alguien está llamando— y

Armando se vuelve hacia nosotros, que estamos en un corrillo, de pie, alrededor de una de las mesas altas, y le tiende el aparato a Borja.
—Es Gustavo.
—¿Qué quiere? —el Borja, superprepotente.
—No sé, no se lo he preguntado.
—Dile que eztoy trabajando, que llame en otro momento.
Sebas asiente y mira a Borja levantando el pulgar, y Kiko enseña los dientes con cara de pillo.
—¿Qué?, ¿cuánto tiempo le das?
—No lo zé. Ezpero que no tarde mucho.
—Voy un momento al baño —dice María.
Borja se la queda mirando y en cuanto la tía desaparece escalera abajo Kiko le da un codazo a su amigo, venga, chavalote, enséñaselo a éstos, y su colega —canijo y rapado, con ojos achinados— saca una navaja automática. Borja se ríe, y Kiko le da un codazo al hermano de María, que está bostezando otra vez. Con nosotros ya te puede venir el Gustavo que la montamos, vas a ver. Yo pienso que bueno, después de todo lo que me han hinchado los huevos últimamente la verdad es que me apetece que ocurra cualquier cosa.
—Este de aquí es el rey de la Elipa, muchacho —dice Kiko dándole una palmada al malote en el hombro—. El auténtico rey de la Elipa.
—¿Pero ése no eras tú, Kiko? —pregunto.
—Qué va, qué va. Éste.
Y el Rey de la Elipa sonríe satisfecho levantando unos labios de lo más resecos. Yo les saco otra copa mientras Borja pone unos tiros precipitados encima de la barra. Que no ze cozque de nada, dice sin dejar de mirar hacia las escaleras.
El bar se va llenando y la gente se alborota al ver que se bebe gratis. A mi lado hay uno que está llamando a sus colegas por el móvil y dice que sí, que os lo juro, ¡toda la noche! Algunos se me acercan brindando con las copas.
—MACHO, ¡EL MEJOR BAR DEL MUNDO! —be-

rrea Raúl con un güiscola en cada mano. Se lo está pasando pipa, todo el mundo se lo está pasando pipa, todos menos yo y el Borja, que andamos emparanoiados de un lado a otro viendo que Kiko y su colega se están pillando un cebollón de cuidado y pensando ¿qué va a pasar cuando llegue Gustavo?

—Qué pasa, chavales —éste es Diego, que nos estrecha la mano sonriendo—. No veas, Borja, lo contento que estoy. ¿Te acuerdas de la vez que tuvimos aquí la fiesta drag con Banda y éstos?

—Zí.

—Yo no estaba.

—Ah, sí, lo siento, tío, lo del fanzine no fue cosa mía. —Se vuelve hacia su amiguete—: ¿Te acuerdas, Borja, que le estaba pidiendo a la novia de Banda que me devolviese unas fotos?

—Zí.

—¿Sabes qué eran esas fotos?

—No zé, vosotroz bolingaz y ezo...

—No, mucho peor tío. Es que es bastante fuerte, no sé si debía contarlo... —sonríe orgulloso—. Me montaron una movida todos estos gilipollas... ¿Te acuerdas la vez que me subí a la sierra con ellos y me mosqueé? Sí, ¿no? ¿Pues sabes por qué fue? Me cuesta decir esto, macho, y no te rías. Me mosqueé porque, después de una noche de copas que todo el mundo acabó morreándose en pelotas por la casa, me quedé frito. Y a la vuelta me contaron que el hijoputa de Banda me había quitado el pantalón y hacía como que me daba por detrás mientras Amalia tomaba fotos. Todo esto, claro, sin que yo me enterara, ya ves lo chuzo que iba. Y la Amalia, que no quería devolverme las fotos y no hacía más que descojonarse diciendo que se las iba a mandar a mi viejo una de estas Navidades. Y tú imagínate mi viejo con lo que es. Bueno, pues la muy puta me había devuelto las fotos pero se había quedado con los negativos y seguía con la coña. Hasta que el otro día, que organizó una fiesta en su casa, me colé en su habitación y los he recuperado. Menuda movida. Ya te digo. Tú imagínate, con lo que es la Amalia, si tiene esas fotos como mañana llegues a un puesto importante la has cagado. O sea que estoy que me voy a pillar una cogorza de la hostia.

—Iñaki, píllale un whizky al hombre aquí.
—Y vosotros qué tal. Qué pasa, Borja, te veo serio.
—Diego, tú acabaz de terminar derecho, ¿verdad?
—¿Por qué?
—¿Me haríaz un favor? Noz lo haríaz, vamoz.
—¿Cuál?

Borja le suelta toda la movida y a mí es que ya, sólo de escucharle, me da mal rollo, así que voy un momento a la oficina a ponerme un megatiro, y cuando vuelvo siguen todavía con lo mismo y Diego ya aburrido pregunta y qué quieres que haga yo.

—Quiero un intermediario, un profezional. Tú mañana le llamaz y le dicez que zi hay movidaz mi padre le envía un inzpector de Zanidad al bar y le jode vivo.
—Pero ¿estás pensando en llevarle a juicio?
—Ez baztante probable.
—Por mí vale, pero saca otra copa.
—Pídela tú, hoy ez todo gratiz.
—Yo estoy con ésos, Borja —digo viendo de reojo que llegan Anthony y los ingleses—. Hombre, Toñete, qué tal estamos.
—Muy bien.
—Antes de nada, pedid lo que os apetezca, que hoy hay barra libre... Iñaki, ponme cervezas para estos cinco señores... Bueno, ¿qué?, ¿os gustó eso? —digo con sonrisa entendida.
—Excellent gear —y Toni, mira hacia sus amigos que se beben ya sus cervezas apoyados contra la pared, riéndose entre ellos.
—Pues si queréis hoy hay una riquísima, pero rica, rica. Mejor todavía que la de la otra vez.

Toni se ríe y asiente.

—¿Qué quieres? —pregunto.
—Un segundo —vuelve con uno de sus colegas—. Diez gramos. Y pastillas también, bastantes.

—Whatever you want, man, espérame un momentito —digo controlando por encima de su hombro para asegurarme de que María no está a la vista y le hago una seña a Borja, que se viene rapidito conmigo a la oficina—. Los ingleses, que quieren diez gramos. —El tío abre un cajón cerrado con llave y saco un saquito de roca bien machacada—. Esto vale —digo.

—Ponme un tirillo, anda.

Nos metemos uno cada uno y luego digo suéltame unas veinte pirulas y diles que se vengan. Y en cuanto entran los ingleses en la oficina les doy lo suyo y Toni sonríe encantado y me da los billetes.

—Vas a ver, es la hostia —digo contando los verdes—. ¿Qué pasa?

Su amigo, que es un rubio acnésico con una beisbolera negra, no parece tan contento y mirando la bolsita de coca con cara rara dice: Aquí no hay diez gramos. Toni le explica en inglés que sí, hombre, que está bien, pero el colega está borracho y me mira. No way. Así que le tengo que decir a este gilipollas que me dé la coca y se vaya de aquí antes de que me mosquee y le parta la cara. Toni intenta calmar las cosas. Pero yo agarro la coca y le tiro los billetes a la cara gritando: ¡DILE A ESE HIJOPUTA DE TU AMIGO QUE SE VAYA!

—Pero tío.

—¡QUE SE VAYA!

El rubito se encoge de hombros... se está riendo de mi cara, se está riendo de mi puta cara...

—Tranqui, tío... —me dice Borja agarrándome por los hombros, no te emparanoies...

—Borja, este hijodeputa SE ESTÁ RIENDO DE MI PUTA CARA... —digo soltándome y le pego un empujón al imbécil éste. El inglés reacciona y le planto un puño en la cara y Borja me sujeta como puede. Yo que no paro de chillar: ¡SUÉLTAME QUE LE MATO! ¡LE MATO! ¡HIJO DE PERRA!, y Toni agarra al rubito que se está tapando la nariz con las dos manos y se lo lleva hacia la puerta y de paso se agacha para recoger los billetes.

22

Un cielo gris se cierne sobre la cárcel de Soto del Real, en las faldas de la sierra de Guadarrama. Los muros y alambradas del complejo penitenciario se compenetran bien con este paisaje tan hosco. Al menos así se lo parece a Duarte cuando Pacheco aparca a la entrada del recinto a primera hora del viernes por la mañana. Al abrir la portezuela se nota el cambio de temperatura y Pacheco se cruza de brazos y murmura hostias, parece mentira que haga tanto frío, mientras se apresuran hacia la entrada. Duarte le sigue, cojeando ligeramente. Anoche nada más llegar a casa se puso hielo y la hinchazón del tobillo ha bajado aunque hoy lleva tobillera y trata de no hacer movimientos bruscos. En recepción, tres gitanas, un anciano y una con pintas de yonki que lleva un niño dormido en brazos se agolpan en la ventanilla de información. Donde el control les espera un funcionario con piel cenicienta de fumador de toda una vida y las manos embutidas en un chaquetón azul marino.

—Duarte, ¿no? —pregunta acercándose.

—Sí, soy yo —Duarte le tiende la mano—. Y éste es mi compañero Julián Pacheco, también de Homicidios.

Otro apretón de manos y se acercan al control donde una funcionaria le está pidiendo su documento de identidad a una magrebí. Deposite las llaves y demás objetos metálicos aquí... La mujer hurga en los bolsillos de su chamarra y después de pasar por el puente recoge el monedero y las llaves.

—Son de Homicidios, Juana. Vienen conmigo.

Los dos policías dejan las armas y el funcionario les da a cambio una tarjeta a cada uno que se sujetan con el clip a la solapa de la chaqueta, y luego les guía hasta una puerta giratoria

—Pulsad el timbre una vez.

Y salen a un patio donde otra vez les muerde el frío. A ambos lados hay espacios muertos cerrados con alambradas y en el centro se eleva, altísima, la torre de control. Al ver que Duarte levanta la vista, el hombre se encoge de hombros y dice el nido de cigüeñas lo ha puesto el cura, pero no parece que las cigüeñas se animen. Llegan a un torniquete. Y otro funcionario, esta vez uniformado, les explica que éste es el módulo estrella, el de los estudiantes, muy tranquilos todos. Y al entrar, un preso con pantalones moros y ojos de drogadicto que está delante de la máquina de bebidas con un vaso de café en la mano se acerca a saludar al funcionario y le pregunta si le ha traído el tabaco que le ha prometido.

—Venga, venga, Paco.

—Que me ofendo, ¿eh?

—Pues oféndete, anda. —Se vuelve hacia Duarte y Pacheco—: Es que son susceptibles como ellos solos.

Y salen a un patio rectangular protegido del viento por muros de hormigón de cinco o seis metros de alto y se acerca a dos presos enfundados en sus chupas que están jugando al ajedrez en una mesa. Uno es bajito y gasta perilla. El otro es algo más alto y medio indio.

—Negro, el inspector Duarte y su compañero...

—Pacheco.

—De Homicidios. Quieren hablar contigo.

—¿Y tiene que ser ahora? —protesta el otro con un ligero acento sudamericano.

—Si no te importa —dice Duarte.

—Juancar, tú entra un momento —dice el funcionario.

Duarte se sienta en medio de las miradas curiosas de los presos que están charlando y fumando en grupitos.

—¿Y bien? ¿Qué? —el indio se cruza de brazos.

—Tú compartías chabolo con el chivato del caso Sabino Romero antes de que te trasladaran este módulo.

—Ah, el pata ese. Sí, ¿y qué?

—¿Te contó a ti algo?

—Poca cosa, lo que le iba soltando a todo el mundo.

—¿Y qué era?

—Que estaba buscando un sitio tranquilo para meterse un buco, puta, y había visto a esos patas en el descampado haciéndose al cabro ese, puta, pinchándola o lo que sea, puta.

—Decía que conocía a uno...

—Ese pata estaba mal de la chola —dice el indio sacando un pitillo de la cajetilla que hay al lado del tablero—. Lo mejor aquí, puta, es mantener la cabeza fría y la boca cerrada, puta, y sobre todo no meterse en lo que no te incumbe... —Y suelta una calada del ducados.

—¿Nada que añadir?

—No.

—¿Tú le creías?

—Yo no creía nada de lo que contaba, puta. El pata no tenía ninguna dignidad.

—¿Y no te pareció raro lo de la sobredosis?

—Cuando espichó ya estaba fuera, puta, tenía el tercer grado. No sé nada —se encoge de hombros.

—¿No te pareció raro?

—A mí nada me parece raro aquí, puta.

De vuelta a Madrid se meten por Golfo de Salónica, que marca la frontera entre Manoteras y el Pinar, donde se construye a marchas forzadas: en El Pinar edificios de veinte kilos para arriba el piso de dos habitaciones, y en la acera de enfrente los de protección oficial. Pasan delante de casetas prefabricadas de información y se meten por Manoteras dejando a la izquierda un parque con un campo de fútbol al fondo. Y un par de manzanas más allá, en medio de un solar, ven una casita semiderruida con paredes de cal blanca que parece sacada de un pueblecito de Andalucía, restos de un tiempo que ha arrollado la ciudad. Allí aparcan el coche y se encaminan a través del solar. Delante de la casa, en el suelo, entre los yerbajos, quedan los restos de un fuego y decenas de cascos de cerveza cubiertos de ceniza. Pacheco aparta una plancha de madera que tapa la entrada de la choza. Dentro han echado abajo el único tabique y el techo está en una condición pésima. Contra la pared del fondo se apilan un par de colchones rajados y manchados de meado. Y entre los cascotes más latas y botellines de cerveza, cartones, colillas de cigarros, colillas de porro, una silla rota, una soga enrollada en una esquina, y los restos de lo que debió de ser un jersey...

—Pues aquí la trajeron.

—Ya podía gritar, que por la noche...

Fuera otra vez, Pacheco se acerca a un montón de cascos de cerveza y empuja uno con el pie.

—Mira esto —señala.

Duarte se acerca para ver un condón entre la basura.

—Hay que tener ganas —dice encendiéndose un pitillo—. Los muy hijoputas la enterraron aquí después de haberla molido a palos. Con tanta basura y tanto escombro, en media hora está hecho... —levanta la vista hacia el cadáver calcinado de un Seat 850 a unos veinte metros, y más allá las colmenas del barrio de Manoteras—. El yonki podía estar escondido en cualquier lugar en un radio de más o menos cincuenta metros...

Toca ir a un gimnasio justo encima de la Estación de Chamartín y allí le sacan la placa a una tiarrona negra de rayos UVA que hay en el mostrador y explican que quieren hablar con José Antonio Redondo, que esta dentro. La tía se pone seria, que va a buscarle y que esperen en el bar. Suena una canción de Tom Jones y un par de pijos se toman un Isostar sentados a la barra.

Duarte se queda un momento delante de las pistas de squash donde dos tíos corren chorreando sudor de una pared a otra y piensa: si no me hubiera jodido la clavícula en la pelea con aquel hijoputa en el Rastro... Pacheco se asoma al pasillo por el que ha desaparecido la chica y al otro lado del cristal ve a un monitor de lo más macizo dando lecciones de step a un grupo de mujeres fascinadas con el contoneo rítmico de sus caderas. La cara le suena: ¿el Strong? Al fondo del pasillo en la sala de musculación, la de recepción le dice algo a uno que ha dejado de pedalear en la bici estática.

—Bueno, ¿viene o no viene? —Duarte acercándose—, que no tenemos todo el día.

—Parece que sí.

La tía ya vuelve seguida de un joven musculoso con un pantalón de chándal cortado a la altura de la rodilla, zapatillas Nike, la camiseta Champion empapada en sudor, pasándose una toallita por la nuca. Tiene veintipocos años y les mira con desconfianza.

—Hola, me dicen que me estáis buscando.

—Queremos hacerte unas preguntas sobre un amigo tuyo, Daniel Campuzano —dice Duarte—. Si no te importa, nos gustaría que nos acompañaras a la Brigada. Dúchate, anda.

El otro asiente sin decir ni mú y se encamina hacia los vestuarios.

—Si puedo ayudarles en algo más, estoy en el mostrador —dice la de recepción acercándose a un mazas con una cintita en torno al pelo que entra buscándola.

Mientras esperan, vuelve a sonar el móvil de Duarte.

—¿Sí?... Sí, está conmigo, de parte de quién. Espera, que te lo paso... el dueño del Armario, quiere hablar contigo... —dice pasándoselo a Pacheco, que arquea las cejas, sorprendido.

—Qué pasa, Joselu.

'—Pachi, tenemos que hablar.'

—Estamos hablando.

'—Tengo que verte ahora mismo, es muy importante. Tengo que proponerte algo, Pachi.'

—No puede ser. Dime lo que sea, ahora —Pacheco haciéndole una seña a Duarte, que pega la oreja.

'—He oído por ahí que andas buscando a Álex, cariño...'

—¿Dónde coño está?

'—No me importaría decírtelo, mi vida, pero estoy en una situación muy delicada, como tú sabes...'

—No me toques los huevos.

'—¿Te lo digo y nos olvidamos del tema del Hard Rock?'

—Ni de coña.

'—Oh, seguro que algo se puede hacer, Pachi... ¿Qué son diez de lo que tú sabes en comparación con lo que vale nuestro amigo...? Te hablaría más claro, pero no me gusta el móvil, tú me entiendes, cariño... claro que igual no te interesa...'

Pacheco se vuelve hacia Duarte, que se encoge de hombros.

—Veré lo que puedo hacer. Dime dónde está.

'—¿Seguro? Y así la Cogam dejará de agobiar con lo de tus malos modos en las saunas. Yo creo que salimos todos beneficiados. ¿Tú qué dices?'

—Veré qué puedo hacer. ¿Dónde está Álex?

'—Espera que apague la grabadora, uno nunca es lo suficientemente cauto con vosotros, ja, ja. Bueno, guapo, Álex acaba de estar aquí tomándose unas cervezas conmigo y con Paco para cerrar el negociete que tú ya te supones, y ahora mismito va camino del aeropuerto con un billete para Tenerife. Tiene un pasaporte a nombre de Eliseo Flores. Ah, y se ha rapado el pelo y se lo ha teñido de moreno. Le queda fatal, por cierto. Te va a decepcionar.'

—Eres un hijodeputa, Joselu.

'—Viniendo de ti, lo tomo como un cumplido.'

Pacheco ya ha colgado y empieza a marcar un número en el móvil viendo que llega José Antonio ya bien duchado, con vaqueros y un polo de estos con la banderita de España en el cuello.

—Jefe, soy Pacheco. Tengo algo importante. El

masajista del vídeo va camino de Barajas con un billete de avión para Tenerife. Tiene un pasaporte con el nombre de Eliseo Flores y lleva el pelo rapado y teñido de moreno... le contaré más tarde... Vale, nosotros vamos camino de la Brigada —dice. Le pasa el móvil a Duarte, y se seca el sudor de la frente.

—Bueno, chaval —Duarte se vuelve hacia José Antonio—, no pongas esa cara, que sólo son unas preguntitas de trámite. Supongo que teniendo a tu padre en el cuerpo no te dan miedo los polis. ¿Vamos?

Vuelven a la Brigada con el crío callado en la parte trasera del coche y en cuanto llegan:

—¿Habéis visto a Ramírez? —Duarte se asoma al despacho donde está Julia al ordenador tecleando lo que le dicta Serrano yendo y viniendo a su lado.

—Ha salido hacia Barajas. Con Saluerto.

—De acuerdo. Estamos aquí al lado con el chaval, intenta que no nos moleste nadie.

Y se mete en el otro despacho. Pacheco se apoya contra la pared y José Antonio se sienta en una silla con los codos apoyados sobre las rodillas y la cabeza gacha.

—Bueno, José Antonio, así que quieres ser policía —empieza Duarte después de cerrar la puerta.

José Antonio levanta la cabeza y asiente con mirada franca.

—Bueno, ¿qué me decías que estudias?

—Derecho.

—Ah, muy bien, yo también estudié derecho. ¿En qué curso estás?

—Tercero.

—¿Y no arrastras ninguna?

—Bueno, dos.

—Pues vamos con lo de Sabino. Siento que tengas que volver a recordar aquello, pero es muy importante. ¿Tú conocías a Sabino?

—No —contesta José Antonio y baja la cabeza.

—De acuerdo, pero tú estabas con Daniel Campuzano, que sí le conocía.

—Bueno —dice tras un momento de duda—, yo estaba con Rodolfo, que era el que era mi amigo.
—Ajá, o sea que Dani, ¿le llamabais Dani, no?, no era amigo tuyo.
—No.
—Pero Rodolfo sí.
El chaval asiente y Duarte se acomoda en una silla enfrente de él.
—Me han dicho que Rodolfo tuvo un accidente de moto...
—Sí. El verano pasado. En Ibiza.
—¿Era un buen amigo tuyo?
—Sí, supongo que sí. Era mi mejor amigo de pequeños. Estudiábamos juntos en los Jesuitas.
—Un buen colegio.
José Antonio asiente y levanta la vista:
—Mis padres hicieron un esfuerzo para que yo fuera a ese colegio.
—Ya, entonces os hicisteis amigos en el colegio, ¿y después? —dice Duarte animándole a hablar con la mirada.
—Después dejé de verle.
—¿Y por qué? ¿Os enfadasteis?
—Bueno, habíamos cambiado.
—¿Y desde cuándo no os veíais?
—No sé, hace ya años...
—¿Cuándo exactamente?
—No me acuerdo.
—Bueno, pues a ver, cuéntame aquella noche qué pasó.
—Sí, yo había quedado esa noche con Rodolfo y otros amigos del colegio... allí en un bar en Duque de Pastrana...
—¿La Mansión? ¿El Capitán?...
—La Mansión, sí...
—¿Y luego quisiste ir al Bocaccio?...
—Antes fuimos por Moncloa donde Rodolfo había quedado con Dani. Nos tomamos unas copas y luego, sí, ya fuimos al Bocaccio. A mí el lugar no me

gustaba, pero como Rodolfo no tenía coche me quedé con él.

—¿Y tú a Dani le conocías bien?
—De haberle visto un par de veces por ahí.
—Por lo que veo, no te caía muy bien.
José Antonio niega con la cabeza.
—¿Y por qué?
José Antonio calla un momento y al final dice que era un gilipollas.
—¿Y por qué era un gilipollas?
—Porque sí.
—Bueno, entonces a ti te molestaba que Rodolfo se viera con él, ¿salían muy a menudo juntos?
—Mira, Rodolfo valía mucho más que este... macarra... no sé que le encontraba...
—Vamos a la noche del Bocaccio. ¿Llevaste a Rodolfo en tu coche?
—Oye —dice José Antonio levantando la cabeza—, por qué tengo yo que contestar a todo esto. Ese caso está cerrado, joder.
—Claro, si no pasa nada, son sólo unas preguntas. —Duarte le tranquiliza con un gesto—. Mira, veo que eres un chaval serio, y nosotros necesitamos tu colaboración, o sea que no te pongas nervioso —viendo que Pacheco mira su reloj. Sabe que no aguantará mucho más sin meter el turbo.
—Bueno, cuéntame, entonces esa noche estabais los tres en el Bocaccio ya bastante tarde. Las cinco, o así.
—Sí, no me acuerdo bien.
—¿Tú ibas puesto?
—No —casi ofendido.
—¿Y tu amigo?
—No lo sé —dice José Antonio después de dudar un momento.
—Pero ¿tú qué crees? Vamos, sabías que alguna que otra vez...
—Creo que sí.
—¿Qué pasó con Sabino?

—Empezó a mojarnos con una pistola de agua. Yo no decía nada, pero veía que Dani estaba muy mosqueado porque Rodolfo le estaba vacilando...
—¿Qué le decía?
—Le decía que si quería podía follarse a la loca en mi coche y eso le mosqueó tanto a Dani que la siguiente vez que vino la loca la empujó. Yo le dije a Rodolfo que nos íbamos... estaba harto de estar ahí. Y ya está. Volvimos a casa.
—Ah, o sea que os volvisteis a casa después del Bocaccio...
—Sí, les llevé a casa.
Pacheco vuelve a mirar el reloj. Duarte se levanta.
—¿Seguro? Piénsalo bien, porque tu amigo Dani acaba de decirnos que os fuisteis al Friend's...
José Antonio se queda mirando al suelo.
—Mira, José Antonio —dice Duarte acercándose y apoyándole las manos en los hombros—, sé que eres un buen tío, sé que has callado durante dos años. Lo entiendo, eres un tío legal, no eres un chivato, has querido proteger a tu amigo... (Fuera se empiezan a oír voces en el pasillo.) Pero escucha, tu amigo está muerto y de verdad que un mierda como Campuzano no merece que le sigas cubriendo las espaldas.
José Antonio, con la cabeza baja, empieza a temblar. Las voces en el pasillo se convierten en gritos y Pacheco se vuelve hacia la puerta que se abre violentamente.
—¡JOSÉ ANTONIO, SAL DE AHÍ AHORA MISMO!
—Le he dicho que no podía... —dice Julia agarrando al energúmeno por la chaqueta.
Pacheco ya se encara con el hombre, un calvo grandullón que roza los cincuenta.
—¡QUÉ COÑO HACÉIS CON MI HIJO! —grita el gordo apartándole— ¡NO TENÉIS NINGÚN DERECHO A RETENERLE! ¡JOSÉ ANTONIO, VAMOS!
Duarte se interpone, pero el otro le empuja contra la pared consiguiendo que se caiga la foto del Rey y ya se ha montado el pollo. Pacheco arremete contra el gordo, que se queda un momento aturdido, lo justo para

que Serrano y un agente alertados por los gritos entren, lo agarren y se lo lleven.

—Déjame dos minutos con el crío —le susurra Duarte a Pacheco, que se está acariciando el nudillo dolorido.

Pacheco asiente, y, en cuanto sale, Duarte se encara con José Antonio, que está la mar de alterado.

—Mira, José Antonio, yo entiendo que a tu padre le duela esto, pero yo sé cómo ocurren estas cosas. Ahora estamos los dos solos, tú quieres ser policía, yo soy un policía, y te voy a ayudar todo lo que pueda, pero tienes que ser sincero conmigo. Cuéntame qué ocurrió esa noche.

Y José Antonio ya no puede contener las lágrimas.

—Fue el hijoputa ese... él tuvo la culpa de todo... lo juro, yo... no hice nada... no quería hacer nada... nunca se me hubiera ocurrido...

—Vamos, cuéntamelo todo.

—Yo, joder... me quedé en el coche... yo no le pegué...

—¿Le pegaron ellos?...

José Antonio asiente.

—¿En el descampado?...

—Sí... fue mi culpa, joder... les llego a llevar a casa y no hubiera ocurrido... pero llevaba una botella de güisky en el coche... empezamos a beber y estuvimos como una hora escuchando música... y cuando ya nos íbamos y bajábamos hacia Colón me dijeron que parara... Habían visto a la loca bajando hacia los taxis... Dani abrió la puerta... dijo que entrara, que la acercábamos a casa... Luego...

Le cuesta seguir hablando. Duarte le mira, muy serio.

—¿Luego?

—Luego Dani me dijo que tirara palante, que él me indicaba... ella estaba muy puesta y empezó a quejarse y entonces... Dani sacó una navaja y se la puso al cuello... ella empezó a chillar y Dani le metió una bofetada... le dije que qué coño hacía, pero Rodolfo me dijo que me callara y que siguiera... yo me acojoné y luego me gritaron que parara... que ni se me ocurriera irme... que volvían en seguida... La sacaron del coche y se la llevaron hacia esa caseta... Yo no sabía qué hacer... no me atrevía a irme... Y de repente vi a este tío... entonces salí y corrí hasta la caseta para decírselo... la loca ya estaba en el suelo... sangraba por la boca... Rodolfo estaba pálido y le estaba gritando a Dani... Dani se quería ir... Rodolfo dijo que había que enterrarla... Yo dije que ni hablar, que íbamos a la policía... Dani me dio un empujón... le hubiera podido matar... Rodolfo me dijo que quién coño me creía que era, que estábamos los tres metidos en esto y que los tres íbamos a enterrar a la loca...

José Antonio se tapa la cara con las manos. Duarte le pone una mano en la cabeza y luego sale al pasillo donde pilla a Pacheco hablando con Serrano.

—Que le tome alguien la declaración antes de que se le pase. ¿Dónde está el padre?
—Con Julia, ya se ha tranquilizado.
—Vente, Pacheco.

23

Casi hace tanto calor como en Madrid, pienso al bajar del avión con el portátil al hombro y sin creerme todavía que esté aquí. A pesar del mal rollo he seguido viendo a Borja en espera de que se resuelva el asunto. Él ha vuelto a currar en el Veneciano y hemos vuelto a salir más que nunca. A mediados de julio Diego y yo le hemos acompañado al arbitraje. Gustavo nos ha llegado con una carpeta llena de papeles y después de saludarnos como si fuéramos amigos de toda la vida se ha deshecho en sonrisitas con el árbitro y que si yo empecé todo esto de buena fe, que si confiaba en Borja y en nuestro proyecto pero ha sido un desastre, he perdido más de un millón, y mira esto —saca una foto de los Chili con sus caras de flipados fumando un peta en una esquina—, aquello era un antro, y bla bla bla. Que le endiñemos, además de lo que llevamos pagado, seiscientas mil pelas. Por suerte ha reconocido que le habíamos soltado la pasta y Borja le ha echado labia al asunto explicando que bueno, la verdad ez que eztoy alucinado con todo lo que eztá contando Guztavo... no veo qué tiene que ver todo lo que ha dicho con lo que tenemoz que zolucionar... aquí la cueztión ez que a Guztavo le dimoz un dinero para que noz dejara llevar el bar hazta tal fecha y el problema ez que no noz ha dejado hacerlo, ezo ez todo... nozotroz lo único que pedimoz ez que noz devuelva el dinero... Total, que el árbitro ha decidido que nos devuelva la mitad de lo que habíamos pagado y que más tarde, cuando Gustavo venda el bar, nos dé un cincuenta por ciento. El padre de Gustavo ha llamado al árbitro pero no ha conseguido cambiar el fallo. Aun así, Gustavo retrasa el pago todo lo que puede y Diego ha tenido que llamar unas cuatro mil veces hasta que ha acordado pagar en dos plazos...

En fin, esto ya queda atrás, y ahora estoy bajando la escalera que lleva a la sala de recogida de equipajes donde le hago una seña a ésta, que aparece al otro lado de un cristal de seguridad saludándome con una sonrisa, y me vuelvo hacia los demás pasajeros de mi vuelo que siguen esperando de pie con los carritos. Las maletas tardan unos cinco minutos en aparecer y yo intento no mirar a Sophie pensando en que odio esperar en esta sala de Blagnac. Engancho mi bolsa, que es de las primeras que aparecen sobre el trasto deslizante, y paso la aduana bajo las narices de un policía que me mira raro, supongo que por los pelos que llevo. Sophie lleva camiseta sin mangas y unos vaqueros cortados y tiene las piernas y los brazos doraditos. Nos damos un pico y ella, sin dejar de sonreír pero tensa, me lleva hasta el parking del aeropuerto donde tiene aparcado su Panda azul. Se pone las gafas para conducir y yo, que me he olvidado las mías, guiño los ojos mosqueado. Es que cada vez soporto menos la luminosidad.

Mientras cogemos la Rocade la tía me habla de Damien, que sigue buscando trabajo pero no hay manera; de Camille, que no lleva bien lo de haber dejado a su novio; Isabelle, que vuelve a Brasil dentro de un mes; la Emilie, que sigue bebiendo un huevo y fumando dos paquetes por día y pasa ya de los ochenta kilos...

Yo sigo mirando la carretera. Ya hemos salido de la Rocade y bordeamos el canal hasta llegar al Pont des Demoiselles. Toulouse es una ciudad bonita. Todavía no le he dicho a ésta que seguramente me quedo todo el verano. En cuanto me pregunta por el bar le resumo la situación.

—Et le premier paiement de Gustavo?

—Borja ha tenido que devolver a su tía las pelas que le debía, lo necesitaba urgentemente... El segundo pago es para mí —digo.

Ya hemos llegado al complejo residencial donde vive ahora. Los primeros años de facultad compartía piso con amigas, pero desde que además de estudiar da clases puede pagarse un estudio aquí. Salimos del Panda y nos cruzamos al lado del cuarto de las basuras con Ahmed, un black de Senegal que se lleva muy bien con ésta y que a veces se pasa a tomar el apéro con nosotros. El tío me da la mano sonriendo de oreja a oreja. Ça va. Ça va. Este Ahmed puede verte cinco veces al día, y es que las cinco te da la mano. Qué tío.

—Entre —dice Sophie abriendo la puerta de su estudio—, je vais chercher le courrier.

Dejo la bolsa en el suelo y me fijo en que ha desaparecido una foto nuestra que había encima de la mesa de trabajo (nos la habíamos hecho una noche en un bar de Malasaña) y en vez hay un póster de Barbara. El estudio tampoco está tan arreglado como otras veces y veo unas bragas en el suelo. Abro una de las dos puertaventanas que dan a la terraza y salgo un momento. No se oye ningún ruido y pienso aquí por fin voy a poder trabajar.

—Tu veux boire quelque chose?, je t'ai acheté des bières —dice la tía entrando con unas cartas en la mano.

—Vale —esto haciendo ya un hueco en la mesa para el portátil. Ella se sirve un Pastis y yo me pulo el quinto de Kronenbourg sentado en el sofá. Sophie se enciende un cigarrillo y permanece de pie apoyada en el mueble de la tele y eso me mosquea—. Ven aquí, ¿no?

La tía se acerca tímidamente y se sienta a mi lado. Huele a fresco a pesar del calor —se ha duchado antes de recogerme— y le beso el hombro desnudo.

—Aïe, tu piques! —se queja apartándose.

—¿Qué coño pasa? —pregunto.

—Va prendre une douche et rase toi —se levanta—, on dirait un sauvage.

Así que abro la bolsa y saco la máquina de afeitar, desodorante y demás y pongo todo como puedo entre los botes y potingues del baño donde casi no hay sitio ni para el cepillo de dientes y ya me estoy desvistiendo cuando Sophie abre la puerta y me da una toalla limpia, tiens. Estás más delgado, comenta. Le digo que se quede pero dice que está arreglando mis cosas, y en cuanto salgo envuelto en la toalla ya ha vaciado la bolsa y me enseña cómo ha colocado mis camisetas en el armario, calzoncillos y calcetines en el segundo cajón de la cómoda y los zapatos donde siempre. Todo esto como si fuera absolutamente crucial. Yo me pego contra su espalda y la aparto el pelo para besarle la nuca. La tía se da la vuelta y empieza a morrearme con ansia hasta que le entra un pronto y me aparta las manos.

—Deja...

—Me quieres decir qué coño pasa.

—Je sais pas. Ça fait longtemps, tu sais —se da la vuelta, irritada, y coge otro cigarrillo—... pas maintenant...

—Has follado con alguien —suelto poniéndome una camiseta limpia.

—Mais non... —protesta—. C'est pas ça.

—¿Entonces qué?

—Je sais pas.

Ahora se me acerca y apoya la cabeza sobre mi hombro y yo me tranquilizo, al fin y al cabo seis meses sin vernos es mucho. Estoy cansado y me apetece quedarme en casa, cenar delante de la tele y esperar a que se relaje, pero ella dice que desolée, ya ha quedado con los otros y tenemos que irnos pitando. Así que mientras me pongo unos vaqueros y se arregla para salir digo bueno, cuéntame algo. Y me empieza a soltar el rollo de sus putos alumnos, todos cuarentones, refugiados políticos, que entiendes, es tan difícil para ellos empezar a cero, la una vio cómo mataban a toda su familia delante de ella, el otro era médico en Vietnam y aquí ni siquiera puede trabajar de camarero, el ex-coronel turco, un paranoiko que un día que la clase discutía sobre la tortura se cruzó de brazos y estuvo dos horas callado con una cara que daba miedo, y no sé qué historias más. Si la felicidad no fuera tan subjetiva tendría que sentirme eufórico viendo las vidas que lleva la gente por ahí, pero ahora estoy rayado y la verdad es que me importa un carajo todo y lo único que pienso es en que esta tía se está follando a otro y no sé si me mola.

Sus amigos suelen quedar en el restaurante antes de salir de copas, y a veces luego ya ni salen. Como todos los franchutes que conozco, cuando no están comiendo están hablando de comida, de qué han comido y de qué comerán. Es alucinante. Pregúntale a uno por su viaje a Grecia y te habla de la Mousaka. No falla. Hoy han quedado en un mexicano del centro, un local pequeño y con reproducciones de Dalí en las paredes, y allí están ya todos, partiéndose el culo con los chistes de Damien. También hay un maromo con el pelo corto a lo militar que no conozco, un tal Nicolas, que viene de Strasbourg y está haciendo la mili cerca de Toulouse y parece que en cuanto puede escaparse del cuartel, se queda en casa de la Emilie. Sophie está supercontenta y todos están como muy simpáticos conmigo, sobre todo Isabelle, que se tira toda la comida contándome lo genial que es Brasil. Sophie se pasa el rato vuelta hacia los otros descojonada, y habla muy alto, cada vez más pedo. Y la gorda no para de llenarme la copa y de preguntarme si sigo escribiendo. Yo contesto de mala gana, y la zorra Sophie me suelta:

—Laisse tomber, il fait la gueule.

No soy el único. El militroncho, al otro extremo de la mesa, tampoco dice ni mú y se enquila vaso tras vaso hasta que una de éstas le mira. Nicolas, ça suffit, non? Y él se levanta y después de ponerse una visera de los Lakers golpea la mesa con la palma abierta.

—Ouais, ça suffit! Je me casse!

Y se las pira. En medio del silencio que sigue,

Damien adopta un tono doctoral y dice eh, bien, ça c'est clair au moins, il se casse. Emilie se troncha de risa y escupa el vino. Las otras intentan mantener la conversación pero Sophie, se sume en el mutismo más feroz y no deja de jugar con la servilleta y apenas toca el postre. Así que Damien sigue como si nada, y cuando la camarera se acerca para preguntar si queremos café la gorda se levanta diciendo voy a ver si encuentro a éste y deja un billete de cien francos. Pedimos la cuenta y mientras tomamos el café Damien hace una división sobre el mantel de papel y anuncia a cuánto toca por cabeza. Sophie saca su chequera y dice je paye pour lui, y cuando Camille pregunta qué hacemos, dice vamos al Brughel, que es el bar donde las chicas pasan todas sus noches.

—Et Nicolas et Emilie?
—Ils sont sûrement déjà là bas.

Isabelle y Damien se levantan y dicen que ellos se van en un coche.

—Pero si es muy pronto y hemos quedado —protesta Sophie cuando digo que volvamos a casa.

—Pues yo no voy a ese puto bar.

Sophie y la otra se quedan calladas, y yo salgo del restaurante y echo a andar esperando que ésta venga detrás y pensando le voy a decir quién cojones era ese Nicolas, etcétera. Como no lo hace, a medida que ando me siento cada vez más furioso y me entran ganas de abofetearla: voy a coger el primer avión y me voy a ir, ¡QUE LA DEN POR EL PUTO CULO! Al final lo que cojo es el autobús, y al llegar al piso doy un portazo tremendo. Me siento en el sofá poniendo los peanos encima de la mesita y enciendo la tele: un programa intelectualoide, el Circle de Minuit, al que han invitado a Vargas Llosa. Pero soy incapaz de concentrarme. Que se la folle, que se joda, me voy. Y en éstas estoy esperando a cada momento que la muy zorra entre por la puerta hasta que cuando ya han pasado casi dos horas y no puedo más, apago la tele, y pillo mi chupa.

Llevo mucha mala hostia acumulada cuando salgo del taxi en Arnaud Bernard a la puerta del Brueghel. Dentro, los Negresses Vertes cantan *Voilà l'été* y veo a Emilie apoyada en la barra hablando con el camarero, uno con barbita y ojos vidriosos que lleva un chalequito negro de cuero encima de la camiseta blanca. La gorda está loquita por él: se queda siempre después de cerrar, le ayuda a recoger. Camille y ésta ligan con un par de marroquíes y a los otros no les veo. Tal y como se están riendo las muy putas, con las jarras de cerveza en la mano, llevan un ciego de cuidado.

—Hola —digo, muy digno.

Eso corta las risas y las tías se me quedan mirando.

—Ok, on se casse, cool —dicen los moros sonriendo y enseñándome el pulgar: en plan aquinopasanada.

—Et alors, qué pasa —digo sintiéndome gilipollas.

—Et alors —me imita la muy puta encogiéndose de hombros y dándome la espalda para levantar el vaso—. Philippe!, une autre.

El tío me saluda con la mano y Camille le susurra algo a ésta, que se vuelve hacia mí.

—Je suis desolée —se excusa—, je suis pétée.

—Bon, écoute, Sophie, je crois qu'il vaut mieux que l'on s'en aille tous, d'accord? Tu peux nous ramener?

—Ouais, ouais. Philippe laisse tomber le demi. Emilie, on y va.

—Déjà?

Sophie pasa entre las mesas de madera sacudiéndose la melena y yo la sigo como un perrito faldero. Fuera, cruzamos la plaza y nos metemos en el Panda, yo detrás con la gorda, que no hace más que eructar con un casco de cerveza en la mano. Los boulevards y atravesamos medio Toulouse hasta el monumento a los muertos, la Halle aux grains, el Canal, y por fin paramos delante de casa de Emilie, que sale del coche diciendo que nos llama mañana. Así que ésta ya está maniobrando para dar la vuelta cuando la gorda reaparece gritando ATTENDS! y se abalanza sobre el coche contando que el muy hijoputa del Nicolas le ha destrozado el apartamento y ha desaparecido. Salimos del coche y Camille me dice que entre con ellas, que va a echar un vistazo por ahí, a ver si le encuentra, con el pedo que lleva no puede estar muy lejos.

El piso está hecho un asco: el hijoputa ha arrancado los pósters de Cyril Collard y Ayrton Senna, los ídolos de la gorda, y también la manivela de la puerta del baño: la nevera está abierta y hay una botella de cerveza medio vacía en el suelo. Emilie grita que como le encuentre le mata. Y como cinco minutos después llega la otra gritando que rápido, que el tío está fuera, al final de la calle, haciendo equilibrios encima de la vía del tren.

—Quel con! —suelta Emilie.

Las sigo a distancia. Las tres se agarran a la verja que protege la fosa de las vías que se ven ahí abajo, a unos cinco metros. El gilipollas está del otro lado y ahora anda con los brazos extendidos por una viga de unos treinta centímetros de ancho que cruza la fosa.

—MAIS ARRÊTE TES CONNERIES, VIENS ICI! MONTE! —gritan éstas con todas sus fuerzas.

—LAISSEZ MOI, TOUT LE MONDE S'EN FOUT DE TOUTE FAÇON! —el mamón lleva un pedo que no veas y si se cae, se mata, a ver si hay suerte.

—DÉPÊCHE TOI, IL Y A UN TRAIN QUI ARRIVE!

—Espèce de petit con... —murmura Emilie con todo el desprecio del mundo.

—LE TRAIN!!!

Las tres chillan agarradas a la verja y todos nos tapamos los oídos al tiempo que el amigo se tumba sobre la barra. El tren pasa por debajo y en cuanto se aleja Nicolas se levanta y empieza a andar hacia nosotros, orgulloso de haber sido un machito hasta el final. Y nada más saltar la verja, Emilie le suelta un bofetón de estos de antología que le tira la visera al suelo.

—¡ES LA ÚLTIMA PUTA VEZ QUE ENTRAS EN MI CASA!

—VOUS ME FAÎTES TOUS CHIER! —grita Sophie secándose las lágrimas con el dorso de la mano. Se vuelve para tirarme las llaves del coche y se va calle abajo. Camille apresura el paso tras ella, y el gilipollas de Nicolas que les sigue gimiendo: SOPHIE!

—Viens boire une bière, va —la gorda me toca el hombro—, j'ai pas sommeil.

Yo pillo las putas llaves y la sigo cabizbajo.

—Quel abruti ce mec —dice ya en su casa, empezando a recoger los cachos de fotos de Cyril Collard—. Et moi, qu'est-ce que je vais raconter au propio pour la porte de la salle de bain? —enciende la tele y se sienta en unos cojines para pegar las fotos con celo—. Tú, coge las cervezas que quedan —me ordena—. Y siéntate, anda.

Así que pillo una Mac Ewans y me siento a su lado. La gorda se ríe con la serie, hipnotizada como una verdadera teleadicta, y después de una hora y cuatro cervezas me dice que si quiero me puedo quedar a dormir. Yo miro las llaves pero pienso mierda, que se joda. Me tumbo en el colchón mientras ella sigue con sus quintos de Mac Ewans. Me descamiso, cierro los ojos y estoy a punto de sobar cuando la tía me toca el hombro:

—Eh, tu voudrais pas baiser, non?

Y me pasa la mano por el pecho.

—Hoy no, joder —gruño, y me doy la vuelta.

Pero me empieza a acariciar el vientre y la verdad es que tampoco hago nada para impedirlo. La verdad es que después de lo que ha pasado ya no sé qué me apetece, y al final me vuelvo y la dejo hacer. Igual no es la mejor mamada de mi vida pero tampoco ha sido la peor...

Al despertar por la mañana, la veo en bragas despatarrada, roncando entre los cojines y los botellines de Mac Ewans. Deben de ser como las ocho y la luz de la mañana se filtra a través de los cartones pegados al cristal. Pongo todo el cuidado del mundo en no despertarla mientras me visto y al poco cierro la puerta sin hacer ruido y me encamino hacia el coche, que sigue donde lo dejó esta zorra. Al arrancar, siento de repente una ansiedad terrible. Todo ha sido una mala noche y estoy dispuesto a perdonar lo que sea con tal de que volvamos a estar como antes... Conduzco en un estado de excitación horrorosa. Me doy asko: siento los sobacos pegajosos y un aliento de resaca. Pero sólo puedo pensar en una cosa. Nada más aparcar el coche, corro hasta el piso y abro despacito, con el corazón en un puño. Pero no hay nadie, y el sofá-cama está sin abrir. ¿Dónde coño...?, me lanzo al teléfono. Voy a llamar a Camille, que me explique, joder. Pero me doy cuenta de lo absurdo de la situación, cuelgo y me dejo caer en el sofá. Y allí me quedo sopa hasta que el ruido de la puerta me despierta momentos después y la veo entrar. Está chorreando, el pelo enmarañado cayéndole encima de los ojos. ¿Qué coño habrá estado haciendo?

—Je crois qu'il vaut mieux que tu t'en ailles le plus tôt possible —dice dejando caer su mochila de cuero en el suelo y mirándome, la cabeza gacha.

—Sophie, escucha...

—Non!

Me abalanzo sobre ella. Intento besarla. Laisse moi!, pero en el estado de excitación en el que estoy no puedo ya controlarme. Me vuelve a empujar y estoy tan mal que caigo de rodillas y empiezo a temblar sin poder controlarme. ¿Por qué me hace esto? Ella me mira, furiosa. Hasta que me avergüenzo y me siento encogido en el sofá sonándome los mocos. Me fallan los nervios.

—Écoute, j'ai décidé... Te puedes quedar aquí y yo me voy a casa de Camille. Quiero que cambies el billete y te vayas... Lo he pensado bien, c'est mieux.

—No puedes hacerme esto...

—¿Que no puedo hacerte esto?... ¿Que no puedo después... después de... —se atraganta de rabia— de que te has tirado semanas sin llamarme... que no te he visto el pelo en seis meses y cuando te llamo a las cinco de la tarde de un domingo me mandas a la mierda porque te estoy despertando después de haberte tirado el fin de semana de fiesta... Si tienes una pinta... la única cosa que os interesa a ti y a tus amigos... ¿Y ahora me vienes y me sueltas que no puedo hacerte esto?... ¡Estoy harta de pasar todas mis putas vacaciones en Madrid porque es la única manera de verte!... ¡de gastar mi sueldo en llamadas!... ¡de tu piso! ¡y de tus amigos que no saben nada más que hablar del último disco de no sé qué hostias de grupos!... Y no me jodas con Nicolas, que no soy tonta, ¿sabes?... —se para recuperando el aliento y apartándose el flequillo de la cara—. Mírate la cara que tienes... no sabes ni siquiera... estás hecho un trapo... Y deja de jugar al artista en crisis... —sigue la tía sacando los cigarrillos del bolso—, estoy ya muy cansada... no tenía que haberte dejado venir... Je veux que tu t'en ailles... je veux que tu t'en ailles, merde!...

24

Así que dejan el coche bloqueando la salida y se precipitan hacia el interior del taller donde Pacheco se agacha junto a un mecánico metido bajo un Fiat Punto azul mientras Duarte se va directo hacia la oficina viendo a través del cristal de la mampara que el dueño del garaje está de pie discutiendo con la mujer sentada al ordenador. ¿Dónde está?, pregunta a bocajarro. El garajista se vuelve y la mujer levanta la vista y le mira sorprendida.

—¿Dónde coño está? —repite Duarte subiendo el tono con impaciencia.

—Llamó esta mañana... le ha dicho a mi mujer que se tomaba el día... —el hombre señala a su señora con la barbilla.

—Miren —dice Duarte muy tenso—, necesito su dirección ahora mismo.

—Pero Dios mío, ¿qué ha podido hacer? —exclama la otra quitándose las gafas e incorporándose.

En eso aparece un mecánico en la puerta.

—Oye, Carlos, ¿puedes salir?, que tengo un problema con el Saab.

—Un momentito, que estoy ocupado.

—Lo siento, será para más tarde —dice Pacheco apartando al mecánico para pasar y cerrando la puerta tras de sí—. No está.

—Ya lo sé —murmura Duarte encarándose con los

otros—. ¿Bueno, me dan esa puñetera dirección o no?

La mujer mira a su marido, y al ver que éste asiente se sienta otra vez al ordenador, aparta una pila de facturas y empieza a teclear. Imprime algo y le tiende la hoja.

—Es Alcobendas...

—Muchas gracias —Duarte poco menos que le arranca el papel de entre las manos.

Mientras Pacheco conduce, llama a comisaría. Julia, estamos yendo a Alcobendas. Si hablas con el jefe, que nos llame en cuanto pueda, es importante. Se incorporan a la autopista por el enlace de Arturo Soria, y en menos de un cuarto de hora ya han llegado a Alcobendas, que está a unos diez kilómetros por la nacional I. Ninguno conoce la zona y después de entrar por la avenida de España dan sin saber muy bien cómo en una avenida llena de naves donde un vejete encorvado que lleva una cristalera bajo el brazo les indica:

—No, esa calle aquí no. Tenéis que volver a subir. Pasado el Ayuntamiento preguntáis.

Por fin llegan a un edificio de cinco plantas pegado a una cancha de baloncesto con las canastas jodidas. Es una casa modesta, con los bajos cerrados llenos de pintadas. El telefonillo está arrancado y la puerta abierta. Así que suben por una escalera que huele a meado hasta el segundo, donde detrás de una de las puertas oyen que alguien solloza.

—¡¿Señora de Campuzano?! —llama Duarte golpeando la puerta con los nudillos hasta que unos pasos se paran al otro lado de la puerta y alguien mira por la mirilla.

'—¿Quién es?' —pregunta una voz desconfiada.

—Señora Campuzano, ábranos, por favor, somos de la policía —dice Duarte enseñando la placa y consiguiendo que la vieja suelte un gemido—. Tenemos que hablar con su nieto, señora.

'—¡No está!'

—¡Ábranos, señora! —gruñe Pacheco y golpea virulentamente la puerta.

Al cabo la vieja abre sin descorrer la cadena y gime ¿qué quieren...? apañándoselas para que no le vean la cara... no pasa nada... estoy bien...

—Señora. Haga el favor de dejarnos pasar, estamos aquí para ayudarla —insiste Duarte hasta que la mujer termina por descorrer la cadena. Es una mujerona de unos setenta años con el pelo cano que va vestida de negro y lleva los pies encerrados en unos zapatos demasiado prietos.

—¿Dónde está? —pregunta Duarte indignado al ver que tiene un moratón en el pómulo izquierdo y el labio superior cortado.

—Dios mío, ¿qué ha hecho ahora?...

—No ha hecho nada, señora. Sólo queremos hablar con él. Díganos donde está.

—Ha bajado al supermercado...

—¿Le importa si pasamos un momento? —dice Duarte empujando la puerta y pasando a un minúsculo salón con mobiliario oscuro y casi sin luz a estas horas.

La mujer se deja caer sobre una silla sin contestar y se encoge como si tuviera frío y no deja de gemir ay ay ay ay ay ay.

—Tú echa un vistazo, que yo llamo a la ambulancia —Duarte dirigiéndose al teléfono que reposa encima del aparador entre un montón de fotos de comunión y una libreta de Caja Madrid abierta—. ¿Qué ha ocurrido, señora? —pregunta descolgando el teléfono y volviéndose hacia ella.

—Me ha quitado todo lo que tenía, ay, me obligó a dárselo ay, quiero morirme...

—Oiga, envíen una ambulancia aquí a Alcobendas...

—Duarte, ven a ver esto un momento —dice Pacheco entrando en el comedor.

Duarte le sigue y al fondo del pasillo entran en una habitación con las paredes forradas de pósters de coches de rally donde encima de la cama hay una mochila ya cerrada y un saco de dormir. Pacheco señala con la barbilla el armario abierto. Duarte se acerca y ve que el interior del armario está forrado de fotos de Ordallaba y recortes de periódicos y hay revistas de cine medio escondidas detrás de una pila de números de *Motor 16*.

—Señora, ¿cuánto hace que ha salido su nieto? —pregunta Pacheco volviendo al comedor.

—Ay ay ay, ay ay ay.

En esos momentos alguien llama a la puerta, que ha quedado entreabierta, y aparece en el vano una señora de unos cincuenta años con una verruga enorme en la mejilla.

—¿Estás bien, Merche? —pregunta con voz ronca y entra en la casa—. ¿Quiénes son ustedes? Ah, policías —asiente cuando Pacheco le enseña la placa—. Están buscando al chico, ¿no? Ya era hora que vinieran a por él —dice mirando a la anciana que sigue ay ay ay—, porque esta pobre mujer ha sufrido ya demasiado, no se merece un nieto así... no le bastaba con la vergüenza de su hija... Qué desgracia de chico... Sin ella hubiera estado en un orfenilato o a saber dónde... y así es como se lo paga. Si es lo que yo digo, cría cuervos... un ladronzuelo, es lo que es, y lo mejor que pueden hacer es encerrarlo. Merche, tranquilízate, mujer, que yo me quedo aquí contigo —sentándose con la anciana y consolándola.

—Hemos llamado a una ambulancia, llegará dentro de muy poco —dice Duarte—. Por favor, señora, díganos dónde está el supermercado al que ha ido.

En nada ya están otra vez en la calle y ven que Campuzano tuerce la esquina de la manzana y se queda mirando el coche en segunda fila a la puerta de su casa. Va con un canguro entreabierto, vaqueros y unas Converse, y nada más verles suelta las dos bolsas de plástico que lleva en cada mano, da media vuelta y echa a correr. Los dos van tras él pero: ¡Mierda! Pacheco ni se gira y sigue corriendo con la vista fija en el chaval que huye. Duarte se incorpora tocándose el tobillo y viendo que su compañero ya dobla la esquina. Hostias, se lamenta mientras se dirige al coche cojeando:

ha caído sobre un trozo de vidrio y se ha desgarrado la rodilla.

—Aquí Duarte, de Homicidios —dice enganchando la radio—, hemos localizado a un sospechoso que se ha dado a la fuga. Lleva vaqueros, un canguro negro y un flequillo de rockero. ¡Necesitamos cobertura de dos o tres coches! ¡Es urgente! —Se mira la rodilla ensangrentada, arranca el cristal de la herida y mete primera con una mueca de dolor: el coche pica ruedas.

Entretanto Pacheco ha entrado en un callejón sin salida con un contenedor de basura al fondo y se inclina para mirar debajo de los coches aparcados sobre la acera. En el hueco que deja el coche más adelantado, tres yonkis se incorporan bien rapidito y uno empuja con el pie el limón y la mochila en que lleva el material.

—¿Por dónde coño se ha ido? —pregunta Pacheco enganchado a éste y empujándole contra la pared.

El yonki, acojonado, señala el muro que cierra el callejón y Pacheco le suelta y salta del capó de un coche al contenedor, y del contenedor se aúpa al muro, consiguiendo agarrarse con los dos codos y enganchar una pierna. La primera vez el mocasín resbala; pero a la segunda agarra. Al otro lado hay un parque con columpios y el hijodeputa está saliendo ya al otro extremo y a ratos mira hacia atrás. Al ver al poli, le da otra vez a las patas y desaparece detrás de un kiosko. Pacheco se da a la carrera y al llegar al kiosko pregunta con el soplo entrecortado a la mujer que está hablando con un anciano.

—¿Ha visto... un chaval... corriendo por aquí...?

Dice que no, el vejete lo mismo. Pacheco piensa furioso que le ha perdido cuando IIIIIIIII, oye un frenazo... Echa a correr hasta la siguiente esquina y ve a un bigotudo de pie junto a un Peugeot 504 de espaldas gritando: GILIPOLLAS, A VER SI MIRAS POR DÓNDE CRUZAS. Campuzano sigue corriendo calle abajo pero ahora ya renquea. El bigotes ya se está metiendo otra vez en el coche cuando Pacheco le agarra con una

255

mano por el cuello de la chamarra mientras con la otra le pega la placa a las narices y en un segundo ya está metido en el Peugeot y acelerando.

—¡Ey, mi coche, cojones! —grita el hombre echando a correr tras él.

Pacheco tose sintiendo que la sangre se le agolpa en las sienes y se le nubla la visión. Al ver que Campuzano se está encaramando como puede a la verja de un colegio, pega un frenazo y deja el coche. Campuzano ya se ha descolgado al otro lado cuando Pacheco se agarra a la verja. Luego, al volverse para mirar, atropella a un niño que se pone a gritar a voz en cuello y un profe que ha visto todo se interpone en su camino y le agarra por la manga. Campuzano intenta desasirse, pero ya no le queda mucha fuerza. Consigue soltarse, pero Pacheco, que ya le ha alcanzado, le hace un placaje de rugby y le derriba contra el suelo.

—¡Suéltame, cabrón! —chilla Campuzano protegiéndose con las manos.

—No te mato aquí mismo porque hay niños mirando, mamón —le susurra Pacheco mientras le restriega la cara contra la tierra haciéndole gemir de dolor.

Los niños en babys que están haciendo corro se vuelven al oír un coche que frena estrepitosamente a pocos metros.

—¡No pasa nada, policía! —grita Duarte—. ¡¿Cómo coño se entra aquí?!

Pacheco ya engancha al muchacho con las esposas. Daniel tose: tiene la cara manchada de tierra y sangre.

—¡Llévese a los niños dentro! —ordena Duarte sin dejar de cojear y abriéndose camino entre los mocosos hasta llegar a Pacheco, que se ha incorporado, lívido, y se lleva una mano al pecho.

—Macho, llama a una... a una ambulancia... que me peta, Dios...

—Tranquilo —Duarte le ayudándo a levantarse—, apóyate en mi hombro. Y tú, ni se te ocurra moverte, que te rompo los huesos.

—¡Vamos, niños, dentro! —grita el profesor, todavía estupefacto, empujando a los críos hacia la entrada del colegio.

En eso suena el móvil.

—¿Qué, quién es?... Perfecto... Ahora mismo vamos para allá... Sí, le tenemos... No, tranquila, todo bien... Ahora vamos... —y guardando el aparato Duarte se vuelve hacia su compañero que ya va recuperando la respiración y el color—. ¿Cómo vas?

—Creo que mejor.

—El Jefe y Saluerto han vuelto de Barajas. Tienen a tu amigo el masajista. Nos están esperando en la Brigada. Pues sí que han sido de gran ayuda éstos —comenta al ver que se acercan dos Zetas con los pirulos encendidos. Luego se vuelve hacia Campuzano, que sigue sin moverse en el suelo, con los ojos entrecerrados—: Tú, chaval, me parece que lo llevas crudo.

25

Sigue siendo un esfuerzo levantarme por la mañana. Puedo haber dormido doce horas que sigo cansado y pegado a la almohada. Después de haberse tomado unas semanas de vacaciones, mi novia se ha apuntado a un curso de informática, así que ahora estoy mucho tiempo solo en su estudio. Al principio me costaba estar sin salir entre semana y llevar una vida «normal»: comer, cenar, levantarme antes de las dos y acostarme a las doce. Tenía la sensación de que el tiempo se me escapaba entre los dedos y que no me daba para nada, todo era inútil y no le veía ningún sentido a empezar algo nuevo. Hemos ido unos días a la playa con una de sus amigas, que tiene a su abuela en un pueblo cerca de Narbonne, y la vida de playa, el sol y la dieta a base de mariscos y vino blanco me han venido bien y a la vuelta me he sentido con ánimos para empezar a trabajar. También he empezado a hacer footing con ésta y cada mañana corremos por el canal du Midi, a cinco minutos de aquí, aunque todavía termino sofocado y sintiendo que me queman los bronquios... Ya duchado, me pongo unos pantalones de baloncesto y caliento el café. Pongo música y salgo a la terraza. Aquí da el sol todo el día y me gusta tomar el café sentado sobre los maceteros que nos separan del parking. Tengo la puerta abierta y dentro suena el último disco de los Manic Street Preachers. Entre sorbo y sorbo ojeo las letras de las canciones y la cita traducida de *Mirbeau*: *You're obliged to pretend respect for people and institutions you think absurd. You live attached in a cowardly fashion to moral and social conventions you despise, condemn, and know lack all foundation. It's the permanent contradiction between your idees and desires and all the dead forms of your civilization that makes you sad, troubled and unbalanced. That's the poisonous and mortal wound of the civilised world.* De repente me entra la euforia y tengo ganas de viajar, de ver mundo... Es un buen síntoma. *Loser-liar-fake-phoney-virgin? listen all virgins are liars honey*, cantan los Manic. Suena el teléfono, y vuelvo a entrar ya más despejado. Debe de ser Sophie, que suele llamar a estas horas para asegurarse de que me he levantado.

—Allooo! —respondo en plan maricona.
—Oye, soy papá. ¿Qué tal estás?

Digo que bien y me dice que tiene que darme una mala noticia, que se ha matado un primo mío.

No one cares, everyone is guilty...

—Un accidente de coche yendo hacia Valencia. Se les fue en una curva y venía un camión de frente. Han muerto los tres.

—¿Quiénes eran los otros?

—No los conoces, amigos de la facultad. Mañana le entierran. Estaría bien que llamaras a los tíos. Bueno, te dejo, que tengo una reunión.

Cuelgo y quedo un momento pensativo. Luego me siento delante del portátil y empiezo a arreglar los libros de la mesa. *Do not listen to a word I say just listen to what I keep silent.* Ayer mismo estuve hablando con mi novia de la muerte porque una compañera de facultad suya acaba de suicidarse. Era depresiva y estaba mejorando. Se tiró debajo de un tren. Parece que los depresivos llegan a esos extremos cuando empiezan a «mejorar», porque es ahí que se dan cuenta de lo enfermos que están... Muy mal escogida la hora para ese tipo de discusión: he tenido una noche plagada de pesadillas...

No consigo arrancar. Me miro las uñas, me levanto a cortármelas y de paso ojeo un *Fluide Glacial* que hay con los *Marie Claire*, *Prémière* y *Nouvel Obs* acumulados en el baño. Luego me paro delante del espejo. Tengo la mirada huidiza; es lo primero que noto cuando estoy deprimido, que pierdo mirada... Hacia la una sigo ansioso y meto en el microondas algo del cous-cous de ayer, que tuvimos a la Isabelle en casa, que se vuelve a Brasil a finales de mes. Sophie no viene a comer, va a ver a sus padres. Mientras rocío con harissa la montaña de sémola del plato pienso que no sería ninguna tontería volver a los funerales griegos (¿tradición griega o romana?, ni puta idea): todos a ponerse hasta el culo en honor a la Muerte. Como en la escena final de *My Own Private Idaho*... qué zorra la muerte... no sé desde cuándo tengo conciencia de ella, creo que desde siempre. Me acuerdo que ya de pequeño me angustiaba. Pensaba en mis abuelos y anticipaba su muerte, igual por eso cuando llegó no dolió tanto. Me obsesionaba un cómic de ciencia ficción —todavía me acuerdo de una de las viñetas: un montón de cerebros flotando en un líquido, parecían peces en un acuario—. Había leído en algún sitio que, muerto el cuerpo, el cerebro todavía recibía riego sanguíneo durante unos minutos. Y eso me parecía de lo más agobiante, los segundos durante los cuales podías estar pensando: ESTOY MUERTO. Le preguntaba a mi viejo: Papá, si nos quitaran el cerebro y lo siguieran regando con sangre, ¿estaríamos todavía vivos?... Bebo más agua —la garganta me está quemando: esta vez me he pasado con la harissa— y decido que no quiero pensar más en el tema. Conozco el proceso. Esos pensamientos recurrentes de muerte son los toques de atención que me da el cerebro para advertirme que el cuerpo necesita un respiro. Pero sé que estoy saliendo a flote... Es la resaca de los últimos seis meses... no voy a volver a tomar drogas en mi vida, vamos... Tiro lo que queda de cous-cous a la basura: está askeroso. Dejo el plato en el fregadero, pillo una lata de coca-cola del frigorífico, enciendo la música —esta vez una cinta de makinorra a todo volumen— y vuelvo al ordenador. PUM PUM, el puto bombo se me mete en el cuerpo como un dolor de cabeza, PUM PUM, los latidos de mi corazón se acoplan, PUM PUM, no puedo dejar de teclear, PUM, me gusta escribir así, en trance, PUM PUM, que salga el flujo, PUM, los indios viejos empiezan a fumar opio, PUM, cuando sienten que van a morir PUM PUM, me acuerdo de las memorias de Caro Baroja, PUM, mientras las leía pensaba qué putada morir como el viejo Pío, PUM PUM, perdiendo la memoria, PUM, ahora pienso lo contrario, PUM, la lucidez es la peor tortura. PUM PUM, ¿cómo coño puede uno enfrentarse con su propia muerte? PUM PUM, Dios, qué absurdo... PUM PUM, con Sophie la angustia se atenúa. PUM, pero es como una droga, PUM, si abuso, pierde eficacia, PUM, puta angustia, PUM PUM, me duelen los ojos y no estoy seguro de que pueda mantener el ritmo de ayer, PUM PUM, tengo que hacer la cama y lavar la vajilla antes de que venga, PUM PUM, tengo los oídos cansados, PUM PUM, hay que cambiar esa música PU...

Me acerco a ojear los compacts. Mucha música francesa. Montand, Ferrat, Brassens. El único que me mola es Brel. El *Réquiem* de Mozart. Lo compuso justo antes de su muerte. A mí nunca me ha movido. Opto por... ¿Bethoven? Como no. Ojeo la novela que acaba de terminar Sophie. *La Machine*. Me la ha ido contando. Va sobre una máquina para intercambiar cerebros. El psiquiatra piensa que si puede meterse en la cabeza del psicópata podrá entenderle y a lo mejor curarle, y por su parte el psicópata entendería que hay otras maneras de ver el mundo. Pero queda encerrado en el cuerpo del psicópata, y el psicópata en el suyo consigue controlar la máquina y como quiere vivir eternamente se mete en el cuerpo del hijo —del hijo del psiquiatra— y mata a su madre a cuchilladas. El psiquiatra encerrado en el cuerpo del psicópata pelea con el psicópata en el cuerpo del niño para quitarle el cuchillo. El niño en el cuerpo de su padre —que tenía un problema de corazón— les observa y muere de miedo... Qué paranoia, colega...

Otra vez al ordenador, sigo tecleando, taca tac taca tac, dejo fluir las imágenes para librarme de ellas, taca tac, durante un tiempo, tac, hasta que otra vez me paro y ojeo *Por quién doblan las campanas*... la muerte en todos los argumentos... ¿se acostumbra uno a ella? Parece que sí, es terrorífica la facilidad con que nos acostumbramos a la muerte de otros y todo sigue igual. Tienes permiso para deprimirte... un rato. Luego el dolor se vuelve obsceno y provoca rechazo. Los muertos son como las enfermedades, te olvidas pronto de lo que es el dolor, pero cuando vuelve, vuelve potenciado por el recuerdo de todos los dolores anteriores. La puta memoria. Sigo, taca tac taca tac, taca tac taca tac, dando vueltas en círculo, taca tac taca tac, la vida no es un problema matemático, no hay solución exacta y tampoco curas, taca tac taca tac. Pero si consigo pintar su retrato, por confuso que sea, habré exorcizado el tema durante un tiempo, taca tac, taca tac, taca tac, transcribir todo esto que pasa por mi cerebro, taca, el arte como conciencia de la conciencia, tac, guía para indigentes imaginativos, taca, continuar mis círculos hasta volver al punto de partida, taca, ¿es necesaria una prosa más compleja y tanto artificio retórico?, taca tac, yo creo que no, taca tac tac tac, la muerte es la Única Verdad, taca tac, prosaica y cruda, taca taca tac. Me quedo un momento mirando a través del cristal viendo al jardinero que corta el césped de la residencia...

El puto teléfono. Casi tiro la silla al levantarme, lo engancho.

'—Qué tal, hermano, cómo estás.'

—Bien, bien, qué tal tú, chaval.

'—¿Te has enterado de lo de Alberto?'

—Sí, joder, qué fuerte.

'—¿Les has llamado?'

—Ahora iba a hacerlo.

'—¿Cuándo vas a volver, tío, que ya llevas mucho tiempo ahí?'

—No sé, igual dentro de un par de semanas o así.

'—Ah, bien, porque me he encontrado ayer con tu colega Borja por ahí en Huertas y me ha dicho oye, dile a tu hermano que Gustavo no quiere pagar y que a ver si viene y defiende su dinero...'

—No me jodas.

'—Pues sí, tío, ¿cuánto te debe este Gustavo?'

—Ya ni me acuerdo —suspiro recordando que el jodido segundo plazo tenía que haberse pagado hace unos días.

Mi hermano está riéndose y me cuenta que ha descubierto un grupo cojonudo, que quiere ser músico y hacerse rico. Yo le recomiendo que sobre todo no se le ocurra meter ni un duro en negocios con amigos... Cuelgo y miro el despertador: las cinco y cuarto. Debería seguir currando hasta que llegue ésta, pero ya no me apetece sentarme al ordenador y empezar otra vez a dar vueltas en el mismo columpio. No sé, igual Fitzgerald tiene razón cuando escribe que un hombre tiene muy pocas ideas propias en su vida y que por lo general ya las tiene cuando es joven. Qué deprimente... Pillo una cerveza de la nevera, me desplomo en el sofá y pongo la puta tele. Sólo hay dibujos animados. Estoy rayado. A ver si lo arreglo antes de que vuelva. Llamo a casa de la zona de María y me coge su viejo.

—Hola, puedo hablar con Borja, por favor.

'—¿De parte de quién? Un momentito.' —Y al poco—: 'No está, acaban de salir. ¿Quieres dejar un recado?'

—Mire, le he oído hablar. ¿Le importaría decirle que se ponga, que es importante?

'—Un momento' —dice cortante, y al poco:

'—¿Qué paza?, ¿cuándo vuelvez?'

—¿Qué ha pasado con las pelas, tío? —pregunto muy tranquilo.

'—Nada, que Guztavo no quiere pagar' —responde igual de tranquilo.'

—¿Y ahora?

'—Puez nada. Ahora tenemoz variaz opcionez. Podemoz amenazarle con una inzpección fizcal con mi padre o podemoz...' —sigue enumerando opciones, a cual más absurda—. 'Pero para ezo quería contar contigo...'

—Vale, mira, dame el número de Diego.

'—Ezcucha, Diego noz hace ezto porque me eztá haciendo un favor a mí. No lo jodaz todo, y quédate tranquilo un par de díaz...'

—Borja, tío, ya vale. Vamos a pagar un abogado...

'—Pero, tío, deja de decir tonteríaz... ¿Qué paza, ez que tú no conocez un abogado que te haga ezto gratiz?'

—Ésa no es la cuestión.

'—Puez claro que éza no ez la cueztión porque aquí lo que paza ez que el único que ha eztado encima del tema he zido yo... Mientraz tú eztabaz todo el rato fuera de vacazionez, el que ha tenido que tratar con Guztavo he zido yo, el que ha tenido que hacer todo he zido yo, el que ha eztado jodido día traz día he zido yo... Pero mira, no quiero hablar de ezto por teléfono. ¿Cuándo vuelvez?'

—Lo antes posible. En cuanto llegue paso por tu casa.

Nada más colgar, llamo a Iberia y no tengo problemas para reservar el vuelo. Luego saco mi bolsa del armario y empiezo a apilar calzoncillos, camisetas y calcetines. Ya es que no le dejan a uno ni deprimirse en paz. Y cuando llega mi novia me encuentra recogiendo las cosas del baño.

—No es lo que parece —la tranquilizo—, es el puñetero bar, tengo que volver a Madrid mañana.

—¿Mañana mismo? —pregunta sorprendida.

—Te llevo a cenar fuera y te lo cuento —digo.

26

—¿Y qué pasó después? —pregunta Rosa mientras coloca una lonchita de salmón ahumado en cada canapé.

—Costó, pero le cogimos. Bueno, la verdad, le cogió Pacheco porque yo volví a doblarme el tobillo —Duarte que levanta la pernera del vaquero y enseñando el tobillo vendado—. Cuando llegué pensaba que le daba un infarto. Bueno, eso sí, le metió unas hostias en el coche... Oye, ¿y toasts con Philadelphia?

—Vale, tú pon Philadelphia y una rodaja de pepino. Así que el chaval confesó.

—Sí, y el masajista le reconoció sin ningún problema. Por cierto que no se lo menciones a Pacheco, que está muy quemado con el tema.

En eso la puerta de la cocina se entreabre y aparece María con el vestido blanco y los zapatitos de charol que le ha puesto su madre. En el salón, las risas de Paloma y Manolín se confunden con la música de Eros Ramazotti.

—Mamá pregunta si saca los cubiertos de la abuela.

—Dile a mami que ponga todo lo que quiera, que es su fiesta. Y deja de meterte el dedo en la nariz.

—¡Mami, papi dice que hagas lo que quieras, que es tu fiesta!

Duarte se acerca a cerrar la puerta y Rosa mete la bandeja de canapés en la nevera.

—Bueno, me lo cuentas o no. Y déjame a mí, que me da pena verte peleando con esto —dice y aparta a Duarte, que se limpia las manos con un trapo y se acerca al tendedero a encenderse un pitillo.

—Menudo elemento el Campuzano. Tenía a su abuela martirizada... Bueno, hay que decir que tampoco había tenido mucha suerte el chaval... su madre le tuvo muy joven, con diecisiete o dieciocho... el niño nunca supo quién era su padre, y para mí que ella tampoco debía de estar muy segura... Vivió con ella hasta los diez años, imagínate cómo... ella era camarera en un club de carretera... Luego se puso enferma, y el crío se fue a vivir con la abuela... Dos años después murió (la madre), dicen que de sida, aunque no está claro... Era a mediados de los ochenta y todavía no se sabía mucho del tema...

—¿Qué pasa aquí? ¿Qué os estáis contando? —pregunta Paloma apareciendo en la puerta con una sonrisa.

—Tu marido, que me cuenta lo de este chico que arrestaron.

—El pobre, la vida que ha tenido, ¿te contó lo de su madre?

—En eso estaba.

—Con Paloma parece que todo el que tiene una infancia desgraciada tiene derecho a todo —comenta Duarte.

—Oye tú —su mujer se le acerca y se pone de puntillas para darle un pico—, no hace falta que tires el cigarrillo cada vez que entro, sé muy bien que has vuelto a fumar.

—Cuidado con cómo le hablas al próximo jefe de Homicidios —Duarte le da una palmada en el culo, y la otra sale riéndose—. Bueno, sigo con lo mío. Como te decía, este Campuzano era un elemento. La adolescencia le pilló con la abuela, que no sabía cómo manejarle. Hacía lo que quería con ella... salía, se ponía, y el colegio ni lo pisaba, como puedes imaginar... En cuanto pudo lo dejó y se puso a trabajar en este taller... y en una de éstas conoció a un tal Rodolfo. Y ahora prepárate, vas a ver quién era el famoso Rodolfo...

—¿El que es familia de la juez Hernández?

—Ah, ¿ya estás al tanto?

—Lo he oído comentar en la Brigada.

—Bueno, pues a ese Rodolfo, que es hijo de un primo de la Hernández, y a Campuzano les dio, entre otras muchas cosas, por apalear travestis. Hasta que un día, como suele ocurrir, se les fue la mano... con el famoso Sabino, que tenía bajón de drogas y no aguantó. Para mí que se les murió del susto. Esta vez estaban con otro chaval, José Antonio, que es hijo del tal Redondo, y le amenazaron para que se callara. Luego intervino la famosa juez...

—Y el inspector Redondo, supongo.

—Eso todavía no está claro.

—¿Y Ordallaba?

—Uff, ése. Parece que Campuzano creía que era su padre.

—¿Ah, sí?

—Sí. Hacía años que el chico estaba obsesionado. La abuela le había contado historias. La hija había trabajado en algunas películas, de figurante o vete tú a saber... el caso es que en una de ésas se quedó embarazada. Pudo ser de cualquiera... pero la abuela se quedó convencida de que había sido el productor. Y eso es lo que le contaba al niño. Y éste, que ya ves cómo era, se metió en la cabeza, a lo mejor por lo del Óscar o por lo que fuera, que el productor era Ordallaba, fíjate por dónde, el productor más importante de España, nada menos. Supongo que pensó que teniendo un padre tan rico no era justo que él fuera tan pobre, y se le metió en la cabeza pedirle dinero. Empezó a hacer averiguaciones y a seguirle...

—Espera un segundo —Rosa se asoma a la puerta—. Paloma, esto ya está, ¿qué te hago ahora?

—Prepárame la lechuga, ya es lo último.

—Qué historia, a ver, sigue —dice abriendo la nevera.

269

—Sí, pues no tardó en darse cuenta de que su «padre», de los pocos momentos en los que quedaba solo, era los días que iba al mediodía a un piso en Costa Rica. Y esa famosa tarde se decidió a subir. Ordallaba le abrió la puerta tomándole por un chapero, y el chico no llegó ni a explicar por qué estaba allí cuando apareció el masajista. La versión del famoso Álex es que él no estaba al tanto de nada, que se encontró con el chaval ya allí y lo único que pensó fue que Ordallaba quería a dos tíos. Y cuando Ordallaba intentó pasar a la acción pues imagínate al Campuzano, que no sabía dónde se había metido y que de repente se encuentra con que el padre que tanto ha idealizado está intentando, ya sabes.

—Papi —otra vez María—. Oye, el tío Manolín dice que os toméis eso y que habláis demasiado.

—Dile al tío Manolín que te cuente una historia, anda —cogiendo los vasos de cava y besándola—. Bueno, pues eso fue lo que ocurrió.

—¿Y el travesti?

—Eso lo confesó Campuzano con todo lujo de detalles el primer día. Había cogido el Audi del taller para impresionar a una chiquilla y después de unas copas le entró el gusanillo. Y luego al día siguiente el muy cabrón se raspó con la pared a propósito. En fin, ahora dice que no se acuerda. Yo creo que su abogado está buscando que le metan en un psiquiátrico y que lo traten como un caso de esquizofrenia. A mí el tío me parece muy lúcido.

—¿Y los amigos?

—Rodolfo tiene suerte porque está muerto. Y el otro porque es un buen chaval y es hijo de policía. Le utilizaron de chófer. Saldrá bien parado.

—¿Y Sepúlveda...?

—Pues fíjate, el viejo cabrón que yo pensaba que no iba a soportar el escándalo. Lo último que me han dicho es que tiene la intención de trabajar en un guión basado en este caso. Te juro que como me saque en una de esas historias, le hostio. De todas maneras le va a tocar declarar, y no va a ser fácil.

—Oye —Rosa ya ha terminado con la lechuga—, ¿y la Moon esa? He visto las fotos en los periódicos. Es muy guapa, ¿no?

—¿Tú crees? —dice Duarte encendiéndose otro pitillo—. A mí no me parece gran cosa. Tendrá que pasar por los juzgados, como el cámara y como todos.

Fuera ya suena el timbre.

—Nacho, cariño —Paloma entra y le arrastra fuera—, que ya has ligado mucho con mi amiga.

Abren y allí está Julia, un poco cortada. Se ha puesto unos vaqueros y una camisa ceñida de terciopelo morado. Se ha soltado el pelo y Duarte piensa que está mucho mejor así que con la coletita que lleva a trabajar.

—Siempre puntual, ¿eh, Julia?

—Nacho, cómo eres. Pasa, Julia, que contenta estoy de que hayas podido venir.

—Felicidades, Paloma —dice Julia tendiéndole un paquete.

—Muchas gracias, no tenías que traer nada —Paloma le da un besazo en la mejilla—. Si no te importa los abriré todos juntos después.

Se oyen gritos por las escaleras. ¡Paloma! Y aparecen Mario y Marga, y Marga se le echa encima a Paloma.

—¡Felicidades, guapísima!

Paloma se ríe; la abraza.

—¿No está Lagun? —pregunta María apareciendo con cara de pena al lado de Paloma.

—No, bonita, los perros nunca van a los cumpleaños —le explica Magda acariciándole la cabeza; luego se vuelve hacia Paloma—: Mario quería traerle, pero le he convencido de que no. Eso sí, me ha costado. Hija, es que este perro a poco me echa de la cama por las noches.

—Qué pasa, Nacho —Manolín dándole una palmada en el hombro—. ¿No presentas a tu cuñado preferido?

—Sí, claro —Duarte pone cara de circunstancias—.

Mira, Julia, éste es Manolín, el hermano de mi mujer. Julia, una compañera.
—Bueno, ya está bien. Yo creo que una hora es bastante esperar. Vamos a sentarnos, ¿no te parece, Paloma?
—Sí, venga, todo el mundo a mesa.
Y justo, ding, dong, María va corriendo a abrir.
—¿Quién es esta señorita tan guapa? Ven aquí, angelito, yo soy Roni, ¿tú cómo te llamas?
—María.
—Hola, María, dame dos besazos.
Paloma que llega sonriendo; le da dos besos a Pacheco.
—Felicidades, Paloma, te he traído esto.
—Gracias, Julián —cogiendo una botella y la bandeja de la pastelería Mallorca—. Estoy contenta de que hayas venido. Y tú también. Encantada. Soy Paloma.
Duarte se queda un momento parado al ver a este energúmeno con esa boina roja, pantalón a cuadros y la camiseta llena de cremalleras que le está dando un beso a su mujer.
—Ah, Duarte —Roni le tiende la mano con una sonrisa—. Pacheco me ha hablado mu-chí-si-mo de ti.
—Bueno, bueno, no quiero saber lo que te habrá dicho —dice Duarte ojeando a su compañero.
—¿Ya estamos todos? —pregunta Manolín asomándose—. Hola, qué tal, soy Manolín. —Y se acerca a Duarte—. Oye, ¿Julia es soltera?
—Sí, sí, Manolo, yo te doy el visto bueno.
—Joder, porque está bien buena... —dice volviendo al salón con un contoneo de seductor irresistible.
—¿Qué pasa? —suelta Duarte al ver que los otros se le han quedado mirando—. Le vendría bien, ¿no? Id pallá, coño, que me estáis poniendo nervioso.
—¿Está Ramírez? —pregunta Pacheco mientras pasan al salón.
—Igual pasa más tarde. Tú ven, que te presento a mis vecinos.
Paloma les coloca en la mesa y se sienta a un extre-

mo, controlándolo todo y cumpliendo con su papel de anfitriona. Después de las entradas, les pone un solomillo con salsa de pimienta y una terrina de verduras para Roni que éste encuentra absolutamente de-li-cio-sa y le cumplimenta tres o cuatro veces después de meterle otra puya a Pacheco.

—Éste no conoce nada más que el Burger King. ¿Verdad, María, que tú eres mucho más lista que este tonto y sabes lo que es bueno cuando mamá te lo pone?

María está encantada con que Roni le deja ponerse la boina.

—Qué simpático es este Roni —le susurra Paloma a su marido—, habrá que volver a invitarle.

Manolín no hace más que inclinarse hacia Julia y decirle cosas al oído, pero Julia no parece muy convencida y en cuanto puede se vuelve hacia Paloma, que aprovecha que Julia se ha ido al baño para decirle a Manolín que no se ponga pesado. Han caído cinco botellas de tinto, sin contar el cava del aperitivo, y ya van por el postre —la tarta de yema que ha traído Roni y las copas de helado que ha previsto Paloma— y Pacheco todo pelota está intentando encender las velitas de la tarta, cuando llaman a la puerta, Paloma se acerca a abrir, y entran Ramírez y su señora que en seguida empieza y no para de reírse. Luego apagan las luces, y todo el mundo se calla mientras Paloma sopla. Roni es el primero que empieza a cantar HAPPY ENDING TO YOUUUU y aplaude con las manos de María, que se ha subido a sus rodillas.

—Los regalos, ¿eh, María?, dile a tu mami que los saque ya.

—Antes de abrir los regalos —Paloma, algo borrachilla, se levanta— quiero anunciar algo. No pongáis esa cara, que no he robado, ni he matado a nadie todavía... Ahora en serio, tengo dos regalos de cumpleaños muy especiales este año. Uno, que dentro de una semana vamos a celebrar nuestro décimo aniversario y que ya son muchos años despertándome cada mañana al lado de este energúmeno...

—Paloma...
—Tú calla, que es mi cumpleaños, no el tuyo. Y la segunda, y esto no lo sabía hasta ahora nadie, pues que María va a tener un hermanito...
—¡Que no te atragantes, hombre! —dice Ramírez dándole palmadas en el hombro a Duarte—. Cuando tengas cuatro como yo, hablamos.
Los demás se levantan y aplauden, y María aplaude como la que más, aunque no se ha enterado de nada.
—¿Y el mariquita del gorro, el que está con la niña, qué coño pinta aquí?— le pregunta Ramírez a Rosa.

EPÍLOGO

La sala Caracol está por Embajadores y como no conozco la zona tardo un momento en encontrarla. Al pasar delante de la puerta vemos a Miguel, en medio de uno de los grupitos. Sigue llevando el pelo rapado y perilla, mochila al hombro y bermudas de pana con una cadenita plateada que le sale del bolsillo y se engancha a la trabilla. Eyyyy, qué pasa, tío, levanta la mano al ver pasar mi coche. ¡Migueel! Echo el freno de mano en segunda fila y salgo para darle los abrazitos de rigor. La otra pita desde el coche: estamos bloqueando a alguien. Voy corriendo. Aparcamos en una calle cercana y volvemos. Miguel está con Chema, el cantante, y el hermano, que parece muy jovencito. Hombre, qué pasa. Le tiendo la mano, y el Chema me la coge, entrelazando pulgares. Va vestido exactamente igual que Miguel, los mismos pantalones de pana sin cinturón y medio calzoncillo al aire. ¿Qué es esto de una entrevista de radio, que no puedes mencionar al grupo? Nada, tío, que no quiero ensuciar vuestra reputación, podíais perder la mitad de vuestro público si se enteran de que soy amigo vuestro. Miguel nos mira, cavilando, y cambia de tema. Me presenta a su nueva novia, que está con un grupito de grundgies universitarios, y nos quedamos un buen rato de charlita. El cabrón de Miguel sigue sanote; cuenta que continúa con su régimen vegetariano y yendo a Full Contact con

Fran. Eres todo un güai, ¿eh?, me burlo tocándole la cadenita plateada. Ya ves. Dice que les han seleccionado para el festival de Bilbao y han salido en el *Egin*. No jodas. Sí, tío, pero es que Euskadi hay que vivirlo. Yo acabo de estar en San Sebastián para ver a los Pearl Jam y es lo que nos decían: vosotros pensáis que los de ETA son unos asesinos, pero nosotros no estamos del todo seguros de que el atentado de Vallecas haya sido ETA. Piensa que Vallecas es seguramente el barrio más hachebero de Madrid... Enséñame la furgoneta, le interrumpo. Y echamos a andar calle arriba. El bicho es grandecito, bastante más de lo que me esperaba. Te hacía falta, ¿eh, Miguel? Ya te digo que si hacía falta. Y tú, ¿qué?, ¿de vuelta al redil? Sin comentarios. Mira que yo ya te lo había dicho. Tío, déjalo. No, déjalo no. Yo lo vi muy claro desde el principio, y cuando te dije este tío es un listo y te vas a arrepentir, claro soy el loco que no soporta a nadie. Al final los resultados son claros. Y ahora, hala —aplaude—, vuelves con los amigos de siempre. Esto se resume en dos palabras: Impresionante. No es el momento, Miguel. Alguien te lo tenía que decir, tío. Vamos con los otros, digo viendo que mi novia empieza a agobiarse. Entramos en la sala y Miguel saluda a la bajista de una banda que no me mola nada. La esquivo y me llevo a Sophie a pedir una copa. En la barra, entorno los ojos y miro el escenario: son tres, bajista, guitarra y batería, los tres con camisetas de fútbol, tocando hardcore melódico. Y ¿quién está aporreando la batería? No jodas, el Jaime, el portero del Sonko. Suenan de pena, pero Jaime está empalmado y más lleno de piercings que nunca. Copa en mano, cruzamos el local y me voy hacia Roberto, Fran, Pedro y Tino, que hoy se ha venido con ellos. Estoy contento de ver a Fran; le pregunto qué tal los They Hate. Me dice bien, pero no tanto como se podía esperar. El panorama español es duro, sabes, hemos vendido veinte mil pero ya ha pasado la ola y hay que seguir peleando. Por fin han terminado los Somewhere Else. El público está frío, muy esparcido. El grupo se baja del escenario, bastante mosqueados los tíos. Jaime se para a saludar a Roberto. A mí no me ha visto y tampoco tengo ninguna gana de hablar con él. Luego pasa Natalia, que se vuelve para mirarme, pero yo miro hacia otro lado. Unos minutos después suben al escenario los Cop Haters. Dos guitarras —Miguel y Chema— y el hermano con la caja de ritmos. Les vi hace unos meses en el Nirvana y me entusiasmaron. Miguel: «Sí, bueno, es un grupo muy goloso y queremos controlar todo, ¿qué?, meternos ahora con una multinacional para que nos explote y perder el control, no, macho, ni hablar. Vamos a pensarlo muy bien antes de vendernos». Empiezan con ritmos machacones y guitarras bien compactitas, Miguel currándose unos acoples de puta madre. Chema canta con voz cavernosa, estilo Sepultura. Lo hace bastante bien, y juega mucho con los efectos, eco, rever; igual baja hasta el grito gutural, y en la estrofa siguiente resurge de las cavernas con melodías muy bien definidas. Tiene personalidad, y, como me comenta Fran, se lo cree. Se ha pintado crucecitas en las manos y entre canción y canción larga discursos sobre la humanidad, rompe tus cadenas, abate tus demonios y lucha por recuperar tu conciencia social. Después de un par de canciones, empieza a hostigar al público: 'VENGA, MOVEOS, HOSTIAS. EL QUE NO SE MUEVA ES UN JIPI.' El hermano parece menos seguro de su papel, suelta el teclado y junta las manos, dándose con las muñecas, una contra la otra, y luego levanta tímidamente los brazos, y vuelve al teclado, repitiendo el gesto con cada compás. Miguel en su esquina lo intenta, pero aunque es alguien que puede payasear y parodiar como nadie y en un grupo como Toy Dolls o Siniestro Total hubiera sido un genio, como jardcoreta radical no me lo creo y no puedo evitar acordarme de cuando a finales de los ochenta iba al concierto de Mecano con su novia pija y nos sermoneaba con que éramos muy cerrados y que la música no se acababa con los Ramones. Cuando les vi en el Nirvana sonaban mejor, le digo al oído a Sophie. Por lo menos

Chema mantiene la tensión. Y luego los techos altos y la poca luz de la sala le dan un aire «industrial» a su show. ¿Ves ese que baila en primera fila, el del pañuelo en la cabeza, el que está marcándose un pogo entre los niñatos?, me dice Fran sin descruzar los brazos. Es el padre de Chema, cómo mola, ¿eh?, no se pierde ni un concierto el hombre. Los Cop Haters terminan igual de frustrados que los Somewhere Else. No ha bailado nadie. 'TODOS JIPIS', suelta el Chema y eructa por el micro. Bueno, me gustó más la otra vez en el Nirvana, digo cuando se acerca Miguel a recoger impresiones. Ya, es que no se puede tocar con un público así de frío. Y ahora, ¿qué? ¿os vais a quedar a ver a los otros?, les he puesto a parir en nuestro fanzine Mierdapatucerebro. Hace un gesto despectivo hacia el escenario, donde un perillita ha agarrado el micro y se golpea la pantorrilla con el pulgar como si estuviera haciendo slapping. Tino se me acerca y salimos fuera. Miguel ya se lleva al grupo de grundgies a la furgoneta y me grita que van a un garito malasañero donde ponen Jungle. Roberto y Pedro se van a un cumpleaños no sé dónde. Y mi novia se vuelve a casa, tiene dolor de cabeza. Llévate el coche, que me quedo a tomar una copa con Tino y Fran. Yo la verdad que estoy hecho polvo, dice Fran con las manos en los bolsillos, me voy pa casa. ¿Me puedes acercar, Sophie? En cuanto se van, le meto a Tino una pirula en la boca y mierda, digo rebuscando en los bolsillos. ¿Qué? Me he olvidado la puta billetera en el coche, me vas a tener que prestar pelas... la noche se alaaaaaaaaaaaaaarga... y, cómo no, terminamos empirulados en el Y'asta... los dos juntitos pegados a la barra... mirando a los melenudos que bailan en la pista... fichando pavas... el negro en su cabina que pone canción tras canción sin ningún estilo... a estas horas... está hasta las pelotas... *ey, mira quién está ahí*, Tino me da un codazo... me vuelvo y veo a Josemi y su amigo David al fondo en la barra... Josemi le está dando sorbos a un botellín... David no le quita el ojo a la nena que le baila delante... agarro a Tino, pero Josemi ya nos ha visto, así que me acerco... hoy es el día de los encuentritos... *qué pasa, ¿por qué no te pasas nunca a vernos, tronco?... es complicado... ya, tío, pero nosotros no somos Borja, no estamos al tanto de vuestras movidas,* dice Josemi sin dejar de fichar a la que le echa los brazos al cuello a David... yo hablo demasiado... y Josemi sonríe... no le interesa lo más mínimo lo que le cuento... le da un trago a su botellín, asiente enzarpado... y se inclina hacia mí rociándome la mejilla... *un día me voy a pillar quince gramos y me los voy a comer todos en una noche. Esto es cada vez más askeroso...* me vuelvo para hacerle señas a Tino... está comiéndole la oreja a una treintañera culona... le dice algo al oído... la tía asiente sonriendo... Tino se me acerca y saca del bolsillo uno de los números que dan para pedir en el Y'asta... *¿quieres copa?... aquí no, Tino, nos abrimos, me estoy agobiando...* nos despedimos... le prometo a Josemi que pasaré a verle... y arrastro a Tino fuera... el gorila de la puerta nos abre la verja... tenemos que entornar los ojos para protegernos de la luz... estamos en pleno Fuencarral y no es difícil pillar un tequi... le indico al peseto que pase por la calle Argensola... el local está en obras... *muchas horas ahí dentro, ¿eh, Tino?, y la de copas que nos habremos pulido. Un espacio tan pequeño y cuántas historias. ¿Tú crees que volverán a abrir?... no sé. Por cierto no me contaste cómo terminó... pues me hizo la típica pirula. Me lo encontré con María. Y empezó con el estribillo de los «yo he hecho esto y lo otro». Así que le machaqué los hechos hasta que dice eztá bien, eztá bien, como zólo te importa el dinero, puez ahora hacemoz como zi no noz conociézemoz de nada y, tú tranquilo, que yo te voy a pagar... a mí me han dicho que está escribiendo... no me lo cuentes... un guión sobre el bar... he dicho que no me lo cuentes...* me quedo callado... mirando fuera... intento imaginar la vida que lleva esa gente que sale de casa a horas tan deprimentes... *¿por dónde?,* pregunta el taxista, un sudaca que ha ido silencioso todo el trayecto... *un poco más allá. En la plaza de la República Dominicana...* Tino se baja donde el Holiday Gym y me deja mil pelas... *nos vemos... ¿y aho-*

ra?, otra vez el peseto... *tira por Costa Rica hasta Arturo Soria*... la mañana está soleada y todavía no hace demasiado frío... me está entrando muy buen rollo... me flipa el otoño en Madrid... el peseto cruza el puente... el Club Estela... para a las puertas del cine Ciudad Lineal... me hurgo en los bolsillos... las mil pelas de Tino y varias monedas. Mil dos tres cuatro veinticinco... mierda. Faltan doscientas pelas. Le doy lo que tengo al taxista y le digo que espere un momento... el hombre echa el freno de mano y sale... pero se debe de ver que con el globo que llevo lo último que pienso es en darle boleto... me acerco al AX, que está en el paso de cebra a la puerta del VIPS... abro la portezuela... empiezo a buscar la billetera pensando me cago en la puta como se la haya subido a casa... la encuentro bajo el sillón, junto con... ¿qué coño es esto?... lo acerco a la cara... el envoltorio plateado de un condón... el pelas me está mirando cruzado de brazos delante del coche y ya voy, ya voy, joder... le pago las tres libras... cruzo Arturo Soria, tambaleándome todavía un poco... la puerta de casa... saco mi llave y entro con cuidado... Clak, cierro... dejo la billetera y las llaves sobre de un arcón de madera en la entrada... encima un grabado de un alemán con un nombre rarísimo que hemos comprado esta semana... el salón... ya no es lo que era... hay sofá, visillos, y hasta una alfombra... la cocina... increíblemente limpia... bebo dos o tres vasos de agua... miro la hora... mierda, mierda, no tenía que haber salido, me cago en la puta... me acerco al despacho... me quito la chupa... la dejo caer al suelo... me siento en el sillón giratorio... enciendo el ordenador, pip, memory check... c:\... wp... F5... cartas... 1... la puta carta que tiene que acompañar la novela cuando pase el mensajero... *Querido editor: Te adjunto* —que coño adjunto, pareces un funcionario, delete— *Te envío esta novela policíaca en que he estado trabajando a ratos durante este año* —mierda de año—. *Sé que no ha sido muy fructífero*... ¿qué coño estás contando?... ¿a ellos qué coño les importa tu vida?... no tengo la cabeza para esto... apago el ordenador... ya escribiré mañana, o pasado... o cuando sea... igual ni la envío... estoy demasiado rayado... empujo la puerta de la habitación, muy despacio, dejando entrar la luz... me quedo mirando el bulto en la cama... oigo su respiración... me acerco despacio... me quito las Converse sin hacer ruido... la camiseta... los vaqueros... me cuelo en la cama... se remueve a mi lado... se cubre con la sábana... y quedo un momento así, con la mirada perdida en el techo. Luego cierro los ojos... taquicárdico perdido... en mitad de la oscuridad...

Muchas gracias a todos los que me han ayudado y soportado durante estos últimos años. A Felipe por la sesión musical del capítulo 3. A Destino, por su confianza. Y por supuesto a mis lectores, donde quiera que esteis.

NOTA DEL AUTOR

Con Sonko95 *considero cerrada la serie novelesca que empecé con* Historias del Kronen *y* Mensaka *y que luego amplié con* Ciudad Rayada, *cuatro novelas ambientadas en el mundillo juvenil madrileño de los años noventa que conforman la actual «Tetralogía Kronen». Me gusta decir que estas cuatro novelas son novelas-punk o «nobelas». El término nació con una cierta imprecisión gamberra. Pensaba en ese momento que «punk» —y cuando empleaba este concepto tenía en mente la música de los Ramones y el ejemplo de algunos grupos como la Velvet Underground— era lo que mejor definía lo que estaba intentando hacer en literatura. Pensaba que era un buen símil que ayudaba a resaltar las cualidades estéticas —velocidad, autenticidad y crudeza— que persigo en la novela. Con el tiempo he seguido explorando las posibilidades de este símil iluminador y dándole más profundidad al concepto, que está resultando más serio y útil de lo que esperaba. Para mí una «nobela» aglutina todos esos elementos heteroglósicos que la literatura novelesca de hoy excluye o entrecomilla. Todo ese «ruido» —y por «ruido» entiendo desde interferencias ortográficas hasta incorrecciones coloquiales y cualquier tipo de jerga o lenguaje obviado normalmente por la literatura— al que el auténtico novelista tiene que recurrir si quiere revitalizar e inyectarle sangre nueva a un género capacitado como ningún otro para darle forma artística al lenguaje vivo. Esa es la tarea que me he propuesto con la «Tetralogía Kronen». El lector juzgará hasta qué punto lo he conseguido.*